सब्ज़बाग़

सब्ज़बाग़

सम्पादक

डॉ. रत्नाकर पाण्डेय

वाणी प्रकाशन

वाणी प्रकाशन
4695, 21-ए, दरियागंज, नयी दिल्ली 110 002
फ़ोन : +91 11 23273167 फ़ैक्स : +91 11 23275710
शाखाएँ
अशोक राजपथ, पटना 800 004, बिहार
कॉफ़ी हाउस कैम्पस, महात्मा गांधी मार्ग, इलाहाबाद 211 001, उत्तर प्रदेश
महात्मा गांधी अन्तरराष्ट्रीय हिन्दी विश्वविद्यालय, वर्धा 442 001, महाराष्ट्र
www.vaniprakashan.in
marketing@vaniprakashan.in
sales@vaniprakashan.in

SABZABAGH
by Pandey Bechan Sharma 'Ugra'
Edited by Dr. Ratnakar Pandey

ISBN : 978-93-5072-635-8
Novel

प्रथम संस्करण 2014
आवृत्ति 2018

मूल्य : ₹ 225

सिटी प्रेस, दिल्ली-110 095 में मुद्रित

वाणी प्रकाशन का लोगो मक़बूल फ़िदा हुसेन की कूची से

प्रकाशकीय

बीसवीं शताब्दी के प्रथम वर्ष में ही जन्मे स्व. उग्र जी ने प्रेमचन्द काल से ही हिन्दी कथा साहित्य में अपनी विलक्षण शैली एवं बेवाक प्रस्तुति के कारण एक विशिष्ट स्थान बना लिया था। नाजायज एवं अप्राकृतिक यौन सम्बन्धों के प्रगल्भ उद्‌घाटन के लिए वे सुधारवादी आलोचकों के शिकार हुए। कटुतिक्त प्रहारों के बावजूद उनका अहं दहाड़ते हुए सफेदपोशों का पर्दाफाश करता रहा। 'दिल्ली का दलाल', 'चन्द हसीनों के खुतूत', 'दीवाना', 'शराबी', 'जी जी जी', 'फागुन के दिन चार' आदि औपन्यासिक कृतियाँ उनकी इसी प्रवृत्ति की गवाह हैं।

'सब्ज़बाग़' इसी क्रम की एक अप्रकाशित सशक्त कृति है जिसको प्रस्तुत करने का कार्य डॉ. रत्नाकर पाण्डेय ने किया है।

—प्रकाशक

भूमिका

पाण्डेय बेचन शर्मा 'उग्र' हिन्दी के अप्रतिम कथाकार और बेलोस, बेजोड़ शैली के जन्मदाता हैं। उनके उपन्यास वाग्जाल और व्यर्थ के शब्दाडम्बर से बचकर अपनी चमक के कारण हिन्दी उपन्यास साहित्य में महत्त्वपूर्ण रत्न बन गये हैं। 'उग्र' के आदर्श विश्व के केवल छह कथाकार हैं और वे उन्हीं की जोड़ का कथाकार अपने को मानते हैं; किसी से कम नहीं बल्कि उनसे टक्कर लेनेवाला वे अपने को मानते हैं। छह महान् उपन्यासकार वेदव्यास, रेनाल्ड्स, विक्टर ह्यूगो, ड्यूमा (द्वितीय), दोस्तोवस्की और शरच्चन्द्र हैं। 'उग्र' भारतीय कथा साहित्य में अपने निजी आदर्शों के कारण इन कथाकारों की कोटि में आने के अधिकारी हैं। उनके उपन्यासों में वैयक्तिक धरातल पर उपन्यासकार की सामाजिक चेतना कथातत्व के साथ निरन्तर विकसित होती रहती है। यही कारण है कि 'उग्र' उपन्यास कला को शुरू, आखीर और बीच में कलावत् ही देखना चाहते हैं। कहानी अगर गौतम बुद्ध का शुद्ध उपदेश बन जाय तो उसे बुद्धोपदेश कहकर वे पढ़ने पढ़ाने के पक्ष में हैं। उपन्यासकार पहले कहानी देता है, उपदेशक की धार्मिक या नैतिक बातें अनायास कथा-प्रवाह के साथ विकसित होती जाती हैं। अंगूर खानेवाले को रस और स्वाद पहले मिलता है, बल उसमें कम नहीं है। 'उग्र' उपन्यास में रस पहले ढूँढ़ते हैं, फिर उपदेश या फायदा उसमें कुछ हो या न हो। और इसी औपन्यासिक नैतिकता को बनाये रखने के लिए उन्होंने आजीवन अपने रचनात्मक व्यक्तित्व का उपन्यासों के रूप में विकास किया है।

'उग्र' की मान्यता है कि वेदव्यास का महाभारत, बौद्धों का जातक और ईसाइयों की बाइबिल कथा साहित्य के आदर्श कोटि में इसलिए रखे जाते हैं कि उनमें उपन्यास का रस तत्व उपदेश की अपेक्षा अधिक व्यापक है। 'उग्र' ने अपने प्रत्येक उपन्यास में आलोचकों द्वारा निर्धारित उपन्यास की सीमा और वचनों का उल्लंघन कर यथार्थ की सीमाओं में बँधकर भी जीवन की चिरन्तन रेखाओं का स्वरूप निखारने के लिए तीव्र चेतना शक्ति प्रवाहित की है। 'उग्र' ने कला की पुस्तकों को पढ़कर उपन्यास लिखना शुरू नहीं किया। वे नूतन रचनात्मक सृजन

द्वारा समीक्षा के नैतिक मानदंडो में नवक्रान्ति करते हैं और समीक्षकों को उपन्यास के नये समीक्षा-सिद्धान्तों के निर्धारण की प्रेरणा देते हैं। 'उग्र' जैसे उपन्यासकारों का अवतरण किसी देश के कथा-साहित्य में स्वर्णयुग की प्रारम्भिक सूचना है। 'उग्र' की मान्यता है कि टाल्सटाय के उपन्यास रस-आदर्श से स्खलित हो गये हैं। उनका उपदेशक कलाकार पर हावी है। वे ऐसे निर्माताओं में हैं जो साधु सन्तों के बाने में उपन्यास लिखकर धार्मिक सुधार की प्रेरणा देते हैं। कलाकार का सुनहरा दुशाला उन्हें उढ़ाना व्यर्थ है। दास्तोवस्की का विश्वविख्यात उपन्यास 'क्राइम एंड पनिशमेंट' नीरस गूढ़ विचारों से बोझिल है और उपन्यास के आदर्श पर खरा नहीं उतरता। यों, इस उपन्यास में सैद्धान्तिक जोश के उन्माद में पढ़े-लिखे समझदार नवयुवक का चोरी करना, उसके सर पर खून सवार हो जाना, भाव-विह्वल होकर दो अधेड़ अबलाओं की भोथरी कुल्हाड़ी से हत्या कर देने की घटनाएँ यथार्थ जीवन की स्वाभाविक और नित्यप्रति घटनेवाली घटना नहीं लगतीं। फिर, दास्तोवस्की ने मनोविज्ञान, कानून और पांडित्य की जो मौलिक ज्ञान-राशि दी है, उसे धैर्य और शान्ति से पढ़कर पचा पाना जिन पाठकों के लिए सहज साध्य होगा, वे ही दास्तोवस्की के प्रशंसक होंगे। वह सर्वजन-प्रशंसित लोकप्रिय उपन्यासकार नहीं हो पाया। वेदव्यास के महाभारत में रस का अक्षुण्ण प्रवाह है और उनके उपदेशों में कहानी सी रोचकता है। रेनाल्ड्स, मोपासाँ, आस्कर वाइल्ड यथार्थ जीवन की वास्तविक कहानी लिखने में पारंगत थे। वे वेदव्यास के शिष्य हैं। उनकी नग्न जीवन-संरचना से पूर्ण रचनाएँ शिशुओं और अबलाओं के लिए लाभकर नहीं हैं। उनसे हानि की सम्भानाएँ हैं। परन्तु महाभारत के दिव्य सर्गों की सरस कहानियों में अनुभव के कारण शाश्वत यथार्थ, व्यापक जीवन का कटु सत्य पद-पद पर उद्घाटित हुआ है। फ्रांस के महान् कलाकार विक्टर ह्यूगो का 'ला मिजरेबल्स' अपने गुणों के कारण अद्भुत है। यह एक नये युग का सूचक है। उपन्यास की नायिका काजिटी के बचपन का करुण चित्र और उस करुण लड़की के प्रति नायक जीन वेल जीन का अद्भुत अनुराग और सामान्य जीवन यापन करनेवाली काजिटी की माँ का स्नेहसिक्त निश्छल ममतामय मातृ-हृदय ऐसी संवेदना से भरा हुआ है कि अपने दाँत उखड़वाकर प्राप्त किये गये पैसे से वह अपनी बेटी काजिटी के बाल आकर्षक बनवाती है। ह्यूगो के सम्बन्ध में 'उग्र' का कहना है कि जवानों के प्रति, जनता के प्रति, प्रजा के प्रति और प्रजातन्त्र के प्रति ह्यूगो की सहानुभूति ऐसी तीव्र है कि पाठकों के दिल में स्थायी रूप से घर कर लेती है। तुलसीदास की तरह गंगाजल-सा निर्मल कोई और कलाकार 'उग्र' की नज़रों में दुनिया में नहीं, फिर भी निर्मलता में विक्टर ह्यूगो को वे बहुत दिव्य मानते हैं। समाजशास्त्रियों ने ह्यूगो की रचनाओं को धर्मपुस्तकों की श्रेणी में रखा है और लॉ मिजरेबल्स यूरोप में फिफ्थ गास्पेल या पाँचवीं धर्मपोथी के रूप में विख्यात है। ड्यूमा क्रान्तिकारी

उपन्यासों के संसार में लेडी आव केमिल्यास के लिए अग्रगण्य है। इस उपन्यास में जो प्राणतत्व निहित है, उसकी शक्ति से शरत् का देवदास भी अनुप्राणित है। ड्यूमा ने इस उपन्यास में एक वेश्या की करुणा का चित्रण किया है। शरत् ने देवदास में वेश्याभक्त देवदास का मार्मिक चरित्रांकन किया है। शरत् भारत के ड्यूमा हैं। ड्यूमा ने अपने उपन्यास में करुणा-विगलित नारी की व्यवहारशील व्याख्या करते हुए देश-काल-वातावरण का समाजशास्त्रीय विश्लेषण रस से परिपूर्ण होकर किया है। शरत् के देवदास में भारत के मनोमय जगत् का स्पन्दन है। ड्यूमा की उपन्यास कला का प्रभाव शरत् की मौलिकता के मूल में नहीं है। भारतीय कथा साहित्य में ड्यूमा से भी सबल उनका स्थान है। देवदास और लेडी आव केमिल्यास दोनों एक ही कोटि के उपन्यास हैं। 'उग्र' की मान्यता है कि अच्छे आर्टिस्ट चोर नहीं होते, थोड़े भाव-चोर होते हैं—'भावेन् तुष्यन्तु महानुभावः'। 'उग्र' के इस कथन से शरत् की महिमा मन्द नहीं होती, न मन्द करने के लिए यह उक्ति कही गयी है। महानुभाव लोग अच्छी भावनाओं से सन्तुष्ट होते हैं। ड्यूमा के उपन्यास की अच्छी भाव-शृंखला से भिन्न और नये ढंग से अपने अछूते कोरे कैन्वस पर शरत् ने देवदास का विकास किया है।

ड्यूमा के उपन्यास का प्रभाव रूस के लोकप्रिय कलाकार दास्तोवस्की की श्रेष्ठतम रचना 'दि ईडियट' पर भी देखा जा सकता है। 'दि ईडियट' में दास्तोवस्की ने अपनी नायिका नटेशिया कोल्वेनिया के रूप में एक अत्यन्त ओजस्वी शक्तिशाली चरित्र का सृजन किया है। ड्यूमा के चमत्कारिक उपन्यासों की भाव-भूमि पर दास्तोवस्की और शरत् ने अपनी रचनात्मक क्षमता के नये क्षितिज का उद्घाटन किया है। इन कलाकारों में कथानक-संगठन की समरूप प्रवृत्ति परस्पर संबंधित है। ड्यूमा का ही विकास शरत् और दास्तोवस्की में प्रतिबिम्बित है। इन तीनों कथाकारों ने व्यक्ति की स्वतंत्रता के आग्रह पर सामाजिक चेतना की अधिकाधिक तीव्र अनुभूति प्रवाहित की है। इन कलाकारों के सृजन के पीछे उपन्यास-रस का वेगमय प्रवाह है, इसी कारण 'उग्र' ने इन उपन्यासकारों को बिम्ब का सर्वश्रेष्ठ आदर्श उपन्यासकार और उनकी रचनाओं को आदर्श उपन्यास स्वीकृत किया है।

'उग्र' के उपन्यासों पर आलोचकों ने आरोप लगाया है कि उनकी रचनाओं में जोश को छोड़कर विचार की कोई सामग्री नहीं है। वास्तव में ऐसे आलोचक उपन्यास-रस और जोश को विजातीय और भिन्न समझने की भूल कर गये हैं। उपन्यास कला में रस का परिपाक अनिवार्य है। 'उग्र' की मान्यता है कि उपन्यास-रस वही जोश है जो प्रेमचन्द की रचनाओं में दुर्लभ है, जयशंकर प्रसाद की रचनाओं में तो है ही नहीं। वही जोश मेरठ के अज्ञेय के पास है और पटना में प्रफुल्ल के नहीं। वही जोश लखनऊ में यशपाल के पास है, पर कलकत्ते में भगवतीचरण के नहीं। बंकिमचन्द्र चटर्जी की सभी रचनपाएँ वैसे ही जोश से

विद्युन्मयी हैं। वही जोश आस्कर वाइल्ड में भी है, मगर उसको व्यक्त करने का ढंग अद्‌भुत है। जोश जो टिक सके वही तो बल है। अतः जिनकी रचनाओं में टिकाऊ जोश है वे ही शक्तिशाली लेखक हैं। वेदव्यास, विक्टर ह्यूगो और बंकिम इन सभी के जोश स्थायी हैं। हो सकता है 'उग्र' के जोश में स्थायित्व आ पाया हो, फिर भी उनके जोश को साधारण न समझना चाहिए। प्रतिभा की मोटर के पहियों में जोश ही वह हवा है जिसके बिना गति असम्भव है।

दास्तोवस्की और बंकिमचन्द्र की कोटि का विशिष्ट उपन्यासकार न होते हुए भी आस्कर वाइल्ड ने अपने एकमात्र उपन्यास 'पोर्टेट आव् डोरियन ग्रे' का चित्र खींचते समय राजनीतिक और सामाजिक चुटकियों का मौलिक खजाना खोल दिया है। शरत् के देवदास और ड्यूमा के 'द लेडी आव् केमिल्यास' सी करुण भावना का दर्शन डोरियन ग्रे के चित्र में नहीं है, परन्तु आस्कर वाइल्ड ने अद्‌भुत रस का ऐसा सांगोपांग सृजन किया है, जिससे पाठक के हृदय में ज्वार-सा आन्दोलन फूट पड़ता है। अपने व्यंग्य एवं चुटकियों तथा फबतियों के कारण आस्कर वाइल्ड वेदव्यास, विक्टर ह्यूगो एवं दास्तोवस्की से भिन्न धरातल पर और भी मौलिक प्रतीत होता है।

'उग्र' के आदर्श उपन्यासों में महाभारत के समान मनोरंजन की प्रधानता रहती है। यदि उनका कोई उपन्यास रेनाल्ड्स के लन्दन रहस्य की तरह नीतिहीन हो गया हो तो भी 'उग्र' को अपनी मनोरंजकता पर गर्व है। उपन्यास की नीतिहीनता की उन्हें तनिक भी चिन्ता नहीं है। 'उग्र' ने अपने उपन्यासों में नीतिमत्ता को आवश्यक शर्त कभी नहीं माना। वे मानते हैं कि हूणों की मनोरंजकता और सुनीति का सम्मिश्रण जिस रचना में हो, वह स्थायी कोटि का साहित्य होता है। 'उग्र' की मनोरंजकता की अपनी निजी परिभाषा है। शृंगार, हास्य, वीर या शान्त में ही 'उग्र' मनोरंजन की क्षमता नहीं देखते। किसी रस का कुशल परिपाक मनोरंजक हो सकता है। जिस चाव से मिश्री की मिठास का स्वाद जिह्वा को मिलता है, उसी तरह तिक्त मिर्च का स्वाद भी लिया जा सकता है। किसी भी लेखक की रचना में जोश ही उसकी शैली या व्यक्तित्व का द्योतक होता है और लेखक की यही व्यक्तिगत सम्पत्ति उसे अन्य रचनाकारों से विलग करके उसकी मौलिकता की स्थापना करती है। प्रत्येक कलाकार की शैली में अपनी निजता या मौलिकता होती है। परिपक्वता के साथ नौ रसों में से किसी एक की सफल सृष्टि करने पर लेखक की प्रशंसा होती है। बीभत्स जैसे उपेक्षित रस का आस्वाद भी रसिक जनों को 'चिरकीं' की कला में मिल सकता है और उनके द्वारा व्यक्त भावनाओं के प्रवाह में देव, बिहारी, जौक और गालिब तक को कुछ क्षणों के लिए पाठक भूल जाते हैं।

'उग्र' का उपन्यासकार बहुज्ञ और जीवन की नाना परिस्थितियों का भोक्ता

है। वे ऐसे उपन्यासकार हैं जो दुर्भाग्य या शौक से आवारा होकर जीवन के विविध पक्षों का अनुभव ग्रहण करते हैं। 'उग्र' मन से भले ही विरागी हों, परन्तु उपन्यासकार के रूप में वे जीवन की प्रत्येक परिस्थिति में विविध रंगों और उमंगों के चितेरे हैं। 'उग्र' की शैली या अभिव्यक्ति-क्षमता ऐसे गुण हैं जो उनके उपन्यास की यशःकाया को वार्धक्य या मृत्यु की चिन्ता या भय से मुक्त कराकर उन्हें साहित्य-ज़गत् में अमरता के पद पर प्रतिष्ठित करते हैं। किसी रचनाकार को अमर बनानेवाली यशस्वी कृतियाँ बहुत कम होती हैं। 'सब्ज़बाग़' 'उग्र' का यशस्वी उपन्यास है। 'सब्ज़बाग़' उपन्यास का राजकीय वाचनालय सार्वभौम निरीक्षण की दृष्टि से बहुत ही विस्तृत है। 'उग्र' ने उपन्यासों का अम्बार नहीं लगाया। कुछ ही सफल उपन्यासों की रचना कर वे नवयुग के प्रवर्त्तक बने। 'सब्ज़बाग़' की अभिव्यक्ति-शिल्प की क्षमता उन्हें हिन्दी उपन्यासकारों से अलग मौलिक रचनाकार के रूप में प्रतिष्ठित करती है। 'सब्ज़बाग़' के पात्र मानवता की शक्ति और वास्तविक परिस्थितियों से टक्कर लेने में पलायन नहीं करते, बल्कि जीने योग्य शक्ति की यथार्थ अभिव्यक्ति करते हैं। उसे आलोचना के जिस किसी निकष पर कसा जाए, उसकी तीव्र दीप्ति का निखार सदैव एक जैसा बना रहता है। 'उग्र' यथार्थवादी कलाकार की भाँति जैसे का तैसा अर्थात् यथातथ्य चित्रण करते हैं। घृणित एवं कामुक प्रतीत होनेवाले चित्रणों के पीछे आदर्शमूलक मर्यादाओं की सीमा उल्लंघन 'उग्र' की कला का पतन नहीं है। उनके उपन्यासों का यथार्थ वस्तुतः आँखों के सामने घटनेवाली प्रत्यक्ष घटनाओं की अनुभूतियों पर आधारित होता है। 'उग्र' ऐसे कलाकार हैं जो समाज के विनाश-पीड़ित जीवन के नग्न सत्य का ऐसा तटस्थ चित्रण करते हैं कि पाठक के मन में सामाजिक क्रान्ति की चेतना जागृत हो उठे। यह अत्यधिक कौशल का कार्य नहीं है, तथापि ऐसे चित्रणों के द्वारा 'उग्र' यत्न करते हैं कि पाठक के मन में कोई हिंसात्मक कुटेव न जागे। यह सचमुच टेढ़ी खीर है। 'उग्र' ने 'सब्ज़बाग़' में आदर्श की आड़ में विलास, जुगुप्सा और बलात्कार की रोमांचकारी और करुण घटनाओं का भंडाफोड़ किया है। आदर्श की दुहाई देनेवाले आलोचक 'उग्र' के कलात्मक यथार्थवाद को भोंडा और निरुद्देश्य सिद्ध करने में अपने मत्सरी लक्ष्य की सिद्धि समझने लगे, परन्तु 'उग्र' आदर्शवाद के अविश्वसनीय झूठे प्रदर्शन से कोसों दूर रहकर यथार्थवाद के सच्चे प्रतिनिधि सिद्ध हुए हैं। उनके उपन्यासों का लक्ष्य अनीतिमूलक सामाजिक समस्याओं का स्पष्ट चित्रण है। 'सब्ज़बाग़' में उन्होंने जीवन की विकट अनैतिक समस्याओं के लक्ष्यभेद के लिए यथार्थवादी कथानक का विकास किया है और झूठी सामाजिक भावना के आदर्शवाद की पोल खोलकर रख दी है।

इसके पूर्व कि 'सब्ज़बाग़' की समस्याओं पर कुछ लिखा जाय, यह आवश्यक है कि 'उग्र' के अब तक के उपन्यासों की मौलिकता की चर्चा कर ली जाय।

'चन्द हसीनों के खुतूत' 'उग्र' का बहुचर्चित प्रथम उपन्यास सन् 1923 ई. में मतवाला मंडल कार्यालय, कलकत्ता से प्रकाशित हुआ। यह उपन्यास पत्रात्मक शैली में लिखा गया है और किशोर मन की प्रेम सम्बन्धी दैहिक और मानसिक भावनाओं के चित्रण से परिपूर्ण मौलिक रचना है। आलोचकों ने अनेक आरोपों के उपरान्त भी हिन्दी के इने-गिने श्रेष्ठतम प्रेमपरक उपन्यासों में 'चन्द हसीनों के खुतूत' की गणना की है। इस उपन्यास में प्रेमी और प्रेमिका के भाव-विह्वल हृदय की मनोदशा का जहाँ स्वाभाविक चित्रण हुआ है, वहीं आधुनिक शिक्षा-व्यवस्था की आड़ में रचे जानेवाले प्रेम-प्रसंगों का कच्चा चिट्ठा भी खोला गया है। प्रेम की पीर से व्याकुल युवा हृदयों की यथार्थ अभिव्यक्ति का नाम 'चन्द हसीनों के खुतूत' है।

'दिल्ली का दलाल' सन् 1927 ई. में प्रकाशित हुआ। रूप और यौवन के जानकार सौदागरों का नारकीय और घृणित चेहरा इस उपन्यास में बेनकाब हुआ है। 'उग्र' के इस परम प्रसिद्ध उपन्यास को लेकर हिन्दी में जो तूफान उठा, उसमें भोग-पंथियों की अक्ल का डोंगा ही डूब गया। 'दिल्ली का दलाल' में उठाई गयी समस्याओं में तत्कल्लीन युग और समाज के विभिन्न पक्षों का यथातथ्य चित्रण हुआ है। समाज की नारी-व्यापार की दुष्प्रवृत्ति आज भी उन्मूलित और लुप्त नहीं हुई है। वासना की दूषित प्रवृत्ति के रूप में यह समस्या समाज में सर्वत्र वर्तमान है। 'दिल्ली का दलाल' में युवतियों के सतीत्व एवं इज्जत का सौदा करनेवाले समाज के उन पशु-प्रवृत्ति, कामुक, विलासी, दुराचारी मनुष्यों का भंडाफोड़ किया गया है जो पापाचार के अड्डों को बढ़ावा देते हैं और अपने जीवन का सम्बल पाने के लिए भले घर की लड़कियों को फुसलाकर उनके सतीत्व का नाजायज व्यापार करते हैं। व्यभिचार के अड्डों पर भोली-भाली युवतियों को भ्रष्टाचार का शिकार बना उन्हें पाप-मार्ग पर आगे बढ़ाने के लिए नारी की मान-मर्यादा किस प्रकार चाँदी के चन्द टुकड़ों के बदले नृशंसतापूर्वक रौंदी जाती है, इसका जैसा ओजस्वी चित्रण इस उपन्यास में उद्घाटित किया गया है वह हिन्दी साहित्य में घटनेवाली एक क्रान्तिकारी घटना है जिसमें हमारी समाजवादी चेतना के यथार्थवादी मूल्यों का बिल्कुल सही आकलन किया गया है।

'बुधुवा की बेटी' ('मनुष्यानन्द') 'उग्र' के प्रथम उत्थान-काल का तीसरा उपन्यास है। यह बहुचर्चित उपन्यास भी सन् 1927 ई. में ही प्रकाशित हुआ। सन् 1964 ई. में इसका दूसरा परिमार्जित संस्करण 'मनुष्यानन्द' के नाम से छपा। 'बुधुवा की बेटी' की समस्या दलितोद्धार की है। जब तक तथाकथित अछूतों को सवर्णों के समान मान्यता नहीं मिलती और उनके रहन-सहन के स्तर में सम्यक् सुधार नहीं होता, तब तक देश के जनगण की एकता का विचार नहीं किया जा सकता। भारतीय समाज का अध्ययन करनेवालों के लिए 'मनुष्यानन्द' का कथानक

तथा उसमें विवेचित विषय तथा उद्देश्य आवश्यक तथा आकर्षक सन्देश देते रहेंगे। 'उग्र' के इस उपन्यास में अछूतों के उद्धार की शाश्वत समस्याएँ विवेचित हैं। 'बुधुवा की बेटी' की नायिका रधिया नौजवान और रूपवती भंगिन है। प्रारम्भिक जीवन के अन्त तक उसे कामुक, बीभत्स और वासनापूर्ण संसार में रहना पड़ता है। रधिया कुँवारी और जवान है। अंग्रेजों की वासना का भी वह शिकार होती है। भारत के स्वतंत्र होने पर भी राजनीतिक भाषणों और योजनाओं द्वारा हरिजनों की समस्या पर जो भी सुधार कार्य हुआ हो, पर इस वर्ग की समस्याएँ और वातावरण आज भी जैसा का तैसा है। इस उपन्यास में 'उग्र' ने अछूतों और सवर्णों के सामाजिक द्वन्द्व एवं रहन-सहन के स्तर का मनोवैज्ञानिक, यथार्थ, यथातथ्यवादी धरातल पर सटीक ढंग से चित्रण किया है। ऐसे कुत्सित दुराचारियों का भी रोचक वर्णन है जो गंडा-ताबीज और भूत-प्रेत के सहारे रधिया जैसी अछूत बालाओं को फँसाकर उनका दैहिक दोहन करते एवं सतीत्व भ्रष्ट करते हैं। धार्मिक आडम्बरों पर 'मनुष्यानन्द' अर्द्ध अघोरी सदा सबलतापूर्वक प्रहार करता है और 'उग्र' की चरित्र-चित्रण की सफलता का अविस्मरणीय, ओजस्वी, क्रान्तिकारी चरित्र बनकर अवतरित होता है। वह विश्वनाथ मन्दिर में हरिजनों के साथ प्रवेश करता है। पंडितों, पुरोहितों, ब्राह्मणों के निन्दनीय कुकर्मों की कटु आलोचना करते एवं खिल्ली उड़ाते हुए 'मनुष्यानन्द' आन्दोलनकारी व्यक्तित्व के रूप में प्रतिष्ठित है।

इसी हरिजन समस्या का दिल्ली के परिवेश में चमत्कारिक विकास हुआ है। उसे निरूपित करने का यत्न पचासों वर्ष बाद 'उग्र' ने सन् 1960 ई. में 'सब्ज़बाग़' में फिर से स्वतंत्रता के नये वातावरण में चित्रित करने का यत्न किया है।

'शराबी' का प्रकाशन सन् 1930 ई. में हुआ। पुस्तक के रूप में छपने के पहले 'शराबी' के कुछ अंशों का प्रकाशन 'मतवाला' में धारावाहिक रूप से 20 अप्रैल, 1928 से 27 जुलाई, 1929 के अंकों तक हुआ है। 'शराबी' में अछूत वर्ग, नारी की दीनता और अन्य सामाजिक समस्याओं के अतिरिक्त शराब और उसके दुष्परिणामों का 'उग्र' ने शक्तिशाली चित्रण किया है। यह उपन्यास 'उग्र' के प्रथम उत्थान काल की बहुचर्चित सशक्त एवं अन्तिम कथाकृति है। सामाजिक रीति-नीति वर्ग-विशेष अथवा व्यक्ति-विशेष के आचार-व्यवहार के प्रति अपने मनोभावों की व्यंजना 'उग्र' ने 'शराबी' में प्रतिबिम्बित की है। इस उपन्यास की नायिका जवाहर मध्यम राजपूत जमींदार पारस की एकमात्र सन्तान है और शराबी पिता के दुर्गुणों और ताड़ना से ऊबकर घर से निकल वेश्या के कोठे तक पहुँचती है और अपने सतीत्व की मर्यादा की रक्षा करती है। शराब ऐसा नशा है जो अच्छे से अच्छे इन्सान को शैतान की भट्ठी में ले जाकर झोंक देता है। वह ऐसी सनक हैं जो खानदान, ईमान और भगवान् तक को भूल जाता है। यह शरारत का पानी

है। सत्यनाश का सबल प्रवाह है। 'शराबी' के सभी पात्र जीवन की उदात्त मान्यताओं से स्खलित होकर समाज की अँधेरी गलियों में भूल-भटककर पथभ्रष्ट नहीं होते। 'शराबी' के अधिकांश चरित्र रूढ़ियों के विरोध में क्रान्ति की भावना के प्रति आकृष्ट हैं एवं सामाजिक चेतना की यथार्थ पृष्ठभूमि की ओर संकेत करते हैं। जहाँ तक कथानक के गठन और कथावस्तु के विकास की समस्या का प्रश्न है, 'उग्र' के प्रथम उत्थान काल की यह बहुचर्चित सशक्त रचना है। आगे उनके द्वितीय उत्थान काल के उपन्यासों पर विचार किया जाएगा।

'उग्र' के द्वितीय उत्थान काल की रचनाओं में 'घंटा' है। यह ऐतिहासिक उपन्यास है। एक विचित्र और भारी भरकम अष्टधातु का मंत्रसिद्ध घंटा मन्दिर की सीमा के भीतर पापी, कुकर्मी और वासनाग्रस्त मनुष्यों के प्रवेश का निषेध करता है। घंटे के सूने निर्जन स्थान के निकट कोई भी दुस्साहसी अपनी वासनापूर्ति का साहस नहीं जुटा पाता। एक दिन घंटे के इई-गिर्द रहकर उसकी रक्षा करनेवाला ढोंगी बौद्ध संन्यासी अपनी शारीरिक वासना की अग्निज्वाला नहीं रोक पाता और रोज आसपास से गुजरनेवाली युवितयों में से ग्वालिन का सतीत्व विनष्ट करने का पाप करता है। चारित्रिक नैतिकता का प्रतीक घंटा घहराकर भिक्षुक के शरीर पर गिरता है और वह प्राण त्याग देता है। अनेक दुस्साहसिक लोगों के लाख प्रयत्न करने पर उस अक्षय घंटे के प्रताप का क्षय नहीं होता। उस घंटे को अत्यन्त सनसनीखेज ढंग से चुपचाप चुराकर जर्मनी ले जाया जाता है। जर्मनी में घंटे का महत्त्व पूर्वज्ञात था। कैसर महान् उपहास, घृणा और उपेक्षा से उस मंत्रपूत अष्टधातु के घंटे को अपने प्राणों को जोखिम डालकर जर्मनी लानेवाले वीर सीजर पर व्यंग्यात्मक अट्टहास करता है। कैसर की अमानवीय उपेक्षा से घंटा अपनी मंत्रसिद्ध शक्ति से आकाश में उड़ने लगता है। पृथ्वी पर शून्य के आकार का धुंधभरा अन्धकार फैल जाता है। कैसर घंटे की इस महान् सिद्धि पर चमत्कृत हो उठता है और अत्यन्त दृढ़व्रती एवं साहसी होते हुए भी मन-ही-मन भयातुर हो उठता है। वह इस भयानक और चमत्कारी घंटे को जर्मनी में रखना अनुचित समझकर पुनः बम्बई वापस भेज देता है। बम्बई में शक्ति और साधना के प्रतीक उस घंटे को बौद्ध भिक्षु तिनके के बीच रखकर उसे अग्नि में स्वाहा कर देते हैं।

आठ वर्षों के बाद 'उग्र' के प्रेमी और प्रशंसक पाठकों के हाथ में 'घंटा' आया। 'उग्र' का जीवन इस बीच अनिश्चित यायावर के रूप में बीत रहा था और वे बम्बई के फिल्मी वातावरण में खो गये। यह उपन्यास ऐतिहासिक पृष्ठभूमि का सृजन करता है। 'उग्र' ने इसमें खरगोश और कछुए का दृष्टान्त देकर सिद्ध किया है कि कछुए के जीतने का जवाब उसकी एकाग्रता और खरगोश, जो चतुर शिरोमणि और वायु की गतिवाला था, अपने मिथ्या अभिमान, असावधानी और मूर्खता के कारण कछुए जैसे धीमे प्रतियोगी से हार जाता है।

'उग्र' ने हिन्दी कथा साहित्य में 'घंटा' उपन्यास के द्वारा एक प्रयोग किया है। किसी भी निर्जीव वस्तु में परम्परागत विश्वासों को आरोपित करके उसके इई-गिर्द कैसर जैसे महाशक्तिशाली और अधिकार-सुख में अहंग्रसित चरित्र, घंटे की पहरेदारी करनेवाले चिन्तक भिक्षु जैसे दैहिक सुखभोग के लिए धार्मिक मान्यताओं पर कुठाराघात कर प्राणों की बलि देनेवाले प्राणी, अपनी आँखों की एक ही भंगिमा से दिल को गुदगुदा देनेवाली कमनीय फ्रेंच सुन्दरी, आर्य-कुल-मार्तंड महामहिमान्वित महाराज संग्रामपुर, कीलर जैसे उत्तरदायित्व को निभानेवाले जासूस, अशोक, बुद्ध और ईसा के उपलब्ध इतिहास-चरित्र तथा एक सम्पादक की विवश स्थिति का चित्रण इस उपन्यास 'घंटा' में बड़ी ही सजीवता और सफलता के साथ कथाकार ने किया है। यह उपन्यास हिन्दी में अपने ढंग का प्रथम प्रयोग है। इसलिए केवल रोचकता और रस के लिए उपन्यास पढ़नेवाले पाठकों को यह भले ही पूरा सन्तोष न दे, परन्तु भारत के जातीय गौरव के प्रतिकूल चल रहे विश्वयुद्ध की विभीषिका के नग्न तांडव एवं मानवता के उत्थान और पतन का जो दृष्टान्त ध्वन्यात्मक कथा-संकेतों से इस उपन्यास में प्रस्तुत किया गया है वह बेजोड़ है। हिन्दी आलोचकों ने 'उग्र' के इस उपन्यास पर विचार विनियोजित करने में अत्यन्त कृपणता का परिचय दिया है। कुछ लोगों ने बिना इसे देखे नाटक भी घोषित कर दिया है।

ऐतिहासिक उपन्यास 'घंटा' में स्वार्थ और तरफदारी से बचकर तटस्थ पर्यवेक्षक की भाँति सत्य का विश्लेषण करते हुए युग की परिस्थितियों और समस्याओं को 'उग्र' ने समसामयिक परिवेश में चित्रित करते समय पाश्चात्य विकृति पर आर्यत्व के निर्माण को आरोपित किया है। 'घंटा' की ध्वनि गुंजित करने के बाद 'उग्र' को ऐसा बोध हुआ कि शान्ति या सुख ऐसी चीज नहीं जो बाजारों में बिकती हो। वह मृग की कस्तूरी की तरह अपने आपमें अन्दर होती है और सन्तोष, दया तथा त्याग से सौभाग्यशालियों को उसके दर्शन होते हैं। सन् 1937 ई. में 'घंटा' के चन्द महिनों बाद ही 'उग्र' का दूसरा उपन्यास 'सरकार तुम्हारी आँखों में' प्रकाशित हुआ। अनेक विरोधी तत्वों ने 'उग्र' के विरुद्ध षड्यंत्र रचकर मत्सरी आलोचकों की भाँति उनके श्रेष्ठ कलाकार को निर्जीव, मुर्दा और समाप्तप्राय घोषित कर दिया। यह सब पार्टीबन्दी के कारण हुआ। 'उग्र' ने ऐसे अनुत्तरदायी लोगों से निर्भीकतापूर्वक अपनी असहमति प्रकट कर कुत्सित आलोचकों का भंडाभोड़ किया। उन दिनों हिन्दी में तू-तू मैं-मैं, अहो रुपमहोध्वनि के शोर के अलावा कुछ सुनाई नहीं पड़ रहा था। किसी भी क्षेत्र में संसार के सामने मुखोज्ज्वल करनेवाला काम नहीं हो रहा था और चारों ओर दृष्टि दौड़ाने पर निराशा का घोर अन्धकार व्याप्त था। सरस्वती के मन्दिर में मंडूक, गीदड़, चमगादड़ और उल्लू बोल रहे थे। उस समय मानस-सलिल-सुधा-प्रतिपाली हिन्दी-मन्दिर में सरस्वती-मराली घनघोर

निराशा की कालिमा के बीच बैठी आँसू बहा रही थी। मुक्त जनों में बैठ नीर-क्षीर-विवेक कर पाना जब असम्भव हो गया था, तभी आशामय संकल्पों का दृढ़ व्रत धारण कर रचनात्मक साहित्य के स्वरूप स्नेह और अपने गुण से मन्द दीपक को प्रकाशित कर 'उग्र' पुनः अपनी मौलिक प्रवृत्तियों के साथ हिन्दी कथा साहित्य में 'घंटा' और 'सरकार तुम्हारी आँखों में' के साथ प्रविष्ट हुए।

'सरकार तुम्हारी आँखों में' में सामन्तवादी समाज और उसकी कला के मूल्यांकन की पद्धति, वासनापूर्ण मनोवृत्तियों एवं सारे समाज को तहस-नहस करनेवाले षड्यंत्रकारी वजीरों और सामन्तों का हूबहू चित्रण किया गया है। कथा-तत्व सत्य घटनाओं पर आधारित है। कहानी कहने के शिल्प में 'उग्र' सचमुच बेजोड़ हैं। कथानक के प्रति पाठक की उत्सुकता इसमें उत्तरोत्तर बढ़ती जाती है। मिटती हुई सामन्तशाही परम्परा की असंगतियों, निर्दयता, धोखाधड़ी, पाशविक प्रवृत्तियों और उसकी जनजीवन में विडम्बनाओं पर व्यंग्य करने में 'उग्र' ने लेखनी को दुधारी तलवार बना दिया है। 'सरकार तुम्हारी आँखों में' हिन्दी उपन्यासों की कलात्मक रुचि के विकास का महत्त्वपूर्ण सोपान है। राजदरबारों के रीति-रिवाज, रनिवास की स्थिति-परस्थिति, महाराज के प्रेम-पुरस्कार का लघु संग्रहालय और अन्य राजकीय व्यवस्थाओं का आकर्षक और विशुद्ध, तटस्थ वर्णन करने में यह कृति अत्यन्त सफल है।

'कढ़ी में कोयला' सन् 1955 ई. में प्रकाशित हुआ। समाज की विशेष बुराइयों का विशेष वर्णन कर उसके उचित उपचार के लिए एक्स-रे फोटो रखने के प्रयास में 'उग्र' ने स्वार्थी समाज के बिगड़ते स्वास्थ्य पर आरोग्य का प्रकाश डालने की कोशिश की है। भ्रष्टाचार, चारेबाजारी, भद्र समाज द्वारा पैसे का उपयोग विलास लीलाएँ रची जाने में करने की दुष्प्रवृत्ति जैसी सामाजिक समस्याओं का, जो भारत के स्वतंत्र हो जाने पर और भी बढ़ी हैं, इस उपन्यास में रोचक वर्णन है। कलकत्ते के मारवाड़ियों की काले धन की कमाई के रहस्यों का विश्लेषण 'कढ़ी में कोयला' का लक्ष्य है। भारत के पूँजीवादी समाज का एक व्यापक वर्ग नीचता और हैवानियत पर उतर शासकीय नियमों की अवहेलना कर काला धन कमाता है। मारवाड़ी पुरुष-समाज इस पाप की कमाई से अपनी दैहिक वासना की तुष्टि करने के लिए विलासी वातावरण का राग-रंग रचाता है। इन्हीं सब रंगीन रहस्यों की कलई खोलने का यत्न व्यंग्य-प्रधान शैली में यथार्थवादी धरातल पर 'उग्र' ने किया है। समाज-सुधार की भावना का आश्रय लेने के बाद भी 'उग्र' का आदर्शवाद धुँधला एवं यथातथ्य तथा यथार्थवाद अधिक चमकीला हो उठा है। अपनी पत्नी को छोड़ दूसरे की औरत पर नज़र डालने वाले नौजवानों को सीख देते हुए 'उग्र' 'कढ़ी में कोयला' उपन्यास द्वारा समाज की वस्तुस्थिति और वर्गवादी रीति-नीति का मनोवैज्ञानिक चित्रण करने में पूर्ण सफल रहे हैं। 'उग्र' ने धन के पीछे पागल

पूँजीपतियों की नीच, रुग्ण मनोवृत्तियों का दिग्दर्शन कराते हुए सारे समाज को उनकी संचयवृत्ति से बचने की सीख दी है। धनवान किसी को कुछ दे या न दे, परन्तु उसके धन का समाज के अधिकांश अभावग्रस्त वर्ग पर ऐसा रोबदाब छाया रहता है कि पूँजीपति के सात खून भी माफ हो जाया करते हैं। पूँजीवादी धन-पशु समाज के मुख पर कालिख लगाकर काले बाजार की कमाई नाजायज तौर पर करते हैं। जो धन जनता के शोषण और अनिवार्य आवश्यकताओं पर नियंत्रण करने से पूँजीपति की तिजोरी में आता है, उसे काला धन कहते हैं। इसी काले धन से पूँजीपति समाज का दुगुनी तेजी से शोषण करता है। पूँजीवाद का हत्यारा व्यावसायिक चक्र अनवरत सारे समाज को ग्रसित रखता है। जनता के पसीने की कमाई का पूँजीपति अपनी नाजायज वासनाओं की तुष्टि के लिए नारी-समाज की अस्मत को खनखनाते सिक्कों द्वारा खरीदने में व्यय करता है। विवश समाज के सामने वह सौदा करने में तनिक भी नहीं हिचकता। 'उग्र' की निर्भीक लेखनी ने सत्य के आग्रह से पूँजीवाद की बखिया उधेड़ दी। परतंत्र भारत में 'चाँद' के मारवाड़ी अंक के प्रकाशन से मारवाड़ी समाज में खलबली मच गयी थी। स्वतंत्र भारत में 'कढ़ी में कोयला' जैसा सशक्त व्यंग्यात्मक उपन्यास लिखकर मारवाड़ी की स्वार्थी और अराष्ट्रीय वृत्तियों की खुले आम भर्त्सना करके 'उग्र' ने सारे समाज को इन नर-शोषकों से सतर्क रहने का जिहाद छेड़ा है। 'उग्र' ने सामाजिक सुधार की अपनी विशिष्ट प्रेरणा से ही 'कढ़ी में कोयला' लिखा था।

सन् 1955 ई. में ही 'उग्र' का 'जी-जी-जी' शीर्षक एकमात्र आदर्शवादी उपन्यास प्रकाशित हुआ। माता-पिता की इच्छा से अनमेल विवाह की विवशता और उसके कुपरिणाम के मनोवैज्ञानिक चित्रण पर यह वर्गवादी उपन्यास आधारित है। 'उग्र' ने अपनी उपन्यास कला की सारी शक्ति उपन्यास की नायिका प्रभा के चित्रण में लगा दी है। पिता के परिवार में उपेक्षित प्रभा की सौतेली माँ के कारण दुराग्रह-दुर्भाग्य से उपन्यास प्रारम्भ होता है। वह दुराचारी, कामुक, लम्पट और अधेड़ असामाजिक आदमी से विवाह करने को विवश होती है। वह पति के घर भीषण भौतिक कठिनाइयों से जूझती हुई उसकी अनमेल भावनाओं और दूषित विचारों से सामंजस्य नहीं कर पाती। नारी-सुलभ भावुकता से अधीर प्रभा का पतन नहीं होता। वह परिस्थितियों में सामंजस्य स्थापित कर जीवन की विडम्बनाओं पर विजय प्राप्त करती है। अपने माता-पिता की लापरवाही और ईर्ष्या की शिकार प्रभा अपने पति की कुत्सित रुचि के कारण बेहिचक वस्त्रहीन हो जाती है। उसके जीवन की तिक्तता बढ़ते-बढ़ते विषदन्त के दंश से उसे आत्मपीड़ित और व्यथित कर तड़पाती रहती है और असामाजिक रूढ़ियों की बलिवेदी पर मानसिक असन्तोष से जर्जर शरीरवाली प्रभा जीवन-शक्ति से रहित हो जाती है। जब तक भारतीय समाज में सामाजिक सम्बन्धों के नाम पर रूढ़ियों की ऐसी बेमेल छूत लगी रहेगी

तब तक हिन्दी पाठकों को प्रभा के नारी चरित्र की समस्या पर 'उग्र' के सुलझे विचारों का प्रकाश 'जी-जी-जी' उपन्यास देता रहेगा। 'जी-जी-जी' में आदर्श की अपेक्षा यथार्थ और करुणा का द्वन्द्व अधिक उभरकर सामने आया है और समाज को विक्षोभ और क्रान्ति के लिए प्रेरित करता है। इस उपन्यास की वर्णन-शैली कल्पना-प्रधान है, जीवन की घटनाओं की सच्चाई अहं-प्रधान है, जिसका आशय आत्मसम्मान में उपस्थित हुआ है।

'फागुन के दिन चार' का प्रकाशन सन् 1967 ई. में हुआ। 30-35 वर्ष पहले जब भारतीय चित्रपट अपने पैरों पर खड़े होने का उपक्रम कर रहा था, तब की फिल्मी दुनिया की एक खेदजनक कहानी इसमें वर्णित है। 'उग्र' ने अपने जीवन के अनेक अमूल्य वर्ष फिल्म संसार में बिताये। बम्बई की रंगीन और बनावटी जिन्दगी का जितना स्वाद 'उग्र' ने लिया, उतना प्रेमचन्द, अश्क, भगवतीचरण वर्मा, विश्वम्भरनाथ शर्मा 'कौशिक', सुदर्शन, अमृतलाल नागर और फणीश्वरनाथ 'रेणु' आदि नहीं प्राप्त कर सके। 'उग्र' ने जीवन को जोखिम में डालकर सिने संसार में कर्जदार होकर भी नाम के फेर में पड़कर अविवाहित होने के कारण बम्बई की फिल्मी दुनिया के झूठे आकर्षण और काले कारनामों में गहराई तक प्रवेश कर यद्यपि वहाँ की वस्तुस्थिति का मनन और चिन्तन किया है, तथापि उसके कलुषों से वह निर्लिप्त रहे। 'फागुन के दिन चार' या 'जुहू' में जो फिल्मी विवरण आये हैं, वे 'उग्र' के वास्तविक अनुभव तथा गम्भीर तटस्थ मनन के परिणाम हैं। वे इतने आकर्षक हैं कि सामान्य मानव मूर्च्छित हो जाय। 30-35 वर्षों के जीवन में 'उग्र' ने देखा कि फिल्म संसार अपने कलारहित पापाचार से रत्ती भर भी मुक्त नहीं हुआ था। 'फागुन के दिन चार' की संस्मरणात्मक शैली द्वारा 'उग्र' ने कल्पित नामधारी पात्र-पात्रियों और फिल्मी संस्थाओं के माध्यम से शोषण, भ्रष्टाचार, तिक्तता आदि सम्पूर्ण अशुभ तत्वों का बड़ी तन्मयता से चित्रण किया है। सन् 1934 ई. में कलकत्ता के दैनिक 'विश्वमित्र' में 'फागुन के दिन चार' के कुछ अंशों का धारावाहिक प्रकाशन भी हुआ। 'उग्र' ने इस उपन्यास में सिद्ध किया है कि नाम और नामा की भूखी नयी युवती लड़कियाँ फिल्म स्टार बनने के लालच में सिने संसार के चंचल कुचक्र में दुष्ट बदनीयत मकड़ों के जाले में मक्खियों-सी खिंची चली आती और कस जाती हैं। ये नवल नवेलियाँ खासी कीमत चुकाकर, भलमनसाहत की हद से बाहर जाकर अपने रूप का सौदा करने को विवश होती हैं। जब सिनेमा संसार में उन्हें धन और यश मिलता है, तब तक उनकी जवानी का रस निचुड़ जाता है। 'चिड़िया चुग गयी खेत' की स्थिति में आकर ये नवेलियाँ क्षणिक और उन्मादकारी जीवन की वास्तविकता को समझती हैं और अपने विकट विगत पर पछताती हैं। जब घटाघोट अन्धकार में कोई क्षीण मार्गदर्शक किरण तक दिखाई नहीं पड़ती, तब उनके फ़िल्म गुरु उन्हें सर्वगुण-सम्पन्न बनाने का लालच

देकर उनसे वह काम भी लेते हैं जो स्टूडियो की ड्यूटी के बाद शुरू होता है। कामिनियों के उस कार्य का घनिष्ठ सम्बन्ध फिल्म कला से है। उन फिल्म नेत्रियों को यश और धन मिलने के पहले बाजारू स्तर पर सिनेमा जगत् के विधाताओं के आदेशानुसार अनेक पुरुषों की वासना की भूख मिटाने के लिए तैयार होना पड़ता है। स्टार बननेवाली फिल्म नेत्रियाँ धोबी के कुत्ते की तरह न घर की होती हैं, न घाट की। नयी नवेली नटी की कीमत एकाध फिल्म में उच्चस्तरीय काम करते ही तिल से ताड़, राई से पर्वत हो जाती है। अन्ततः ध्येय रह जाता है रुपया-रुपया-रुपया। देश की अभिनेत्रियाँ इसी आत्म-विनाशी, आर्ट-विनाशी, राष्ट्र-विनाशी, सत्यानाशी आबोहवा में पलती रहती हैं, जिसमें लोभ, दुराचार और रूप का वह पातकी मोह है जो ईमानदारी और सदाचार की सारी सीमाएँ लाँघ जाता है।

इस उपन्यास में दो खंड हैं। काशी और बम्बई दोनों खंडों में 'उग्र' ने समाज के अनेक वास्तविक और जीवित पात्रों का नाम बदलकर उनकी मर्यादा की रक्षा की है। तत्कालीन राष्ट्रीय आन्दोलन के समय वाराणासी की राष्ट्रीय जेल में नेताओं के रहन-सहन और उनके साथ घटनेवाली घटनाएँ 'फागुन के दिन चार' को ऐतिहासिक महत्त्व की रचना सिद्ध करती हैं। 'उग्र' ने तत्कालीन काशी की धार्मिक, सांस्कृतिक एवं सामाजिक नैतिकता को विश्वसनीय धरातल पर सजीव और ओजस्वी भाषा तथा स्पष्ट घटनाओं की व्यंजना के सहारे व्यक्तिगत शैली में चित्रित किया है। 50-52 वर्ष पूर्व की काशी का जो चित्रण इस उपन्यास में किया गया है वह काशी की वस्तुस्थिति का जीवित, राष्ट्रीय और सांस्कृतिक इतिहास है। बुढ़वामंगल काशी की सांस्कृतिक परम्परा का रास-रंगमय मनोरंजन रहा है। इस उपन्यास में 'उग्र' ने गहरेबाज, बनारसी पत्ती, झूम-झूमकर रस लेनेवाले लावनीबाजों, बजरे पर जुआरियों के अड्डों, गंगा की लहरों पर नृत्य कला की साधना से थिरकते चंचल चरणों में कत्थक कला का वर्णनात्मक स्वरूप उद्घाटित करने में जिस यथार्थ का सहारा लिया, वह हिन्दी के कम उपन्यासकारों में मिलता है। अत्यन्त संक्षेप में 'फागुन के दिन चार' के प्रारम्भिक पृष्ठों में काशी नगरी के जिस व्यक्तित्व को उजागर किया गया, वह अकेला, बेजोड़ और मातृभूमि की ममता तथा प्रेरणा से प्रभावित हिन्दी साहित्य का विशिष्ट अंश है। काशी की महत्ता और शाश्वत सत्यता का जो स्वरूप 'उग्र' की लेखनी ने रचा है, वह पंडितराज जगन्नाथ की 'गंगालहरी' के विकास को अपने में समेटे हुए है। काशी के राजनीतिज्ञों पर व्यंग्य करते हुए 'उग्र' ने लिखा है कि काशी के कुख्यात गुण 'राँड़, साँड़, सीढ़ी, संन्यासी' के तत्त्व बजरे पर पार्टीबाज पंडित जी, सिंह जी, मुन्शी जी उपनाम के प्रसिद्ध पोलिटिकल नेताओं में व्याप्त हो गये हैं। ये नेता राँड़ों की तरह नीति-विरहित और वीर्य-विरोधी हैं। नेताओं में तेज है नहीं, वोट के बल पर तेजस्वी प्रतिभाओं से जलते हैं। दर्शन और दृष्टि में उलझे काशी के राजनीतिज्ञ जनता के भोलेपन की

हरियाली लतेड़ने में नहीं हिचकते। काशी की अनगिनत सीढ़ियों की तरह इन जनता-जीवी नेताओं की लोक-लालसा की काई लगी सीढ़ियों से गंगा में फिसलने का भय बना रहता है। संन्यासी के रूप में इन राजनीतिज्ञों से बड़ा समन्वयी, त्यागी, जो अपनी कुलीनता, आर्यत्व, दया, ब्रह्मचर्य को त्याग चुका हो, मिलना असम्भव है। ये ही इन संन्यासियों के लक्षण हैं। इस प्रकार काशी की शक्तिशाली जन-जीवन की परम्परा में विषाक्त राजनीति का जो दौर विष के रूप में फैल रहा है, उससे हमारी सांस्कृतिक तथा शाश्वत परम्परा और मूल्यों पर जो आँच आयी है, उन सबका प्रतिपादन 'उग्र' ने निःसंकोच भाव से किया है। प्रथम विश्वयुद्ध के बाद, अर्थात् सन् 1920-21 के बाद, की काशी के कत्थकों के परिवार के लौंडों को लेकर घटी लौंडेबाजी की घटनाओं, स्वतंत्रता-संघर्ष तथा जेल-जीवन और काशी के अप्राकृतिक व्यभिचारों का जैसा वास्तविक और सत्य पक्ष 'उग्र' ने उद्घाटित किया है, वह सब नग्न प्रकृतिवादी यथार्थ की घिनौनी तस्वीरें पेश करता है। यह उपन्यास घोर नग्न सत्य अपने में समेटे हुए है। सत्य की ज्वलंत शक्ति का असह्य ताप इस उपन्यास में है। 'उग्र' ने साहित्य की गैलरी में जब भी जीवन की नंगी तस्वीरों की प्रदर्शनी सजाई तब उनके प्रत्येक चित्र में हमारे हृदय की धड़कनें बोलती प्रतीत होती रहीं, आदर्शवाद की हिमायत झूठी और लचर प्रतीत होती रही। बीभत्स जीवन के चित्रण में जिस जिन्दादिली और साहस का परिचय 'उग्र' ने 'फागुन के दिन चार' में दिया था, वह उन्हीं जैसे व्यक्ति के जीवट की बात थी।

यह उपन्यास आंचलिक मस्ती के वातावरण में प्रारम्भ होता है और बम्बई की आतंकवादी हवा में भीषण हत्याओं के साथ समाप्त। इस उपन्यास में 'उग्र' ने कटु यथार्थ जीवन के भोगों को संस्मरणात्मक शैली में रोचक ढंग से उद्घाटित किया है।

'फागुन के दिन चार' में बम्बई के जीवन का घोरतम कटु यथार्थ, अभिभूत और उन्मत्त कर देनेवाली वासना तथा नारी-शरीर का शाक-भाजी की भाँति निर्मम क्रय-विक्रय अत्यन्त यथातथ्य रूप में चित्रित हुआ है। इस कृति में 'उग्र' की शैली का जादू अपनी अनूठी कलात्मकता के साथ उभरकर सामने आया है। स्वातंत्र्योत्तर हिन्दी उपन्यासों में 'फागुन के दिन चार' वस्तुतः 'मील का पत्थर' है।

पुरानी और दोनों नयी पीढ़ियों के विस्फोटक भूकम्पकारी उपन्यासकार के रूप में 'उग्र' की लेखनी कभी धुआँ, कभी चिनगारियाँ और कभी आग के गोले उगलने के कारण पाठकों में रुचिर जिज्ञासा का कारण बनी। 'जूहू' बम्बई के 35 वर्ष पूर्व के आडम्बरपूर्ण जीवन पर आधृत है। हुस्ना नाम की एक प्रौढ़ सुन्दरी और उसकी चार नौजवान रंगीन छोकरियों की कहानी 'जूहू' में कही गयी है। यौवन से मदमस्त महकनेवाली अपनी चारों चंचल फिरिहिरियों के साथ मैरीन ड्राइव पर हुस्ना ब्यूक गाड़ी से उतरती है। वहीं हुस्ना के लाहौर के पुराने प्रेमी हरीसिंह से उसकी आँखें चार होती हैं। फटेहाल सरदार हरीसिंह पैसे-पैसे को मोहताज बम्बई

के फुटपाथों पर जिन्दगी बसर करनेवाला पढ़ा लिखा सरदार है। लाहौर में हुस्ना के हुस्न के इशारे पर वह अपना सब कुछ स्वाहा कर चुका था। हुस्ना घृणा से मुँह फेर लेती है। उधर उसकी बड़ी लड़की गायब हो जाती है। हुस्ना हरीसिंह पर शक करती है। हरीसिंह साफ कहता है कि गुलाब को मेरे साथी उठा ले गये और यों ही अगर मैं तुम्हारी बाकी लड़कियाँ भी न निकाल ले जाऊँ तो मुझे अपना असल यार नहीं जार कहना। मेरे नाम पर पैजार मारना। हरीसिंह एम.ए., एल.एल.बी. पास लाहौर का प्रतिष्ठित नागरिक था। चलती वकालत की प्रैक्टिस थी। लेकिन हुस्ना के रूप की लौ पर ताड़ी के नशे में लापरवाह परवाने की तरह वह जल मरा। हुस्ना ने उसका रस चूसकर दिल से निकाल सड़क पर फेंक दिया। बम्बई की बनी हुई मर्दमार औरत मनोरमा, जो हुस्ना का दूसरा नाम है, थाने में हरीसिंह की जिद पर अपनी पीठ पर पड़ी साट उघार कर दिखाती है। राम जी दाताराम का, जो सेठों के घर रसोई पकानेवाली माँ की सन्तान है, बम्बई में सेठ भोलानाथ भाटिया के यहाँ भोजन पकाने के कारण सम्पर्क हो जाता है। भोलानाथ भाटिया एक पंजाबिन लौंडिया से अपनी पत्नी के सामने इश्क फरमाता है। विवश हो पत्नी आत्महत्या कर लेती है। भोलानाथ अपने सामाजिक प्रभाव से पत्नी की आत्महत्या छिपा लेता है। भोलानाथ के सम्पर्क में आकर राम जी की शिक्षा-दीक्षा उनके बँगले पर शुरू होती है। राम जी 25 हजार रुपया भोलानाथ की फर्म से गड़प कर देता है और दो लड़कियों की माँ हुस्ना को लेकर लाहौर से बम्बई भाग आता है। भोला हुस्ना से मिलकर एक लाख रुपये उसे इस शर्त पर देने का वादा करता है कि वह राम जी की जिन्दगी को छोड़ दे, परन्तु हुस्ना उल्टे भोलानाथ की सारी सम्पत्ति पर कब्जा करने का जाल रचती है और राम जी से अपना सम्बन्ध एक रूह दो कालिब के रूप में जोड़ती है। भोलानाथ विलासी था। राम जी उसकी सोहबत में बर्बाद हुआ। उसे विश्वास था कि राम जी भले ही खौफनाक बम्बइया खेल खेले, परन्तु सम्पत्ति नष्ट नहीं होने देगा। इधर खौफनाक बम्बइया मस्ताना के खल प्रयत्नों से गुलाब मारवाड़ी के चंगुल में फँसती है। हरीसिंह छटपटाकर विवश ताकता रह जाता है। 'जूहू' उपन्यास में बम्बई की रंगीन, रोचक जिन्दगी के कौतूहलपूर्ण चित्रों का रोचक एलबम सजाया गया है। बम्बई के सेठ, दलाल, पुलिस, सी.आई.डी., हसीन औरतों और फुटपाथ पर बसेरा करनेवाले नर-पिशाचों के नाटकीय व्यभिचार का एकाग्र चित्रण 'उग्र' ने किया है। पुलिस इन्सपेक्टर सोहराब जी का चरित्र जनता का शोषण करने वाले शोषक इन्सपेक्टर के रूप में रोचक बन पड़ा है। उसका सिपाहियों से यह कहना कि पैसा आता पसन्द किसे नहीं है; इधर आपसे अधिक बाप के धन से सेठों के पास पैसों का खलिहान है राशि-राशि। तो क्या ये समाज को पददलित करेंगे पैसे के बल? हर्गिज नहीं। 'जूहू' में बम्बई की असावधान जिन्दगी को सावधानी से जीने की प्रेरणा मिलती है। वहाँ ऐसे सैकड़ों पैसापति हैं,

जिन्होंने दूसरों का कमाया करोड़ों का धन्धा अपनी क्रूर चाल और बदनीयती से अपना कर लिया। ऐसे लोग नाजायज सम्पत्ति को अपने बाप की कमाई समझते हैं। ऐसी भ्रष्ट सम्पत्ति को अर्जित करने के लिए मनुष्य को मनुष्यता छोड़ नीचता पर उतर राक्षस बनना पड़ता है। बम्बई की हवा में तीव्र विलासिता की गन्ध है। छोटे-बड़े, खरे-खोटे वहाँ की इन्द्रधनुषी मस्ती महसूस करते हैं। बम्बई में ऐसे पैसे या बुद्धिपतियों की संख्या कम नहीं है जिनकी माँ किसी बड़े आदमी की रखैल न रही हो। ऐसे लोगों के पास आवश्यकता से अधिक पैसा और विश्वविद्यालयों की डिग्रियाँ हैं। उनकी कुनीति की नज़रों में बम्बई विचित्र महानगरी है। एक मोहल्ले का चोर दूसरे मोहल्ले में सेठ हो जाता है। यहाँ मलिन या उज्ज्वल प्रकाश से धन की ही कद्र है। युगधारा की सार्वदेशिक नीति और अनीति का प्रभाव समसामयिक महानगरियों में महासमुद्र के एकत्रित प्रभाव-सा प्रत्यक्ष लक्षित होता है। बम्बई का अनैतिक रूप देखकर अक्सर संस्कृत मन चिन्तित हो उठता है कि क्या ऐसी ही संसार की सभी महानगरियाँ—लन्दन, न्यूयार्क, बर्लिन मास्को, पेरिस, टोकियो आदि—भी हैं! इतिहास की ये नगरियाँ नीति की कसौटी पर, खोटी अनीति की धार पर खरी उतरती हैं। वास्तव में पाप से अर्जित पैसे की प्रधानता सारे समाज में व्याप्त हो जाने के कारण बड़े-बड़े शहरों के लोग नगद नारायण (हार्ड कैश) को ईश्वर मानकर पूजते हैं। इन सबकी कहानी 'जूहू' अपने में समेटे है। बम्बई पहले पैसे, फिर मजे, फिर पैसे की पैशाची हविस में मदहोश चांडाल-चक्रवर्तिनी है। 'उग्र' ने बम्बई के समाज में प्रतिष्ठित लोगों की ऐसी मदभरी भीतरी बातों की आलोचना की है जो क्रान्ति-चेष्टा कही जा सकती है। 'उग्र' के इस उपन्यास में बनावटी घटना-क्रम की व्यवस्था नहीं रची गयी है, अपितु सभ्यता और सम्पन्नता में बढ़े-चढ़े नगरों के कुत्सित आदर्श के लबादे को जीवन के मंच से खींचकर सत्य का पर्दाफाश किया गया है।

इसके अतिरिक्त भी 'उग्र' का एक और उपन्यास 'गंगा माता' का प्रकाशन हुआ था, जिसमें गंगा माता नामक संन्यासिनी की रहस्यमयी सामाजिक उक्तियों से 'गंगा माता' का कलेवर विस्तृत किया गया है। 'गंगा माता' उपन्यास रोचक जिज्ञासा से परिपूर्ण है। उसका पुनर्प्रकाशन हिन्दी उपन्यास साहित्य में आवश्यक है।

प्रस्तुत उपन्यास 'सब्ज़बाग़' के प्रकाशन की अपनी कहानी है। सन् 1964 से ही हमने 'उग्र' के साहित्य पर शोध कार्य शुरू किया। 'उग्र' तब जीवित थे। जब उनसे उन पर थीसिस लिखने के सबब मैंने पत्राचार किया तो उन्होंने कोई जबाव न दिया। मैंने उन्हें कभी देखा नहीं था। वे अकड़बाज थे और मैं उन पर पी-एच. डी. करने के लिए दृढ़प्रतिज्ञ। 12 अप्रैल, 1965 को उनका पत्र मिला जिसमें होली पर काशी से प्रकाशित 'श्रीप्रकाश अभिनन्दन' नामक एक सचित्र क्षुद्र ग्रन्थ भेजे जाने के लिए लिखा था। 27 अक्टूबर, 1964 को मैंने उन्हें थीसिस लिखने

की सूचना दी थी, जिसका जवाब उन्होंने इसी पत्र में दिया था। उनके जीवनकाल में ही मैंने पी-एच.डी. कर ली। चना चबेना पाने के लिए दिल्ली जाना पड़ा। गंगा का तट छोड़ यमुना किनारे जाना पड़ा और वहीं 'उग्र' के मित्रों और भक्तों ने उनकी दो बाक्स लिखित सामग्री सन् 73-74 में नागरी प्रचारिणी सभा, दिल्ली को जैनेन्द्रकुमार की अध्यक्षता में आयोजित वृहत् समारोह में समर्पित की। 'उग्र' जी के पुराने यार और पंडित हरिशंकर शर्मा बार-बार दिल्ली जाकर यत्न करते रहे कि 'उग्र' जी की घड़ी, टोपी, फोटो के अलावा जो उनकी लिखित दो बाक्स सामग्री है उसका प्रकाशन अपने सम्पादन में करावें। सारी सामग्री उलटनी-पुलटनी, सिलसिलेवार व्यवस्थित करनी शुरू की। पं. हरिशंकर शर्मा का अप्रतिम योगदान मिलता रहा और उसी सामग्री में से 'उग्र' के हाथों लिखे गये 'सब्ज़बाग़' उपन्यास की पांडुलिपि मुद्रित होकर हिन्दी जगत् के समक्ष सम्पादित कर प्रस्तुत कर रहा हूँ। ज्यों-ज्यों समय मिलेगा और जैसे-जैसे भारतीय समाज 'उग्र' के साहित्य की तीव्र पिपासा से आकुल होगा, त्यों-त्यों उन दोनों बाक्स में रखी 'उग्र'-लिखित जनता की संचित चित्तवृत्तियों का प्रतिबिम्ब, जो विविध विधाओं में अक्षरांकित है, प्रकाशित कराने का यत्न करूँगा।

'सब्ज़बाग़' 'उग्र' का अन्तिम उपन्यास है। 'बुधुवा की बेटी' या 'मनुष्यानन्द' में 'उग्र' ने दलित-उद्धार या हरिजन युवतियों की वासनाजन्य शोषण की समस्या पर जमकर लिखा था। तूफान मच गया था। तब भारत परतंत्र था परन्तु स्वतंत्र भारत के दो दर्जन वर्षों में भी हमारी सामाजिक संरचना का ढाँचा नेताओं के भाषण में या पंचवर्षीय योजनाओं के कागज में बदला, किन्तु सामाजिक और जातीय दृष्टि से हरिजन जहाँ था, स्थिर रहा। रिजर्वेशन और संरक्षण के नाम पर उसको मिलनेवाला लाभ बीच में अफसर और नेता पचा गये। उसका नैतिक और भौतिक शोषण निरन्तर होता रहा। दिल्ली की शाहदरा हरिजन बस्ती की सिसकती जिन्दगी की कहानी 'सब्ज़बाग़' की कथावस्तु की आधारशिला है। जब इस देश की आबादी चालीस करोड़ थी, तब दिल्ली के कृष्णानगर की पिछड़ी बस्ती में पं. जगदीशप्रसाद वैद्य के मकान में किरायेदार रहकर 'उग्र' ने 'सब्ज़बाग़' की रचना आक्रोश-भाव में भरकर, सामाजिक चेतना के परिवर्तन के उद्देश्य से प्रेरित होकर, जिन्न की तिलस्मी जिज्ञासा जगाकर, अत्यन्त रोचक शैली में सृजित की है। इस उपन्यास की शैली नवीन और अनुपम है। सारा उपन्यास निम्न खंडों में विभक्त है—(1) पुर्जा रूक्का खत, (2) लेखक का बयान, (3) चमेली का बयान, (4) मालीराम का बयान, (5) फुल्लो का फ़साना, (6) प्रफुल्लानन्द का बयान, (7) लेखक का वक्तव्य, (8) चमेली का बयान। इस उपन्यास की शैली सर्वथा नवीन है। 'पुर्जा रूक्का खत' शीर्षक में लेखक ने प्रकाशक को लिखा है कि 'सब्ज़बाग़' नामक छोटे से उपन्यास की पांडुलिपि मैं आपकी विख्यात संस्था से छपवाना

चाहता हूँ। 'उग्र' ने स्वीकार किया है कि उपन्यास उनका लिखा हुआ नहीं है। एक दिन एक फटे-हाल युवक उनके घर कृष्णानगर आया। उसका यह पतला उपन्यास था। वह प्रकाशकों की ड्योढ़ी नापते-नापते चुक गया और लेई पूँजी गँवाकर 'उग्र' से पाँच रुपये माँग रहा था। 'उग्र' के पास 25 पैसे भी न थे। उन्होंने पड़ोस से 25 रुपये उधार लेकर उसके सामने फैला दिये परन्तु उसने पाँच रुपये लिये और अपना सामान रखकर चला गया; फिर नहीं लौटा। उसके बैग में 'सब्ज़बाग़' की पांडुलिपि मिली जिसे दत्त-चित्त 'उग्र' ने पढ़ा और प्रकाशक को उसे लेखक के नाम से छापने का आग्रह किया।

प्रकाशक ने 'उग्र' जी को उत्तर दिया कि हम उन्हीं लेखकों को छापना पसन्द करते हैं जो जनता द्वारा ढूँढ़कर पढ़े जाते हैं। यदि इस पुस्तक पर वे अपना नाम दे दें तो इसके चार संस्करण आसानी से बिक जाएँगे। 'उग्र' ने फिर प्रकाशक को लिखा कि प्रकाशन की दूकान चमड़े के जूतों की दूकान नहीं है कि प्राफिस्ट करनेवाले को पता भी न हो क्रि उसके मुनाफे के पीछे खून है, कसाई है, छूरे हैं, और है लाचार मूक पशु के रक्त से परिप्लावित पृथ्वी। पहले लेखक, विचारक और जनता के बीच में प्रकाशक नहीं था, यह तो इस वैज्ञानिक मशीन युग की देन है। स्वराज्य के बाद जो हिन्दी प्रकाशक बाजार में हरे-भरे बने हैं, भगवान् उनका भला करें। 'उग्र' का आब्जर्वेशन तो यह है कि हिन्दी प्रकाशन के गत सौ वर्षों के इतिहास में शायद ही कोई बड़ा प्रकाशक पुश्त-दर-पुश्त प्रसन्न रहा हो। 'उग्र' ने प्रकाशक को लिखा है कि 'सब्ज़बाग़' न तो प्रथम श्रेणी की है न द्वितीय, अद्वितीय तो फिर होगी ही क्यों? लेकिन कथानक दिलचस्प है और ऐसा है जिसमें रस पानेवाल भारतीय समाज में चारों ओर है। 'सब्जबाग' स्वयं ाठक या पाठिका को रचना पढ़ा ले जाएगी, उसे परिश्रम नहीं करना पड़ेगा। 'उग्र' ने उपन्यास के बारे में पहली शर्त यह निश्चित की है कि उपन्यास बहुत दिलचस्प कहानी हो; उपन्यास में ज्ञान हो, विज्ञान हो, मनोविज्ञान हो, लेकिन उसका कथासूत्र यदि महामोहक न हो तो वह उपन्यास नहीं हो सकता और कथासूत्र मनमोहक हो तथा ज्ञान-विज्ञान भाड़ में भी जाता हो, फिर भी मैं उसे उपन्यास तो मान ही लूँगा। यही कथासूत्र यदि ज्ञान, विज्ञान, मनोविज्ञान के साथ भी महामोहक हो तो वही बन जाता है मीठा और भर कठौता। विक्टर ह्यूगो और दास्तोवस्की का 'लॉ मिजरेबिल्स' और 'ह्वेडिट' उपन्यास इसी कारण इन्द्रधनुष जैसे ऊँचे, आकर्षक और दिव्य मालूम पड़ते हैं। 'सब्ज़बाग़' उपन्यास की यह विशेषता है कि वह अपने में बखूबी दिलचस्प कहानी समेटे हुए है। उसका उद्देश्य है देश के लक्ष-लक्ष मेहतर-भंगियों के जीवन का प्रश्न। 'सब्ज़बाग़' इस प्रश्न को तेजस्विता से सामने लाता है और स्वराज्य हो जाने के वर्षों बाद समाज के ठेकेदार समाज द्वारा बातों से ही बहलाए जाते हैं और वे आज भी अछूत के अछूत ही हैं। वे मेहतर और भंगी

आज भी माथे पर समाज के मैलं की टोकरी ढोकर अपना पेट पालते हैं। विधानतः समाज में न कोई छोटा है,. न बड़ा; सबके अधिकार समान हैं। 'सब्ज़बाग़' इस दिशा में ऊँघती जातियों की आँख खोलनेवाला उपन्यास है। अन्त में 'उग्र' ने पब्लिशर को लिखा है कि यदि उक्त लेखक का नाम उपन्यास पर देने से झिझकें तो मेरा ही नाम उपन्यास पर दे दें ताकि इस महत्त्वपूर्ण रचना का प्रकाशन हो सके। 'सब्ज़बाग़' का उद्देश्य उन आदमियों का कल्याण-साधन है जो आज भी अकारण इस देश के अच्छे-अच्छे आदमियों की निगाहों में जंगली से जरा भी ज्यादा नहीं हैं।

प्रकाशक ने 'सब्ज़बाग़' 'उग्र' के नाम से छपने को प्रेस में दे दिया और अपना दुखड़ा रोते हुए कहा कि प्रेसवाले, कागजवाले, बुक-बाइडिंगवाले और क्षमा करें तो लिखनेवाले, फिर विज्ञापनवाले को देने के बाद सौ में पाँच रुपये भी प्रकाशक को प्राफिट नहीं मिलता। लगाने के वक्त हम लगाते हैं हजार-हजार परन्तु कमाने के वक्त पाते हैं रुपया-रुपया। घड़ों देने के बाद बूँद। सच मानें तो यही सबब है कि प्रकाशक प्राफिट पर परम सावधानी से नज़र पहले रखता है। न रखे तो मरे और इस अर्थ-युग में बच्चों को भूखा मारे। लेखक भी तो ज्ञान बेचता है जिसकी रायल्टी 15% होती है, प्रकाशक तो पाँच ही परसेंट पाता है।

इस प्रकार 'पुर्जा रुक्का खत', जिसमें 'उग्र' और प्रकाशक का पत्राचार है, के माध्यम से 'उग्र' ने स्वलिखित उपन्यास 'सब्ज़बाग़' को एक दीन-हीन अविख्यात अनाम लेखक की रचना सिद्ध करने की रोचक शैली में कल्पना की है। इस भूमिका में दिल्ली के हिन्दी प्रकाशकों की मलिन अर्थ-मुखर वृत्ति का भी परिचय मिलता है। वस्तुतः यही इस उपन्यास की भूमिका है।

आगे कथाक्रम में उज्जैन के चमत्कारी सिद्ध पुरुष स्वामी प्रफुल्लानन्द से कहानी की शुरुआत की गयी है। वे धरती में गड़े दफीने (खजाने) को खोजने के शौकीन थे। ज्योतिष, वैद्यक और ज्ञान का वे दान देते थे। एक बार उज्जैन में चैतन्यानन्द के अन्धे कुएँ से खजाना निकालने के बहाने कमर में लालटेन बाँधकर उतरे और बोरे में दो नागों को कसकर बाहर निकले। वे मणिधर सर्प थे। उनका विष उन्होंने लेकर मणि सहित साँपों को कुएँ में छोड़ दिया। वे मणिधर मामूली नाग नहीं थे। दो असाधारण आत्माएँ दुर्भाग्यवश कर्मफल भोग रही थीं। वे ही परमहंस चैतन्यानन्द दिल्ली के बिड़ला मन्दिर में टिककर 'उग्र' के पास पहुँचे और पुराने शाहदरा की धरती में धँसे हुए खंडहरों की उँचाई पर स्थित मन्दिर को देखकर चमक उठे। इस मन्दिर का सम्बन्ध उन्होंने किसी गुप्त खजाने से जोड़ा। उन्होंने खजाना खोज निकाला और शाहदरा के उस खंडहर की जाँच करने लगे। फिर स्वामी चैतन्यानन्द ने लेखक को शाहदरा के प्रारम्भ में हरिजनों की बस्ती में भंगी और मेहतरानी चमेली जमादारिन के सहयोग से परमहंस से मिलने की

व्यवस्था बाँधी। लेखक स्वामी जी को छोड़कर शाहदरा की ओर बढ़ा। हरिजनों की बस्ती, जिसमें मुर्गियों, सुअरियों और बकरियों के रहनेवाले, ओछी शानवाले, गृह नामधारी विवश बसेरा किये हुए थे। एक झोपड़ी के सामने दो भंगिनें हाथ मटका-मटकाकर लड़ रही थीं। उन्हीं से जब लेखक ने चमेली जमादारिन के बारे में पूछा तब हाथ मटका-चमकाकर, हथेली पर हथेली रगड़, अँगुली चमकाती हुई घृणा से एक बोली कि चमेली क्या कराती फिरती है, किसे पता? इसके सात यार--संडे-मुसंडे, गुंडे-मालदार और ऊपर गान्धीनगर का जाट थानेदार; अब तू आया है, चमेली-चमेली चीखता। चल मेरे सामने से, चमेली को कबाड़ी समझ रखा है तुमने! फिर एक बूढ़े चमार ने बताया कि चमेली जमादारिन अव्वल तो गाँधीनगर थाने पर होगी या मालीराम महाजन के घर। मालीराम पास ही रहता था। साधु शरीर शाहदिल मालीराम को राँड़ चमेली ने कामरूप-कमच्छा की जादूगरिनी की तरह भेड़ बनाकर रख छोड़ा था। 'उग्र' उस घर की ओर चले। तेज-तेज बातों की आहट उन्हें लगी। चमेली नगाड़े की ध्वनि में आवाज कस रही थी। फटी ख़ँजड़ी की तरह शाहदिल मालीराम की दबी भर्राती जुबान चल रही थी। चमेली के पेट से पैदा जवान फुल्लो, जो मालीराम की सन्तान थी, उसे वह अपने धन्धे में लगाना चाहती थी। चौदह वर्ष की जवान लड़की पढ़-लिखकर बबुनी बन रही थी और जमादारिन चमेली ने उसके लिए तगड़ा तन्दुरुस्त और नौकरी करता बिरादरी का लड़का ढूँढ़ रखा था। मालीराम चमेली के सामने नाक रगड़ रहा था। चमेली उस घर में मालीराम की जनाना की हैसियत से रहना चाहती थी। मालीराम चमेली का सतीत्व नष्ट करनेवाला नेतानुमा जीव था। इन सब तथ्यों का रोचक चित्रण 'लेखक का बयान' के अन्तर्गत 'उग्र' ने अपनी ओजस्वी शैली में किया है।

'चमेली का बयान' के अन्तर्गत चमेली की मालीराम से उत्पन्न जवान बिगड़ी लौंडिया फुल्लो का विवरण दिया गया है। फुल्लो की सूरत हूबहू मालीराम जैसी थी, जिस सूरत को देखकर मालीराम शैतान बन उठता था। लेकिन फुल्लो को देखकर एक क्षण में वह शैतान देवता बन जाता था। चमेली ने मालीराम के हाथ से फुल्लो को छीनने की ठान ली और उसे अपनी कमाई में लगाने का तै कर उसे बस स्टैंड पर एक लौंडे के साथ चुहलबाजी करते हवा में उड़ते हुए पीछाकर पकड़ लिया। उसे इस बात का बेहद दुःख था कि फुल्लो अपना पट्ठा खुद चुन चुकी थी। इसी बीच जिन्न सिद्ध चमेली शाहदरा के टीले के पीछे सफेद लम्बी दाड़ीवाले जईफ से भेंट होने की घटना बताती है। वह जईफ चमेली को बेहोश कर आँखों पर पट्टी बाँध सोने-चाँदी के महल में लाद ले जाता है। उस अपूर्व महल में सोना-चाँदी, हीरा-मोती, मणि-माणिक के सामान से घर पटा पड़ा था। मोतियों की चटाइयाँ, रतन जड़ी झालरें, हीरे जड़े हुक्के थे। पाँच दिनों के बाद जब चमेली होश में आयी तो उसे याद आया कि उसके हाथों में नीलम की अँगूठी डालकर खजाना घर के

नौजवान ने कहा था कि जब भी मेरी जरूरत हो, इस टीले के पास आकर, धूप जलाकर, यह अँगूठी दिखाना। उसी वक्त मैं आ जाऊँगा। जिन्न साहब को बुलाने के बहाने फुल्लो को फुसलाती चमेली उस गड़े हुए शाहदरा के खजाने के खंडहर के पास पहुँची। वहाँ स्वामी चैतन्यानन्द से चमेली की भेंट होती है। मालीराम के बहाने वे चमेली के पुराने परिचित और भेद-भाव-रहित महात्मा थे। उन्होंने जिद्द की कि जिन्न का खजाना मैं खोजूँगा। वह जिन्न है तो मैं ब्रह्म हूँ। वह फुल्लो रानी की जवानी की तारीफ भी करता है।

'मालीराम का बयान' के अन्तर्गत लेखक ने लाला मालीराम अग्रवाल की चर्चा की है, जिसके पिता गुलाबराय रेशम के व्यापारी थे। मालीराम राजनीति का रोजगार करता था। मालीराम बेशरमी के निकट तक ढीठ था और स्वराज्य होने के पाँच वर्ष पहले से ही कांग्रेस कमेटी का अध्यक्ष बन बैठा था। वह दूसरे कांग्रेसियों को परमिट, पद, ठेके, सरकारी कर्ज दिलाकर नीच बनाता था और फिर उक्त सुविधाओं की मलाई मौज से अपने पक्ष में मिलाता था। बिना दुकान, बिना साइनबोर्ड, बेरोजगार, बिना धन्धा, तीन-तीन पुख्ता मकान उसने दिल्ली में बनवाये थे। शाहदरा का मकान उसने एक बेवा को झाँसा देकर खुले आम साल दो साल उसकी जवानी का रस चूसकर, उसका कत्लेआम कराकर, हथिया लिया था। मालीराम उन लोगों में था जिनके मुँह पर पुलिस, थाना, दोस्त किसी की कुछ कहने की हिम्मत नहीं होती थी। वह रस-बिलारी था। यहाँ तक कि उसने इन्दौर की एक तरुणी महिला कांग्रेस-कर्मिणी का खुले आम सतीत्व हरण किया और उसे बड़े-बड़े कांग्रेसियों तक सप्लाई किया। मालीराम दिल्ली की दसियों औरतों के साथ बीसियों बार मस्ती से पेश आया था। किसी ने उससे सती-सावित्री का नाटक नहीं किया था। इन्दौरवाली मालीराम के मुँह पर थूककर बाहर गयी थी। चिढ़कर उसने सोहनसिंह टैक्सीवाले द्वारा उस मस्तानी कांग्रेस कार्यकर्ती को गायब करा दिया। तीन-तीन आदमियों ने उसके साथ बलात्कार करने की कोशिश की। परन्तु दिन-दहाड़े उधर से पुलिस के जवान आ रहे थे। वहाँ से उस कांग्रेस कार्यकर्त्री को सीता-नारी-निकेतन को सौंप दिया गया। सीता-नारी-निकेतन में दर्जनों 19 से 40 तक वर्ष की अबलाएँ आश्रय पा रहीं थीं। वहाँ नशे में धुत्त कराकर उस कांग्रेस-कर्मिणी के अंगों से कोई मर्द खेलने लगा। मालीराम अग्रवाल उस कांग्रेस-कर्मिणी के यौवन को निर्दयी को तरह लूट रहा था। मालीराम ने घृणा से भरकर उस कांग्रेस-कर्मिणी से कहा कि यह तो नारी-निकेतन है, मिनिस्टर के भवन में भी मैं तुम्हें न छोड़ता। यह कहकर वह उसे नोचने खसोटने और पशु की तरह काटने लगा, यहाँ तक कि वह बेहोश हो गयी। यह सब विवरण उस गर्वीली गदराई कांग्रेस-कर्मिणी की कलम से दिल्ली के अखबारों में छपा। पर मालीराम उसका भीषण प्रतिकार छपवाकर साफ-साफ बच गया। वह नेता था। उसे किसकी

परवाह थी। मालीराम के पिता कलकत्ते की सूतापट्टी में कपड़ों के होलसेल व्यापार में हजारों रुपया रोज कमाते थे और सत्संग में बाँटते थे। उन्होंने अपने से दस गुने बड़े सेठ की कन्या से मालीराम की शादी कर दी, जो पराया गर्भ लेकर मालीराम के घर आयी थी। वह खेली-खाई सेठ-तनया तीर्थयात्रा के बहाने मथुरा जाकर अपना गर्भ गिराकर लौटी। उसके साथ दिल्ली उसका भूमिहार यार भी आया, जो होटलों में उसे लेकर मौज मजे करता। अन्त में मालीराम ने अपनी पत्नी को छूट दे दी कि जैसे अपने भूमिहार यार के साथ रहना हो, रहे। बाद में मालीराम ने अपने पड़ोस के एक वृद्ध सज्जन की, अपनी पुत्री के उम्र की पत्नी को फँसा लिया। वह अपने बाप की उम्र के उस वृद्ध सज्जन व्यापारी से जुड़ने को तैयार न थी। रात-दिन जवानी की मस्ती से भरी पत्नी उसे दुत्कारती रहती और एक दिन उस वृद्ध ने क्रोध में किरासिन का कनस्टर उलटकर सलाई लगा आत्महत्या कर ली। इधर मालीराम उस पति-विहीन विधवा का पति बन बैठा। उसकी भी सम्पत्ति और जवानी हथिया ली।

मालीराम उन लोगों में था जो जनता की औरतों पर मौका पाते ही छापा मारते हैं। दिल्ली के जिस समाज में औरतें शामिल होतीं, मालीराम किसी-न-किसी बहाने उनसे परिचय कर लेता। पाप और स्वार्थ-भावना से राष्ट्रीय आन्दोलन में कूदनेवाला मालीराम कांग्रेस के टाट से बेंच, बेंच से कुर्सी पर सदैव के लिए आसीन हो गया। गुप्त धन से वह कांग्रेसियों की सहायता करता और मकान पर मकान बनवाता। सूने में सभी मालीराम को बुरा कहते। कांग्रेसी मर्द या महिला की, बिना अपना मतलब निकाले, वह कदापि मदद न करता। कांग्रेस की कृपा से मालीराम के चरित्र और जीवन के विकास की घटनाओं का ऐसा सत्य और नग्न रूप 'उग्र' ने दिया है जो हमारे आपके बीच अनेक भुक्खड़ कांग्रेसी नेताओं का सजीव और रोचक चित्र बन गया है।

अगले परिच्छेद में 'फुल्लो का फसाना' शीर्षक से चमेली की बेटी और मालीराम की अवैध सन्तान का चरित्र-चित्रण है जिसमें दोगली नौजवान लड़की की कहानी कही गयी है। इसी परिच्छेद में जंगी हरिजन जमादार की भी चर्चा आयी है, जो चमेली के असली पति गेंदाराम से ढाई सौ रुपये वसूल करने के लिए चमेली को घसीटकर ले जाता है। चमेली छटककर दूर खड़ी हो जाती है और कहती है—कल तेरे ढाई सौ रुपये मिल जाएँगे। वह मालीराम के घर जाती है। और उसकी वासना की आग शान्त कर उसी दिन ढाई सौ रुपये वसूल लाती है। चमेली बिरादरी में मर्द-मार औरत के रूप में विख्यात है। लाला की खुशामद नहीं की। अपना मकान गिरवी रखने का बहाना कर मालीराम के मुँह से लार टपकवाने लगी। मालीराम मकान नहीं, उसे चाहता था। उसने मालीराम के मुँह से मुँह मिला जिन्न बाबा की दी गयी अँगूठी अपने दाँत से निकलवाने में इस तरह उसे भुजाओं

में कसा कि वह दाँत से अँगूठी तो न निकाल सका, पर सदैव के लिए मालीराम चमेली के पाँव की कानी उँगली का गुलाम हो गया। यह किस्सा चमेली अपनी बेटी का लिहाज, लाज-शर्म छोड़कर सुनाती है। फुल्लो शुरू के तीन वर्षों तक भंगी के घर में पाली गयी थी, फिर वह पिता मालीराम के नियंत्रण में आ गयी। पिता उसे ऊँचा बनने की ट्रेनिंग देने लगा। खद्दरधारी पढ़ी-लिखी आया ने उसका पालन-पोषण किया। माँ चमेली मल-मूत्र को धर्म-कर्म न समझने पर फुल्लो को चंट-चुड़ैल का नाम लेकर डराती। मल से निर्मल की तरफ लाने में फुल्लो की आया और मालीराम ने एड़ी-चोटी का पसीना लगा दिया। स्कूल में जाति वैश्य लिखाई गयी। पिता जी मुँह जोहा करते। हर क्षण इच्छा पूरी करने के लिए उतावले रहते। इस प्रकार मल-मूत्र की आराधना करनेवाली माँ चमेली और सफेदपोश सम्पन्न नेतानुमा पिता मालीराम की सन्तान जवानी की देहली पर पाँव रखनेवाली फुल्लो की जवान जिन्दगी का कसमसाता बयान 'उग्र' ने बड़ी ही बेलौस शैली में चित्रित किया है।

आगे का शीर्षक 'प्रफुल्लानन्द का कथन' से शुरू होता है। प्रफुल्लानन्द फुल्लो रानी को छूकर, सहलाकर, स्नेह से नहलाकर पुनः चमेली की ओर मुखातिब होनेवाला ऐसा बीहड़ साधु संन्यासी है जो चमेली के मुँह से फुल्लो को अपनी बेटी-बेटा सब कुछ स्वीकार कराता है। प्रफुल्लानन्द संशयात्मा पाखंडी है, जो मालीराम को सहृदय श्रेष्ठ आदमी मानता है। फुल्लो पिता के पारा जाना चाहती थी। चमेली भी साथ चल पड़ी। जवान फुल्लो पर किसी सब्ज़बाग़ी भूत-प्रेत का साया पड़ गया था, चमेली का ऐसा विश्वास था। वास्तव में जिस मुहब्बत से चमेली बर्बाद हुई थी उसी की जानलेवा हवा में फुल्लो भी सनकने लगी थी। चमेली सयानी लड़की से भी सँभालकर बात नहीं करती। वह स्वामी प्रफुल्लानन्द से कहती है कि यार माने लड़की का वह चाहनेवाला जिसका पता तक माता-पिता को न हो। अब वह और यह लड़की और मैं खुद सभी आपके ही चरणों की शरण में हैं। बनाना-बिगाड़ना आपके हाथ में। फुल्लो स्वामी प्रफुल्लानन्द से स्वीकार करती है कि उसकी माँ ने उसे और उसके नौजवान यार को साथ देख लिया था। फुल्लो निधड़क स्वामी जी से कहती है कि जब मैंने अपने 'सब्ज़बाग़ी' साजन को धन्यवाद दिया तो उसने दिल खोलकर मेरे सामने रख दिया और कहा कि तुम्हें तो मैं अपना शरीर और प्राण मानता हूँ। फुल्लो रानी, तुम्हारी हिफाजत मेरी हिफाजत है। फुल्लो का वह प्रेमी लौंडा चमनलाल शर्मा था जो फुल्लो को वैश्य माता के गर्भ से उत्पन्न समझता था। फुल्लो के शारीरिक आकर्षण को प्रेम की संज्ञा देकर चमनलाल ने बदनाम कर दिया। स्वामी प्रफुल्लानन्द ने फुल्लो को आर्शीवाद दिया कि भगवान् उसकी रक्षा करें। फुल्लो रानी को कई विकट प्रेम की हत्या की घटनाएँ सुनाकर स्वामी प्रफुल्लानन्द उसे अपने चरणों में समर्पित करा लेते हैं। फुल्लो को

प्रफुल्लानन्द साहस बँधाते हैं कि तुम चमनलाल को बता दो कि भंगिन चमेली के पेट से तुम पैदा हुई हो। फुल्लो को चमनलाल शर्मा का स्वाद लग चुका था। फुल्लो, जैसे भौंरा रस के लिए, पतंगा रूप के लिए, हाथी रगड़ के लिए, मछली जीभ के स्वाद के लिए और मृग सुगन्ध के लिए अपनी दुर्दशा करा बैठता है। उसी तरह प्रेम के स्वाद में विष को निकालकर चमनलाल शर्मा के साथ अमृतमय सम्बन्ध स्थापित करना चाहती थी। स्वामी प्रफुल्लानन्द यह सब कहते, फुल्लो रानी पर ऐसे ही फँसावड़े का जाल फेंकते हुए आगे बढ़ गये और बहाना यह बनाया कि चमेली ने शहादरा के खंडहर का जो खजाना दिखाया है, उसको खोज निकालना उनका परम पावन पुनीत कर्तव्य है और वह सारे का सारा खजाना वे फुल्लो रानी को बख्श देंगे। मालीराम से दोस्ती गाँठकर, चमेली की रस-चाशनी चूसकर और फुल्लो की चढ़ी जवानी की मासूमियत से उसका आंगिक और दैहिक शोषण करने के लिए प्रफुल्लानन्द के चरित्र के माध्यम से 'उग्र' ने जिज्ञासा-रोचकता से भरे आधुनिक साधु-समाज की झूठी, चमत्कारिक, किशोरों को भरमानेवाली वार्ता का व्याख्यान किया है।

आगे 'लेखक का वक्तव्य' शीर्षक से 'सब्ज़बाग़' की कहानी अन्य दिशाओं में विकसित करने का प्रयत्न 'उग्र' ने किया है। डेढ़ बजे रात को 'उग्र' के कृष्णनगर स्थित आवास पर स्वामी प्रफुल्लानन्द पहुँचे, कुंडी खटखटाई। 'उग्र' गुस्सा पी गये। स्वामी प्रफुल्लानन्द शौचालय जा रहे थे। 'उग्र' की अधमुंदी नज़र टेबुल पर पड़ी। टेबुल पर एक बड़ी-सी चाँदी की शिला और सोने की दो ईंटें नज़र आयीं। वे आश्चर्यचकित। सोने की ईंट उठाने पर बीस सेर वजन की लगी। चाँदी की शिला मन भर वजन से कम न थी। महात्मा प्रफुल्लानन्द यह बोझ उठाकर लाये थे। आठ-दस लाख रुपये का सोना देख 'उग्र' का मानरूपी कबूतर गुटुर-गूँ-गुटुर-गूँ करने लगा। वे यह निधि हड़प लेना चाहते थे। इसी उधेड़बुन में स्वामी जी टट्टी से बाहर निकले और झपाक से ईंट 'उग्र' के पैर की उँगलियों पर गिरी। कठिन पीड़ा सहते हुए भी लिहाफ में मुँह ढँककर खर्राटे भरने का 'उग्र' स्वाँग करने लगे। स्वामी प्रफुल्लानन्द ने बताया कि वह खजाना ईश्वर की कृपा से आज उन्होंने देख लिया। दोपहर को प्रफुल्लानन्द ने उस दफीने तक पहुँचने का शुबहा जाहिर किया था और शाम को वे खजाने के अन्दर थे। यह दैव योग के अतिरिक्त और क्या कहा जा सकता है कि स्वामी जी ने टीले के नजदीक पहुँचकर एक बहुत बड़े सर्प के पीछे-पीछे जमीन के अन्दर दबे संगमरमर के दर्शनीय कमरों में एक सेफ में ऐसी बहुमूल्य वस्तुएँ देखीं, जिनकी कल्पना नाविलकार भी नहीं कर सकता। चेतना शुद्ध होते ही उन्होंने अपने सामने लम्बी दाढ़ीवाले पुराने ईरानी अबा-कबा धारण किये बुजुर्ग को देखा। वह उस इलाके का शहंशाह जिन्न था जो विधवा के रूप में खजाने की रक्षा कर रहा था। उस जिन्न के इशारे पर भूत-प्रेत-शैतान सभी

नाचते थे। वह जिन्न स्वामी प्रफुल्लानन्द की बातों से बहुत प्रभावित हुआ और उसने गोदाम की तरह बड़े पाँच कमरों का महाकोषागार और रत्नागार प्रफुल्लानन्द को दिखाया जिसमें सोने की ईंटें, चाँदी की शिलाएँ, हीरा-मोती, पुखराज, लाल, नीलमणि, फिरोजा और मूँगे आदि की भरमार थी। चलते समय उसने स्वामी प्रफुल्लानन्द के उत्तरीय में दो ईंटें और एक शिला बाँध दी और कृष्णनगर के नाके तक छोड़ने आया। प्रफुल्लानन्द ने बल्ब बुताकर लाखों का एक हीरा भी 'उग्र' को दिखाया। जब 'उग्र' ने कमरे की सोने-चाँदी की ईंटों के प्रति अपने मन में मोह उत्पन्न किया, उस समय वह जिन्न उसकी रक्षा कर रहा था। 'उग्र' उस धन से कमाने की चिन्ता से फुर्सत पाना चाहते थे। स्वामी प्रफुल्लानन्द ने छिपे खजाने की वह रकम उसी के उद्धार में लगाने का तय किया। 'उग्र' ने मजाक किया कि यदि यह रकम मैं लेकर भाग जाऊँ तो? प्रफुल्लानन्द ने कहा कि वह धन तो छोटी चीज है। युवती-कन्या भी हो तब भी आपके साथ छोड़ने में मुझे हिचक नहीं होगी। भोर होते ही स्वामी जी पहली बस से चले गये। दिव्य वज्र, सोना-चाँदी सब कुछ छोड़कर। 'उग्र' की नज़रें बक्स में भरे माल पर लगी रहीं। लिखने-पढ़ने में उनका मन न लगा। वे कल्पना के सागर में डूब उस धन का विविध प्रकार से उपयोग कर यौवन, चुम्बन और पुलक से परम प्रसन्न प्रेम-योग, सम्भोग की लहरों में डूबते-उतराते रहे। वे पुलकित, प्रसन्न-मन, मदमस्त बदन उस धन के उपयोग का खयाली पुलाव पका रहे थे, तभी पुलिस का हवलदार नजरों में आता दिखाई पड़ा। वह किसी जेबकट नेपाली को खोज रहा था। 'उग्र' सोचने लगे कि क्या मेरा चेहरा नेपाली जेबकट जैसा दिखता है—और यहीं लेखक का बयान समाप्त होता है। इस बयान में तिलस्मी, अय्यारी और जिन्न, भूत-प्रेत की कहानियों को विश्वसनीय धरातल पर 'उग्र' ने प्रफुल्लानन्द के जिन्न-घटना-क्रम-वर्णन और स्वमनोद्भूत विचारों के द्वन्द्व के आधार पर रोचक शैली में चित्रित किया है।

उसके बाद 'चमेली का बयान' की शुरुआत होती है। चमेली अपनी भली आदमिन बेटी फुल्लो को दबेरते हुए कहती है कि 'अपनी बिरादरी में मर, जो करना हो कर, तेरे लिए एक से एक पट्ठे कमाऊ, दिखनौट अपनी बिरादरी में हैं, तब तू उस लौंडे पर क्यों मर मिट रही है?' फुल्लो भली औरत का स्वाँग भर चमेली से कहती है कि 'औरत एक ही बार जीवनसंगी चुनती है।' चमेली उसे भली औरत नहीं मानती। मैला फेंकनेवाली, जूठ-मीठ खानेवाली, कमीन कहलानेवाली चमेली के गर्भ से उत्पन्न फुल्लो को चमेली सीख देती है कि भली औरतें और ऐसी सतियों पर वह पचास झाड़, सौ जूतियाँ और थू करती है। चमेली मानती है कि मर्द की अगर इज्जत है तो औरत की भी इज्जत मर्द से जियादा ही है। दईमारी फुल्लो पर बरस पड़ती है क्योंकि वह अपने बाप मालीराम की तरफ से लड़ती है। जो घर दगा दे उसमें आग लगा देनेवाली जमादारिन चमेली है। फुल्लो मजे में नहीं

जानती इसीलिए उस लौंडे की मुहब्बत का राग चमेली के आगे गाती है, पर चमेली कहती है जिस दिन मैं अपने पर आ जाऊँगी उस दिन मल्लू डोम के लौंडे को डेवढ़े की बोतल पिलाकर तुझ पर ललकार न दूँ तो कह देना। एक ही दिन में सारी गर्मी ठंडी कर देगा। फिर वह लौंडा तुझसे सगाई करे या न करे हम उस जाति के नहीं कि धब्बा लग जाएगा। चमेली ने अपनी आजी के छिनरपन की कहानी सुनाई तो फुल्लो के गाल मारे लाज के अंगारे जैसे लाल हो गये।

स्वामी प्रफुल्लानन्द ने बताया था कि फुल्लो के भाग्य में मर्द से बड़ा खतरा है। चमेली को सबसे पहले टीले में जिन्न साहब ने भोगा था। ससुराल जाने के तीसरे दिन ही चमेली की सास मालीराम के सामने उसे ले गयी। उस हरामी मर्द से चमेली की मुलाकात जवानी की पहली उठान में बदी थी। जमादारिन की बहू बेटियों की जवानी लूटते वक्त इन भले मानुषों के मन में न घृणा होती है, न ऊँच-नीच का विचार। चमेली जैसी नागबेलि तभी भंगिन होती है जब भले मानुषों की नज़र में जवान नहीं रह जाती। चमेली भंगिन मैला की पूजा करती है और उजले कपड़े पहननेवाले डूबकर मछलियाँ निकालते हैं। हमारे साथ जो करना होता है, करते हैं। इन भले मानुषों के यहाँ जिस तरह बाग-बगीचे, घर-महल को जायजाद कहते हैं, वैसे घर-घर के पाखाने हमारी जागीरें हैं। हमें मेहतरानियाँ कहते हैं। चमेली भली लुगाइयों से सौ में सौ बार अपने को अच्छी समझती है। कमीनी फुल्लो माँ की नहीं सुनती, बाप की सुन लेती है। कसमियाँ पीर ने फुल्लो को देखकर चमेली से कहा था कि वह अमल-रमल से लड़की को लड़का बना सकते हैं। मालीराम ने सर का पसीना पाँव तक पहुँचाकर फुल्लो को अपने समाज के लायक बनाया था। यदि फुल्लो सत्रह साल तक चमेली के साथ रहती तो कम से कम पाँच हजार रुपया कमाकर उसे देती। जवानी औरत की जान होती है। जवानी गयी कि औरत का धन-मान-जान सब कुछ चला गया। चमेली की जवानी चहकती-दमकती, चकाचौंध फैलानेवाली जवानी थी। मालीराम चमेली को अछूतोद्धार के नाम पर सफेद खादी की साड़ी और बम्बई की बनी खादी की जानमारू जाकिट पहनाकर, सुन्दरियों की पसन्द की चप्पल पाँव में डलवाकर सभा सम्मेलनों में ले जाता। उसे देख कांग्रेसियों का दिल लहालोट हो जाता। वह मंच पर आगे बैठाई जाती। रंगमिजाजों के दिल के तख्त पर वह जमी हुई थी। जन्तर-मन्तर रोड के कांग्रेसी सदर मुकाम के एक ऊँचे नेता ने चमेली से मजाक करते हुए उसे जन्तर-मन्तर कहा और चमेली यह सुनते ही इस अदा से हँसते-हँसते दोहरी हो गयी कि आँचल सरके, ब्लाउज उधड़े, ताकि उस नेता की तिरंगी आँखों का तिरंगा चमेली की जवानी की खड़ी चोटियों पर प्रेम से लहराये। चमेली जन्तर-मन्तर बनकर रह गयी, उसमें जादू जगमगाता था। वह जन्तर-मन्तर रोड नहीं बनना चाहती थी। बेईमान मालीराम ने कहा था कि जन्तर-मन्तर तो लाकेट बनाकर

सीने पर लटकाने की चीज को कहते हैं और नाटी चमेली लम्बे मालीराम के गले में दोनों कलाइयाँ डाल झूलने लगी। मालीराम तगड़ा था। तनकर खड़ा हो गया। चमेली उसके सीने पर झूलती रही और वह तना का तना ही रहा। और चमेली मालीराम से उन दिनों की याद कर घोर घृणा करने लगती है। उस हरामजादे को नाखूनों से नोचने और सुअर की बोटी की तरह बिना नमक के खाने की तीव्र घृण्य लालसा से उसका सिर घूमने लगता है, सीना धड़कने लगता है, अवाँ की तरह अन्दर ही अन्दर वह कुरेदती धधकती, रहती है। चमेली को अपने गत यौवन की याद की ढलती हुई सन्ध्या में जान जाती दिखाई पड़ती है। गतयौवना चमेली को यौवन के अतीत की मादक स्मृतियाँ अविस्मरणीय हैं, जब तक मालीराम और बड़े-बड़े नाक लगानेवाले सेठों और नेताओं से अपने तलुवे सहलवाती थी। मदमाते यौवन की दहलीज पर फुदकती अपनी दोगली जवान लड़की फुल्लो के आत्मद्वन्द्व-गत वातावरण का बड़ा ही सजीव आत्मकथात्मक चित्रण हरिजनों के जीवन पर जीवन्त भाषा-शैली में अभिव्यक्त करने का यत्न 'उग्र' ने 'चमेली का बयान' शीर्षक से किया है।

आगामी परिच्छेद 'फुल्लो का फसाना' है। फुल्लो ने तेरह वर्ष की उम्र तक लड़कों के ड्रेस में बाहर और लड़कों से निर्लज्ज वातावरण में घर के भीतर लालन-पालन पाया था। आसमान-सा चौड़ा मस्तक, कमान सी बाँकी भौंह, तीर सी सपाट नाक, चन्द्राकार चम्पई चेहरा, नाक से कान तक फैली आम की फाँक जैसी सलोनी आँखों की मालकिन फुल्लो दिल्ली नगरी रूपी महाप्रदर्शनी में सर्वाधिक दर्शनीय लगती। स्कूल की फैंसी ड्रेस प्रतियोगिता में वह जोधपुरी पगड़ी बाँधे ब्रीचेस, पैंट, जुराब, काले बूट, हाथ में हल्का सा हंटर लिये अपने को उभरता हुआ घुड़सवार नौजवान मर्द दिखाने की कोशिश करती है। उसका भाई बड़े खुले दिल का था। फ्लैश कैमरे से पिता जी के साथ बैठकर उसने फुल्लो की तस्वीर ली। समारोह समाप्त होने पर उसने फुल्लो को बधाई दी। फुल्लो रजिया बेगम बनी बैठी एक लड़की पर भनक पड़ी क्योंकि उसे वह पुरुष समझ रही थी। फूलकुमारी मानती थी कि मर्द का औरत, औरत का मर्द बन जाना कोई बड़ी बात नहीं। मौज मजा लेने में वह पारंगत थी। इसी फैन्सी ड्रेस प्रतियोगिता में रजिया बेगम का बड़ा भाई चमनलाल शर्मा फुल्लो को अपना दिल दे बैठा। फुल्लो ने उसे अपने पिता मालीराम गुप्त का परिचय दिया। फुल्लो चमनलाल पर यह जाहिर न कर सकी कि उसकी माता अछूत है। चमनलाल की बहन वैजयन्ती ने रविवार को भोज की दावत फुल्लो रानी को समारोह में ही दी।

चमनलाल के वृद्ध पिता ने फुल्लो को प्रवचन पिलाया कि आज का युग भ्रष्टाचार का युग है—गड्डम-गड्ड जात कुजात के मेल का। मेरा बेटा अगर उच्छृंखल सम्बन्ध करे तो मैं उससे सम्बन्ध-विच्छेद कर लूँ। मेरे घर में मेरे होते

सनातन धर्म के विरुद्ध आचरण कदापि गवारा नहीं होगा। वैजयन्ती दोस्ती में घंटों फुल्लो से चिपकी उसका अधरपान करती रहती है। चमनलाल का प्रेम स्त्री-पुरुष के सहज आकर्षणवाला प्रेम था। वैजयन्ती भी फुल्लो पर मर्द की सनातन उत्तेजना से आसक्त हो जाती। चमनलाल भी मौका मिलते ही फुल्लो को कसकर चूमता, उसके उरोजों को टटोलता और यह सब काम-व्यापार फुल्लो के साथ अपने सनातनी बाप की आँख बचाकर करता। फुल्लो पढ़ने के वक्त भी चमनलाल के साथ गोरस का स्वर चखती। वह ऊँची जात के लौंडे पर जान छिड़कती थी। फुल्लो कहती कि मुझे इन दोनों भाई बहन की मोहब्बत कुछ और ही जायका चखाती है जो बाप के प्रेम या माता चमेली की बातों में नहीं होता। बड़ी मुश्किल है; जब वैजयन्ती मुझे सीने से चिपटा लेती है तो मेरे मन में होता है कि काश मैं मर्द हुई होती। फुल्लो को इस भावना से ही आनन्द आने लगता है। वह वैजयन्ती की बातों में स्वयं को मर्द समझने की आदी बन चुकी थी। यह सब रोल वह अपने पापा से छिपाकर करती थी। चमनलाल भी अपने सनातनी बाप की आँखों में मिर्च झोंककर जमादारिन चमेलीजायी फुल्लो का घुटुक-घुटुक शारीरिक रसपान कर रहा था। 'फुल्लो का फसाना' शीर्षक से 'उग्र' ने फुल्लो की मर्दानी जवानी के रसिक जज्बातों का यथातथ्य चित्रण किया है। उसके नेत्र बान-कमान हैं और अपने कुरंग वासनाजन्य मन पर वह कोई भी नियंत्रण लागू नहीं कर पाती।

अन्तिम विस्तृत परिच्छेद प्रफुल्लानन्द के बयान से शुरू होता है जो 'सब्ज़बाग़' का समापन अंश है। स्वामी प्रफुल्लानन्द उज्जैन में जन्मे थे। अधिकतर वहीं रहते थे। मालवा उनकी कर्मभूमि थी। वे धर्मप्रिय राजनीतिक संन्यासी और स्वतंत्रता संग्राम के सेनानी थे। मालवा का बच्चा-बच्चा उन्हें जानता था। राजधानी दिल्ली की उन पर कृपा थी। उज्जैन के क्षिप्रा तट पर बड़ी बगिया और मन्दिर में वे रहते थे। उनके पिता इसी मन्दिर के पुजारी थे, परन्तु वे बैरागी साधु के रूप में बिना बाप, पत्नी, बेटी-बेटों के इन्दौर के महाजन के उस मन्दिर पर भगवा लँगोटी लगाए विराजते थे। भारत के स्वतंत्र होने और महात्मा गाँधी की हत्या के बाद वे कांग्रेसियों से ऊबकर हरिजन सेवा में लवलीन हो गये और जहाँ कहीं भी बाहर जाते, वे हरिजन बस्ती में ही रहते और वहीं मधुकरी पा लेते। वे वैद्यक, ज्योतिष और कर्मकांड में पारंगत थे। तीनों विद्याओं में उन्हें महारत हासिल थी। बीसियों बार लड़कपन से अब तक ऐतिहासिक खंडहरों के खजानों की खोज में शौक से वे सक्रिय हो विश्वासपूर्वक लगे रहे। सफलता उन्हें कौड़ी भर नहीं मिली, परन्तु उनका उत्साह भंग नहीं हुआ था। संन्यासी होकर भी वे खजाने की लालसा नहीं त्याग पाते। इस छिपे खजाने की खोज में उनका व्यक्तिगत लाभ नहीं, समष्टिगत हित की भावना थी। अभावों के विकट बोल बाले में यदि अनन्त धनराशि हाथ लगे तो उसके सामाजिक उपयोग की भावना प्रफुल्लानन्द के मन में अँगड़ाई लेती

और काम-क्रोध-लोभ मढ़े मानव संस्कार की रज्जु से वे छूट-छूटकर बँधने लगते। खजाने की खोज का परिणाम प्रलयंकर हो सकता है, उनके मन में यह विचार भयंकर रूप से कई बार उठता। वे भूगर्भ-ज्ञानी भी थे। कलकत्ते के साइन्स कॉलेज से एम.एस.सी. पंकजानन्द एलोपैथ डाक्टर से उन्होंने शिप्रा के तट पर मुलाकात की और उनसे ज्ञान के गूढ़ रहस्य की सिद्धि प्रफुल्लानन्द ने प्राप्त की। पंकजानन्द ने हरसिद्धि देवी के मन्दिर के सामने स्वर्ण-भंडार प्राप्त होने का संकेत दिया और सरकार की सहायता से खुदाई के बाद वहाँ रुद्रसागर में कंचन का बहुत बड़ा खजाना निकला। महाराज सिंधिया उन दस हजार सोने की ईंटों को देखने स्वयं पधारे थे। अरबों रुपयों से ज्यादा का सोना निकला था। लोग सोने के चमत्कार से ही हनुमान मन्दिर पर पंकजानन्द का दर्शन करने के लिए भीड़ लगाने लगे। पंकजानन्द को प्रलय के विलक्षण लक्षण दिखाई देने लगे। सारा स्वर्ग नरक में परिवर्तित होता दिखाई पड़ा। उन्होंने ईश्वर से प्रार्थना की कि वह आज के आदमी को सद्‌बुद्धि दे कि वह प्रकृति को पूजे, न कि पीड़ा पहुँचाए, जिससे पृथ्वी का वातावरण विकृत हो, प्रकृति में परिवर्तन-सन्तुलन घटे, ऋतुओं में परिवर्तन होने लगे और अनेक नक्षत्र तारागण अपनी स्वाभाविक गति छोड़ दें। पंकजानन्द के माध्यम से 'उग्र' ने मनुष्य की स्वार्थ वृत्ति पर व्यंग्य करते हुए कहा कि मनुष्यों ने कहीं नक्षत्रों को अपनी तरफ खींचने का इरादा किया तो बस चिराग गुल, पगड़ी गायब ही समझिए। मनुष्यों को क्या हो गया है कि वह पृथ्वी से उड़कर मंगल ग्रह में जल पीने के बाद चन्द्रलोक में लंच लेकर शुक्रलोक में डिनर डांस के लिए दीवाना बना जा रहा है। हे ईश्वर! इस मनुष्य वर्जन की रोकथाम करो, उसकी और हरी-भरी वसुन्धरा की रक्षा करो।

वीतरागी महापुरुष पंकजानन्द ने उज्जैन छोड़ दिया। तभी से प्रफुल्लानन्द उज्जैन में नहीं के बराबर रहते हुए पर्यटन करने लगे। दिल्ली की अनेक यात्राएँ उन्होंने कीं। गाँधी के शहीद होने के पहले वे मालीराम के अतिथि रहते थे, परन्तु बाद में हरिजन सेवाव्रत के कारण दिल्ली की अधिकांश हरिजन बस्तियों को उन्होंने देखा और भोगा था। अब तक जमुना पार की बस्तियों से उनका साबका नहीं हुआ था। वे नयी पुरानी दिल्ली से ही फुरसत नहीं पाते थे। शान्त बस्ती प्रफुल्लानन्द का भक्त मेहतरों का चौधरी बुद्धराम रह रहा था। नयी दिल्ली की अन्धामुगल, निजामुद्दीन हरिजन बस्तियों में बड़े-बड़े शातिर सेंधमार डाकू हरिजनों को आशीर्वाद-सदुपदेश दे, जो बीमार और असमर्थ थे, उनकी सेवा-सुश्रूषु कर प्रफुल्लानन्द करौल बाग के बाया नगर की हरिजन बस्ती में आ रमे। सभी हरिजन उन्हें अपना निकट मित्र समझते थे। किंग्सवे की हरिजन कालोनी और रीडिंग रोड की हरिजन कालोनी में प्रफुल्लानन्द को योग्य हरिजन माताएँ नज़र आयीं। उचित शिक्षा-दीक्षा के अभाव में ऐसे हरिजन बालक नज़र आये जो सरल सज्जन भारतीय

थे। रूक्मा बहन जैसी तुलसी का भजन "तू दयाल दीन हौं, तू दानी हौं भिखारी" गानेवाली सुकंठ हरिजन बालाएँ भी मिलीं। 1960 ई. के 15 अगस्त को उज्जैन लौटते समय प्रफुल्लानन्द ने तय किया कि वे अब आगे यमुनापार की हरिजन बस्ती में बसेरा डालेंगे। 14 अप्रैल, 1961 ई. को कृष्णनगर की भंगी बस्ती को लक्ष्य बनाकर गाँधीनगर वे ताँगेवालों की बोली ठिठोली सहते उनकी नज़रों में अपने को भंड़, पाखंडी, गँजेडी, अफीमची का जबानी ताना पाते, हरामखोर बनते 8 मील के रास्ते पर आगे बढ़ चौमुहाने पर पहुँचे। उन्होंने कश्मीरी गेट के चौराहे पर सयानी स्कूली लड़कियों की एक लम्बी कतार देखी। कई मनचले उन पर तेज नज़र गड़ाये हुए थे और बोली ठोली कस रहे थे। दिल्ली न साधु को बिना ताने दिये बख्शती है, न साध्वी को। वे लड़कियाँ चंचल चपल चाल चल रही थीं, मानो पढ़ने नहीं नाच सीखने जाती हों। उनमें से कई लड़कियाँ इतनी सयानी कि नितम्ब, कुच, अधर और आँखों से औरत मालूम पड़ती थीं। स्वामी प्रफुल्लानन्द की नज़र में भी उनके उरोजों, नितम्बों की पुष्टता स्पष्टता स्पष्ट हो गयी। वाल्मीकि रामायण के रावण के अन्तःपुर में हनुमान प्रसंग की विस्तृत चर्चा करते हुए 'उग्र' ने सिद्ध किया है कि रावण के अन्तःपुर की स्त्रियों का मदमग्न बेसुध यौवन का नजारा देखने के बाद परमज्ञानी हनुमान के मन में महा चिन्ताजनक विचार उदित हुए। उन्हें मदमाती स्त्रियों को देख धर्मज्ञान का भय लगने लगा। हनुमान के मन में पराई स्त्रियों को देखकर कुविचार नहीं पैदा हुआ। रामप्रिया सीता का पता लगाने के लिए उन्हें स्त्रियों में ही खोजा जा सकता था। स्त्री मृगियों के झुंड में नहीं खोजी जाती, हनुमान और कहाँ जाते?

प्रफुल्लानन्द ने कामना-भरी वासना का सुरमा लगाकर उन लड़कियों की तरफ नहीं देखा था, न उनके मन में सुरसुरी बयार चली थी। वे जमुना ब्रिज पार कर उन महिमामुखी कुमारियों के दर्शन-पाप से मुक्त हो धर्म-भय के घिरते बादल देखते जमुना पार पहुँच गये। पुल पार करने पर वाल्मीकि के चरित्र और तुलसी के सृजन पर चिन्तन में रमे हुए प्रफुल्लानन्द को सिपाही ने टोका कि झोले में क्या है? सिपाही को ऐसा विश्वास था कि झोले में चन्दन चढ़ी सत्यनारायण की बटिया के रूप में अफीम लिये हुए प्रफुल्लानन्द फरार हो रहे थे। प्रफुल्लानन्द के सात्विक हावभाव से अफसरनुमा दूसरा सिपाही प्रभावित हुआ और उन्हें कैलाशनगर, गाँधीनगर तथा झील कुर्जा का डेढ़ मील क्रमबद्ध रास्ता बताते हुए सुरजीत सिपाही की गलती के लिए माफी माँगते हुए विदा किया। स्वामी प्रफुल्लानन्द अपने मन के आध्यात्मिक संकल्पों में डूबते उतराते कृष्णनगर पहुँचे। एक जगह भीड़ लगी हुई थी। शराब के नशे में धुत्त बेटा सन से सफेद बालोंवाले मक्खीचूस लखपति बाप को पीट रहा था। हफ्ते में तीन दिन बुड्ढ़ा बेटे के हाथों पिटता। सभी तमाशा देखते। प्रफुल्लानन्द ने गाँधीनगर में देखा कि पुलिस एक लम्बे तगड़े आदमी तथा बारह-चौदह साल

के एक गन्दे लड़के को अप्राकृतिक मैथुन के दोष में कसे बांधे लिए जा रही थी। गाँधीनगर थाने के पास कोई भली औरत आवाज कसनेवाले मजनूँ को जूती पर जूती जड़कर भीड़ जुटाए हुए थी। औरत उस गुंडे के सीने पर सवार महाचंडी बनी उसके सिर का शैतान उतार रही थी। नारी का इतना उत्तेजित रूप इसके पूर्व प्रफुल्लानन्द ने कभी नहीं देखा था। झील कुर्जा पर एक नये पैसे के लिए सब्जीवाले को ग्राहक ने कद्दू चीरनेवाले छुरे से बातों ही बातों में घायल कर दिया था। पुलिस खड़ी तमाशा देखते रही। सब्जीवाले का पेट फट गया।

स्वराज्योत्तर काल में देश की नैतिकता का निरन्तर अधःपतन होता गया। पटपड़गंज के नाके के सामने शर्ट पतलून पहने एक नौजवान राह चलते लोगों के बीच बड़े आवेश के साथ कांग्रेस की खुली आलोचना कर रहा था। उस नौजवान ने ललकारा कि मिनिस्टरों को हर तरफ हरा ही हरा दीखता है। कांग्रेसी सरकार ने जनता को खेत की मूली समझ रखा है--जब चाहा जमा दिया, जैसे चाहे उखाड़ लिया। सावन के सूरदास की आँखों में सब्ज़बाग़! ज्यादा नहीं महज पच्चीस पंचवर्षीय योजनाएँ पूरी हुईं नहीं कि देश के कोने-कोने में सोना-ही-सोना भरा नज़र आएगा। समाजवादी समाज कायम होते ही ऊपर से समता का स्वर्ग धरती पर उतर आएगा। पच्चीस पंचवर्षीय योजनाओं के सम्पूर्ण होते होते एक सौ पच्चीस वर्ष लग जाएँगे। इधर पब्लिक के पेट पर तवा बँधा हुआ है, उधर टैक्स की हवा बँधी हुई है। ब्रिटिश साम्राज्य के लिए अंग्रेज पब्लिक को चूसता था। किसी तरह वह गया तो कांग्रेसी आये। कांग्रेसी कल्याण राज्य की डौंड़ी पीटते मुट्ठी भर मनचले अक्ल के सौदागरों के कल्याण के लिए चवालीस करोड़ जन का बलिदान कर रहे थे। स्वराज्य हुए चौदह साल हो चुके थे, परन्तु जनता की गरीबी, लाचारी या झकमारी पर कोई सुर्खाब का पर तब तक न लगा। कुछ मिनिस्टरों, उनके रिश्तेदारों और जी-हुजूरों की गयी गुजरी हालत बिल्कुल बदतर से तरातर खुशतर हो गयी। कांग्रेस गवर्नमेंट के गड़बड़ तबेले में गधे खुश्का खोंसते थे। उस नौजवान के जोशीले और यथार्थ भाषण में स्वतंत्र भारत के कांग्रेसी नेताओं को पब्लिक की सुख-सुविधा से आँख मूँदकर मलाई की गिलौरी काटने की कहानी 'उग्र' के शब्दों में वैचारिक धरातल पर निर्भीक रूप से अंकित की गयी है। वह नौजवान हाथ में अपने सर का हैट लेकर पब्लिक से पैसे उतारने लगा। गिरहकटी का उसने मौलिक ढंग अख्तियार कर लिया था। वह सरकार की पब्लिक की भीड़ में आलोचना कर किसी तरह अपना गुजर बसर करनेवाला पुराना भिखारी था। वह कभी भजन से, कभी भाषण से, कभी गानों से जनता को रिझाता रहा। जब पब्लिक कांग्रेस और सरकार का पर्दाफाश करने से खुश होने लगी तो वह वही सब कहकर अपना और अपने बाल बच्चों का पेट पालता था।

पाँच पैसे का नया सिक्का उस नौजवान के हैट में डालकर स्वामी प्रफुल्लानन्द

कुछ ही आगे बढ़े तो बाँसुरी के पीछे लगी हुई डमरू की आवाज सुनाई पड़ी। एक नौजवान दाढ़ी वाला मदारी खेल दिखाने की भूमिका बाँध रहा था। वह ग्वालियर का मदारी, बगैर टिकट देश-देशान्तर घूमकर अपनी बेईमानी आर्ट से कृष्णनगर में नेवले और साँप की नायाब लड़ाई का करिश्मा दिखाने की तैयारी कर रहा था। मदारी ने अपनी वाणी के ओजस्वी शब्दाडम्बर से सैकड़ों दर्शकों को मोहित कर लिया और बिना खेल दिखाए वह बड़ी चालाकी से पैसा, रुपया, अधेली, सूका, दुअन्नी लोगों से माँगने लगा। नेवला बँधा रह गया और साँप निकला ही नहीं। उसने खेल खतम पैसा हजम कर न नेवला लड़ाया न साँप। वह साँप समेटते अपना झोला सँभालने लगा। एक दर्शक ने जोर से कहा कि वाह मियाँ भीमसिंह! खूब ही सब्ज़बाग़ दिखाया तुमने। भीमसिंह मदारी बिना दबे झेंपे बोला, जैसे देव वैसी पूजा। उस लड़के ने मेरी थाली में चवन्नी की जगह कलई चढ़ाया पुराना धेला दिया। यह है असली 'सब्ज़बाग़'। मदारी की थाली में कुल साढ़े दस पैसे आये थे। इतने पैसे में मदारी साँप को नेवले से कैसे मरवाता फिरता। मदारी आर्टिस्ट होता है परन्तु उससे भी ज्यादा 'सब्जबागी' वह लौंडा निकला जिसने कलई से अधेले को चवन्नी बना दिया था।

यमुना पार की बस्ती पिछड़े निम्न-मध्य-वर्गीय लोगों से पटी पड़ी हुई थी। 'उग्र' जैसा कलम-कर्मी कलाकार भी यमुना पार के कृष्णनगर में अदने इन्सान की तरह निवास करता था। 'उग्र' के स्वामी प्रफुल्लानन्द ने मदारी का खेल देखते हुए जब कृष्णनगर की भंगी बस्ती का रास्ता एक सरदार जी से पूछा तो उन्होंने उपेक्षा से कोई जवाब नहीं दिया। दिल्ली का नागरिक किसी से सीधे मुँह बोलने तक को तैयार नहीं। प्रफुल्लानन्द ने एक प्रौढ़ जमादारिन को सर पर टोकरी और झाड़ू ले अपनी ओर आते देख उससे कृष्णनगर की भंगी बस्ती के बारे में जानना चाहा। उस भंगिन ने समझा कि स्वामी प्रफुल्लानन्द को जमादारिन की जरूरत है इसलिए भंगी बस्ती पूछ रहा है। वह कहने लगी कि 'अरे महाराज, मेरे जैसी सफाई करनेवाली वह न होगी जिसे तू खोज रहा है। उसका चेहरा भले ही चमक चन्दा हो, लेकिन सफाई कर्तब से होती है।' स्वामी जी को किसी ने टोका कि इस भंगिन से सारा शहादरा डरता है। वह रोबदार प्रौढ़ जमादारिन स्वामी जी के पीछे पड़ गयी। संयोग से तभी उज्जैन का बहुत दिनों से दिल्ली में नौकरी कर रहा नानूराम यादव स्वामी जी के सामने आया। वह कृष्णनगर के डी ब्लाक में रहता था। स्वामी प्रफुल्लानन्द हरिजन बस्ती में जाना चाहते थे। कृष्णनगर के आस-पास हरिजनों की कोई बस्ती न थी। कृष्णनगर स्वतंत्रता के बाद बसी बस्ती है जिसमें बँगले ही बँगले हैं। पंजाब के शरणार्थी पुरुषार्थियों ने दिल्ली के साथ-साथ कृष्णनगर का भी नक्शा बदल दिया। कृष्णनगर में बाजारूपन की बू नहीं। पुरानी दिल्ली की सँकरी गलियों की घुटन और चाँदनी चौक का हाहाकार याद करें तो कृष्णनगर स्वर्ग है। नानूराम कृष्णनगर का इतिहास स्वामी जी से बता रहा था।

देश के बँटवारे के बाद आदमी आदमी नहीं रह गया। कृष्णनगर के मुसलमानो ग्वालों के सिर देश के विभाजन के समय धड़ से अलग कर दिये गये थे। दूध की धार की जगह खून की फुहारें छूटने लगीं। कृष्णनगर का स्वास्थ्यप्रद जल एक तरफ और दिल्ली की दवा एक तरफ। यहाँ सौ में पनचानबे बालिकाएँ कामचलाऊ पढ़ी-लिखी हैं। परन्तु बिना कृष्णनगर में बसे इस बस्ती की विशेषता समझ पाना कठिन कार्य था। स्वामी प्रफुल्लानन्द ने नानूराम से कृष्णनगर के किसी भद्र आदमी के सम्बन्ध में पूछा। नानूराम ने गम्भीर विनय का नाटक कर कहा कि सच्चा आदमी जमीन पर बँगला नहीं बनवा सकता, भले ही आसमान में महल बना ले। सरदार नाहर सिंह जैसे कृष्णनगर में बसनेवाले ठेकेदार, जो दिन में सरकारी भवन बनाते हैं और रात में उसी सामान से अपना बँगला, कृष्णनगर के सबसे प्रतिष्ठित नागरिक थे।

वहाँ एक से एक शोषक, वैद्य, डाक्टर और हकीम थे जो अपने लोभ से दूसरे के प्राणों को तब तक पकड़े रहते थे, जब तक कि वह अन्तिम साँस न ले ले। व्यवहार में अग्नि-स्फुलिंग की तरह 'उग्र' भी कृष्णनगर के वैद्य पं. जगदीश प्रसाद शर्मा के घर में भाड़ा देकर रहते थे। गप्पी नानूराम वैद्य की बखिया उधेड़ता है। इसी बीच दो-तीन भंगिन छोकरियाँ स्वामी जी को अपनी ओर आती नज़र आयीं। कृष्णनगर से सटे गोंडली गाँव में हरिजनों के कुछ घर हैं, जहाँ से वे नागबेलि कन्याएँ आयी थीं। प्रफुल्लानन्द ने गोंडली गाँव जाने का आग्रह किया। नानूराम इतना विनम्र था कि प्रफुल्लानन्द से अपने को भंगी कहकर स्वामी जी को अपने घर ले गया। वह वैद्य जी के बँगले में पीछे की तरफ रहता था। उसमें स्वामी प्रफुल्लानन्द को अकेले हकीम के पास इसलिए भेजा कि वह देखने के काबिल जीव था। हकीम जी के दरवाजे पर पहुँचते ही हकीम की जोरदार आवाज सुनाई पड़ी कि बेटे मैं दुनिया रूपी गाय को हरा चारा यानी 'सब्ज़बाग़' दिखाकर गधी बनाकर दूहता हूँ। हकीमी में क्या धरा है! नाड़ी पकड़ते ही मरीज के कान में मैं ज्योतिष, नजूम, रमल, मेस्मेरिज्म का जादू ठूँसता हूँ ऐसा कि क्या मजाल शिकार हाथ से निकल जाए। इतना बड़ा बँगला, मोटर, बैंक बैलेंस सच्ची हकीमी करता तो हरगिज न कमा पाता। मेस्मेरिज्म और ज्योतिष का सब्ज़बाग़ दिखाया तो मेरा घर हरा-भरा है। स्वामी जी को देखकर हकीम ने उनका स्वागत किया और उन्हें बोलने ही नहीं दिया। वह स्वामी जी को राजरोगी बता उनके पेट में रोग सिद्ध करने लगा। उन्हें बोलने ही नहीं दे रहा था। 'अर्क तमाशा' (बड़ा बोतल दस तथा छोटा पाँच रुपया) की बड़ी बोतल वह परिव्राजक प्रफुल्लानन्द को ठोंकने लगा; 'रुह फना' की तीस गोलियाँ भी उसने 'अर्क तमाशा' के साथ लेने का बिना माँगे प्रावधान कर दिया और कहा कि एक हफ्ते में राजरोग से स्वस्थ होकर सत्यनारायण की कथा सुनिए, ब्राह्मणों को न्योतिए। गरुड़ पुराण सुनते-सुनते मर जानेवाला अमर हो जाता है, सारे रोग शोक से उसे फुरसत मिल जाती है। कुल पच्चीस

रुपये निरोग स्वामी प्रफुल्लानन्द से उस हकीम ने वसूल कर लिये। सब्जबागी तमाशा बाँधा। परन्तु उसी समय नानूराम वहाँ आ गये। हकीम उन पर बरस पड़ा कि मेहरबानी करके अपने नाम का बोर्ड अपने मकान के सामने लगा दें। ताकि आपके यहाँ आनेवाले मेरा अमूल्य समय नष्ट न करें।

'सब्ज़बाग़' की मूलतः यही कहानी है। भंगिन जमादारिन चमेली का चुलबुलाता चरित्र, दोगली सन्तान फुल्लो की कसमसाती जवानी का जौहर, कांग्रेसी नेता रूपी सामाजिक, दैहिक शोषक मालीराम गुप्त का चारित्रिक विश्लेषण, स्वामी प्रफुल्लानन्द की रहस्यमयी जमीन से खजाना खोजने की कर्मठता और हरिजन-सेवा की सद्‌भावना के बीच स्वतंत्र भारत के विविध समाज-वर्गों की मनोदशाओं का यथातथ्यवादी, रोचक, रसमय, जिज्ञासापूर्ण चित्रण 'उग्र' के इस अन्तिम उपन्यास 'सब्ज़बाग़' में लबालब भरा हुआ है। अन्तिम परिच्छेद में 'उग्र' धार्मिक मान्यताओं के व्याख्याकार, सामाजिक परिस्थितियों और उसकी चेतना के उद्धारक, वैद्य की लफ्फाजी और नानूराम के यादवीय विवेक के नमूने के साथ ही मदारी का खेल और इक्केवानों, पुलिस और समाज की अन्य मनोदशाओं का स्वतंत्र चित्रण करने में बेलौस, बेवाक लेखनी के कारण समाज-द्रष्टा महापुरुष कहे जा सकते हैं।

'सब्ज़बाग़' का कथानक जिस गति से अमर्यादाओं के टीलों को ढहाता, मानवीय समानता का संकल्प दुहराता आगे बढ़ा है उस गति से उपन्यास का समापन सफलतापूर्वक नहीं हो पाया है। अंतिमांश में 'उग्र' का उपदेशक, समाजचेता व्यक्तित्व सुधारक की वाणी बोलने लगा है। कथासूत्र के अवसान और संगुम्फन से दूर-दूर विभिन्न पात्रों के माध्यम से 'बुधुवा' की बेटी' के मनुष्यानन्द के विकसित रूप का अधुनातन यथार्थवादी रूप 'सब्ज़बाग़' का प्रफुल्लानन्द उद्‌घाटित करता है, फिर भी 'उग्र' का यह उपन्यास तिलस्म-भरे रहस्यों के व्यूहभेदन से परिपूर्ण है। 'सब्ज़बाग़' में स्वतंत्र भारत के नजारों की पर्त-दर-पर्त उधेड़कर नंगी करने में 'उग्र' को नोबेल पुरस्कार विजेता स्टाइनबेक की तरह सफलता मिली है। 'सब्ज़बाग़' में 'उग्र' ने चिड़ियों की चहक, फूलों की रंगीनी, खुशबू और भारतीय धरती की प्राकृतिक रमणीयता तथा सलिल-प्रवाह की शीतल ऊर्मियों से मुख नहीं मोड़ा है, बल्कि रस का स्रोत वेगवान गति से प्रवाहित किया है। 'उग्र' अपने उपन्यासों में जोश को रस का पर्यायवाची मानते हैं। 'सब्ज़बाग़' में 'उग्र' का यही जोश रस के अक्षुण्ण सरस द्वीपों के निर्माण में तल्लीन दिखाई देता है।

'उग्र' के 'सब्ज़बाग़' की भाषा अन्य उपन्यासों की भाँति अपनी परिमार्जित मौलिकता लिये हुए है। वह सुन्दर किशोर-चंचल है। सशक्त और ओजस्वी भाषा में लिखा 'सब्ज़बाग़' गद्य की विचित्र शैलियों को अपने में समेटे हुए है। आत्म-कथन, पर-कथ्य, वर्णन, सभी शैलियाँ 'सब्ज़बाग़' में अवतरित की गयी हैं। 'सब्ज़बाग़' स्वतंत्र भारत की छूत-अछूत समस्या की सामाजिक पतनावस्था का सच्चा चित्र आँखों के सामने स्पन्दित करने में सफल है। 'उग्र' ने उन अंगों का

एक्स-रे 'सब्ज़बाग़' में किया है जिनका प्रतिबिम्ब समाजशास्त्रीय या अन्य सामाजिक ज्ञान के प्रणेता उपस्थित नहीं कर सकते। 'उग्र' ने 'सब्ज़बाग़' के द्वारा सामाजिक चेतना और क्रान्ति के ओज से स्वतंत्र भारत के नूतन समाज के नियमन की व्यवस्था की सच्ची आलोचना भी की है और हिन्दी उपन्यास साहित्य में सामाजिक क्रान्ति का नवीन अध्याय जोड़ा है।

नागरी प्रचारिणी सभा,
वाराणसी
20-7-1979

रत्नाकर पाण्डेय

पुर्जा, रुक्क़ा, ख़त

श्रीमान् पब्लिशर महोदय,

'सब्ज़बाग़' नामक एक छोटे से उपन्यास की पांडुलिपि मेरे पास है जिसे छपा तो मैं किसी भी प्रकाशक से सकता हूँ, लेकिन छपाना आप ही की संस्था से चाहता हूँ। अनुभव से यह जानकर कि आपकी संस्था छपाई गैटअप वगैरह तो खूब करती ही है, साथ ही प्रकाशित पुस्तक के विज्ञापन, बिक्री यानी प्रचार प्रसार का उद्योग भी सफल करती है।

लेकिन यह उपन्यास मेरा लिखा हुआ नहीं है। इसकी एक निजी कहानी है। बात छः ही महीने पहले की है। सन्ध्या का समय, मैं नशेपत्ती में चक्क बैठा था, इसी कृष्णनगर वाले स्थान पर कि एक फटेहाल युवक आया। आते ही, बिना नमस्कारादि उसने पूछा—'आप ही...जी हैं?' 'जी हाँ,' मैंने कहा, 'कहिए क्या चाहते हैं?" आप मुझे पाँच रुपये दे सकें तो बड़ी कृपा होगी और बिना विशेष पूछताछ के। मैं...शहर का रहनेवाला बिल्कुल नया गरीब लेखक हूँ, यह मेरा पहला उपन्यास है। किसी योंग्य प्रकाशक की तलाश में शहर से मैं दिल्ली आया इस भरोसे कि राजधानी में प्रकाशकों का आज सबसे समर्थ समुदाय है। कहीं न कहीं मेरा भी टिप्पस लग ही जाएगा। अपने शहर से दिल्ली का भाड़ा चन्द ही रुपये और उधार लेकर मैं चला था। आज दस दिन हो गये मुझे प्रकाशकों की ड्यौढ़ी पर जबींसाई करते, दो दिन हो गये फाक़े करते, लेकिन कहीं भी मेरी दाल गली नहीं। और अब मैं निराश हो चुका हूँ। पिछले कई दिनों से तो ऐसी ज़िन्दगी ख़त्म कर देने की इच्छा मेरे प्राणों में कौंध रही है।...

वह खड़ा-ही-खड़ा बोले जा रहा था, गला सूखा, आँखें धँसी, काया शान्तिप्रिय द्विवेदी-ब्रांड, बोलते-बोलते वह कमजोरी से कदाचित काँप रहा था। उसका सारा व्यक्तित्व जैसे मेरे सामने करुणा से घिघिया रहा था पाँच रुपये के लिए। मैं स्वभाव से उदार नहीं हूँ, मगर मौक़े पर आदमी भी नहीं हूँ सो बात नहीं। मैंने झपाक से कुर्सी से उठकर कहा—'आप बैठिए तो, मैं अभी आया।' दूसरे कमरे में जाकर कोट की जेब में टटोला तो तेरह नये पैसे। ड्राअर की तलाशी ली तो मुट्ठी भर चूहे की मेगनियाँ। ओह! मुझे याद आया—'आप मियाँ माँगते दरवाजे दरवेश'

कहावत। भागकर मैं पिछली राह से पड़ोसी के घर पहुँचा और रुपये पच्चीस माँग लाया—पाँच के पाँच नोट। लौटकर देखा वह अभी तक जहाँ का तहाँ ही खड़ा था। जैसे वह होश में नहीं था। मेरी आहट पा वह सुगबगाया। पाँच नोट उसके सामने कर मैंने कहा—'लीजिए।' रुपये देखते ही उसकी आँखों में चमक लहरायी। 'ये तो इतने सारे हैं।' 'आपको जितने चाहिए ले लें।' फिर भी उसने मेरी हथेली से पाँच ही का एक टुकड़ा उठाया। 'मुझे बड़ी भूख लगी है, अंतड़ियाँ ऐंठी जा रही हैं, पहले मैं होटल से कुछ खा आऊँ फिर आपको धन्यवाद देने की सोचूँगा, 'भूखे भजन न होहि गोपाला।' यह मेरा बेग है, इसे यहीं छोड़े जाता हूँ, लौटकर ले लूँगा।' और वह तेज़ी से मेरे घर से चौमुहानी की तरफ लपका जिधर होटल था। मैंने सोचा जब वह खाकर लौटेगा तब उसे दस-पाँच रुपये और दे दूँगा। मुझे उस तरुण गरीब लेखक की हैरानी-परेशानी निकट से जानी पहचानी मालूम पड़ी। लगा मैं ही रूखा हूँ, मैं ही भूखा हूँ, मैं ही पब्लिशरों के दर पर आशा लेकर पहुँच निराशा लेकर लौटने वाला हूँ। मैं बड़ी उत्सुकता से उसकी प्रतीक्षा करने लगा। सायंकाल से आधी रात तक मैं उसकी राह देखता रहा पर वह गया सो गया, जैसे वक्त जाय फिर न आने के लिए। उस वाकया को हुए आज महीने छः हो गये। कई दिनों तक अन्तस के किसी कोने में उसके लिए गमगीन रहा और फिर भूल गया। गत कल की बात है पुस्तकों भरी अलमारी में से एक मोटी पुस्तक निकाली, उसका वह बेग नज़र आया जिसे वह मेरे पास छोड़कर चला गया था और जिसे पुस्तकों के पीछे रखकर मैं भूल ही गया था। वह बेग देखते ही सारा दृश्य पुनः मेरे मानस-पट पर सिनेमा के फ्लैश बैक की तरह लहरा उठा। उत्सुकता से अब जो बेग खोलकर देखता हूँ तो—'सब्ज़बाग़' उपन्यास की पूरी पांडुलिपि, साफ-सुथरे अक्षरों में लिखे दो सौ फुलस्केप पन्ने। मैं भूलकर भी किसी लेखक की पांडुलिपि नहीं पढ़ता, लेकिन 'सब्ज़बाग़' की पांडुलिपि पढ़ने में मैं उसी समय दत्तचित्त हो गया और समाप्त करके ही छोड़ा। श्रीमान् प्रकाशक जी, उस उपन्यास पर इस पुर्जे में मैं अपनी राय इसलिए नहीं लिख रहा हूँ ताकि आप बिना प्रिजूडिस इसे पढ़कर राय कायम कर सकें। आपकी योग्य राय जानने के बाद ही मैं अपनी सम्मति आवश्यक हुई तो—दूँगा। कृपया आप यह भी सूचित करेंगे कि क्या आप रचना प्रकाशित कर सकेंगे? पांडुलिपि के आरम्भ में लेखक का नाम तो है, पर पता नहीं है, न मुझे ही मालूम है। लेकिन इसका कोई मुज़ायका नहीं। पुस्तक यदि छपी तो छिपी तो रहेगी नहीं, फिर लेखक स्वयं अपना पता बतला देगा। सधन्यवाद।

आपका

श्रीमान्,

आपके पुर्जे के साथ 'सब्ज़बाग़' की पांडुलिपि मिली। आपसे क्षमा चाहते हुए

निवेदन है कि आप बखूबी जानते हैं कि मार्च-अप्रैल के महीने प्रकाशकों के लिए बहुत ही व्यस्त होते हैं। आप सिद्धहस्त और विदित लेखक हैं। आप ही की कृति होती तो और बात होती। व्यस्तता में भी स्वीकार कर विश्वास के साथ हम उसे प्रेस में दे देते और प्रूफ़ के साथ उपन्यास पढ़ते। लेखक पढ़े जाते हैं, लेखक पढ़ाये जाते हैं। हम उन्हीं लेखकों को पसन्द करते हैं जो (जनता द्वारा ढूँढ़कर) पढ़े जाते हैं। इसी पुस्तक पर अपना नाम दे दें तो हम फ़ौरन उसे प्रेस में इस विश्वास से दे दें कि चार संस्करण तो बेच ही लेंगे। नये लेखक के बारे में हमारा अनुभव उत्साहवर्धक नहीं है। स्वराज्योत्तर काल के लेखकों की भुस-ढेर में से गेहूँ छाँटना आसान नहीं है। प्रकाशक भी व्यापारी होता है जिसकी पहली नज़र प्राफिट पर होती है। इस स्पष्टवादिता की माफी चाहता हूँ। पुनः यह दुहराते हुए कि यदि इसी उपन्यास पर अपना नाम दे दें तो हम सहर्ष आज ही प्रेस में देने को तैयार हैं। आशा है आप स्वस्थ और प्रसन्न हैं। नमस्कार।

आपका

श्रीमान् पब्लिशर महोदय,

आपका रुक्क़ा मिला। आप मेरे नाम से छापकर किसी भी अचरे-कचरे का चार संस्करण तो कर ही लेंगे जानकर मेरा अहंकार फूलकर गुब्बारा हो रहा था कि विवेक ने चुटकी-सी ली। इस विश्वास में दृष्टि महज वर्तमान पर है, भविष्य पर नहीं। कल जब ये नामधारी नहीं रहेंगे तब ये बड़े-बड़े लेखक पसन्द पब्लिशर क्या करेंगे? दूकान बढ़ा तो नहीं देंगे? साथ ही तब जादू की छड़ी मात्र घुमाकर किसी पसमुर्दा लेखक को रातोंरात विज्ञापन के आसमान पर भी ये नहीं चढ़ा सकेंगे। वर्तमान में वही सम्यक माना जाता है जो भूत के अनुभवों के आधार पर भविष्य के निर्माण, शृंगार, विस्तार पर, बद्धपरिकर हो। व्यापारी की नज़र हो किसी हद तक कोरे प्राफिट पर, लेकिन मैं 'पुस्तक प्रकाशन' को उस कोटि का बनाने के पक्ष में नहीं हूँ जिसकी आधारशिला महज मुनाफे के सोने की ईंटें पर हो। प्रकाशन की दूकान चमड़े के जूतों की दूकान नहीं है कि प्राफिट करने वाले को पता भी न हो कि उसके मुनाफे के पीछे छुरे हैं, खून है, कसाई है और है लाचार मूक पशु के रक्त से परिप्लावित पृथ्वी। परमात्मा न करे किसी भी देश के प्रकाशन के पीछे यों गैरजिम्मेदार मनोवृत्ति हो। ज्ञान का प्रकाशक आँखें मूँद कर जिस दिन केवल मुनाफे की तरफ देखेगा उसी क्षण विवेक का सूर्यास्त हो जाएगा, सारे लाइट गुल हो जाएँगे। ज्ञान का धन्धा, ज्ञान से मुनाफा न वेद में है, न कुरान में, हेजील में भी मुझे तो नज़र नहीं आया। रामायण में वशिष्ठ जी की सभा में भरतजी ने एक कसम यह भी खाई थी कि मुझे वेद बेचने का पाप लगे, अगर राम विरोध में सपने में भी मेरा अनुरोध हो। वह काम जो आज पब्लिशर—बुकसेलर करते हैं हमारे देश

में पहले साधु और सन्तस्वभावी पंडित—पंडिताः समदर्शिनः—बहुजन हिताय, स्वान्तः सुखाय किया करते थे। केवल अपना मुनाफ़ा, केवल अपने गुट का मुनाफ़ा, यहाँ तक कि केवल अपने देश तक का मुनाफ़ा हमारे दर्शनों में था ही नहीं। वसुधैव कुटुम्बकम्। ज्ञानदान हमारे देश का सबसे महान् दान माना जाता है। आर्य कुलपति विद्यार्थी को पढ़ाता ही नहीं था, भोजन-वस्त्र, वास-स्थान भी देता था भले जान देकर, भीख माँगा करें। मैं यह आग्रह करना चाहता था कि इस 'प्राफिट' को प्रकाशक ही नहीं सारे-के-सारे व्यापारी संसार और नहीं तो अपने बाल-बच्चों के हित में चन्द कदम पीछे लौटा देते, वेद-पुराण-शास्त्रों से समझौता रखते हुए मुनाफा उठाते तो फी-जमाने की अनेक नारकीय-दुःखदायी मुश्किलें अनायास ही आसान हो जातीं। क्या है प्राफिट के बारे में अपने पुरुष पुरातनों का रुख वह काफी अच्छी तरह एक पुराने श्लोक से बोध हो जाता है—

मातृवत् परदारेषु, पर द्रव्येषु काष्ठवत्।
आत्मवत् सर्वभूतेषु यः पश्यति स पण्डिताः॥

यानी ज्ञानी बताते हैं जो परायी औरत को माता के समान, पराये धन को धूल के समान, साथ ही सभी जीवधारियों को अपने समान समझता है। वह विद्वान है। आप अपने से तो कोई ठगता नहीं। अतः सबको अपने समान मानने जानने वाला प्राफिट या मुनाफा लेगा किससे? दुनिया की ज्यादातर लड़ाइयाँ इसलिए छिड़ती हैं कि लोग सबको स्वयं के समान न मान पर-स्त्री और पर-धन पर मजे मारते हैं। कैसा युग है, आज में जब लोग धड़ल्ले से गवर्नमेंट तक का टैक्स हड़प कर उसे प्राफिट बना लेते हैं। इतना ही नहीं, पकड़े जाने पर ऐसे वकील की शरण लेते हैं जो सहज ही कानून को झुठला सकता हो। बिना यह सोचे कि इसमें समाज का, राष्ट्र का, मानवता का, गर्जे स्वयं उसी व्यक्ति का घनघोर अहित निहित है। और तब मेरा व्याकुल प्राण उन ऋषियों की तरफ आकर्षित होता है, भारतीय संस्कृति के उन्नायकों की तरफ जो जंगलों में बस, नदी तटों पर घोर श्रम से कृषि-कर्म कर जीवन-यापन के लिए जो कुछ पैदा करते थे, उसमें से भी राजा का अंश (गवर्नमेंट टैक्स) निकाल, राजा की इच्छा न होने पर भी उसको दे आते थे। महाभारत में 'लिरिवत' नामक एक महर्षि की कथा है जिन्होंने अपने ही भाई के उद्यान से बिना पूछे फल लेकर काम में लाने को विवेक से चोरी माना और उस पाप से शुद्ध होने के लिए राजा से स्वयं दंड माँगने गये और राजा जब ऐसे महामानव को दंड देने से कतराने लगा तो लिरिवत ने उसे तत्कालीन कानून के अनुसार कार्रवाई करने को विवश कर अपना वह हाथ कटवा लिया जो ला-ब्रेक करने में सहायक हुआ था। कहाँ पुलिस को रिश्वत देकर, वकील से मिथ्या बकवा कर वाजिब दंड से बचनेवाला समाज और कहाँ अपराधी बनते ही खुद न्यायाधिकारी के सामने हाज़िर होकर उचित दंड अवश्य भोगने की भव्य लालसा। लेकिन यह उस समाज

की बात है जिसमें मिलने पर भी सभी मानव यही प्रश्न करते थे कि परायी वस्तु न ली जाय। दूसरी तरफ जिनके पास विभूति होती थी, उनके मन में सर्वदा यही स्पृहा रहा करती थी कि किसी प्रकार अपनी सम्पत्ति सार्वजनिक हित में लगे। घर-घर अतिथि सत्कार में श्रद्धा थी। वैश्वदेव के बाद (यानी भोजन तैयार हो जाने तथा देवताओं को भोग लगा देने के बाद स्वयं पाने के पूर्व) लोग द्वार पर खड़े होकर अतिथि की प्रतीक्षा करते थे और सुलभ न होने पर अकेले ही पेट पालने में मारे ग्लानि के गड़ जाते थे। अग्निहोत्र में भगवान अग्निदेव से आतिथ्य पाने की प्रार्थना की जाती थी। लोगों ने तो बहुत पढ़ा है—मेरा पढ़ा बिल्कुल कम—फिर भी मैंने यह तो पढ़ा ही है कि पुराणों के राजा रन्तिदेव अनेक उपवासों के घोर फ़ाक़ाकशी के बाद वैश्वदेवादि कृत्य करके जब थोड़ा-सा सत्तू खाने बैठे तभी पुल्कस आदि अनेक अतिथि आ पधारे। आर्य रन्तिदेव प्रसन्न पुलकित सारा-का-सारा सत्तू अतिथियों को समर्पित कर केवल जल को जीवन का पर्याय बनाने लगे। और लो। इसी समय कोई चांडाल अपने कुत्तों के साथ भूखा-प्यासा सहायतार्थ आ धमका। राजा रन्तिदेव ने जीवन का सहारा सारा जल भी उन्हें समर्पित कर दिया। गर्जे अतिथि ऋषि ही पूज्य नहीं—चांडाल और कुत्ता भी समान आदरणीय थे। इसके बाद उस भूखे-प्यासे तपस्वी राजर्षि ने परमात्मा से पुलकित प्रार्थना की—हे नाथ! मैं न स्वर्ग चाहता हूँ न आपको। मैं तो प्राणपण से यही चाहता हूँ कि संसार के सन्तप्त प्राणियों का कष्ट मुझे मिल जाय और सभी प्राणी सुखी हो जाएँ। यह कथा हमारी अद्‌भुत संस्कृति के स्वर्ण-युग—धर्म युग की है। तब न तो आज जैसे कम्यूनिज्म, सोशलिज्म थे, न ही प्रोग्रेसिव अथवा पूर्ण डिमोक्रेसी ही, फिर भी राम नाम के यह महापुरुष जिन्हें हम मर्यादा पुरुषोत्तम मानते हैं, आये दिन ऐसे यज्ञ किया करते थे जिनमें राज-सम्पत्ति इस कदर लोगों में बाँट दी जाया करती थी कि महाभागा महारानी सीता के हाथ आभूषण के नाम पर केवल मंगलसूत्र ही रह जाता था। भगवान रामचन्द्र हिन्दी, अंग्रेजी, अमरीकी, फ्रांसीसी, फारसी प्रकाशक नहीं, विश्व प्रकाशक थे।

मेरा मतलब यह कि कुछ धन्धे ऐसे हैं जिनमें निर्दय मुनाफे के चश्मों से देखने से समाज का अहित अवश्यंभावी होता है। जैसे वैद्य या डॉक्टर केवल प्राफिट के लिए पेशा करेगा तो खुद भी डूबेगा और समाज को भी ले डूबेगा। प्रकाशन का पेशा भी इसी श्रेष्ठ श्रेणी का है। जो प्रकाशक सिद्ध लेखकों की बदौलत कलादार 'मिन्ट' करता है, मैं उसका यह अलिखित कर्तव्य मानता हूँ कि वह भविष्यवान अल्प सिद्ध-लेखकों की सिद्धि-प्रसिद्धि में घाटे मुनाफे का विचार अलग रख सार्थक सहायक रहे। नहीं रहता तो मैं उसे पाप का भागी मानता हूँ। पहले लेखक या विचारक और जनता के बीच में यह प्रकाशक नहीं था। यह तो इस वैज्ञानिक, मशीनयुग की देन है। खैर है तो रहे, लेकिन दोनों ही का सहृदय

सहायक बनकर, न कि कोरा दलाल जिसकी नज़र मात्र अपनी दलाली पर रहती है। स्वराज्य के बाद जो हिन्दी प्रकाशक बाजार में हरे भरे बने हैं, भगवान उनका भला करें—मेरा आब्जरवेशन यह है कि हिन्दी प्रकाशन के गत सौ वर्षों के इतिहास में शायद ही कोई बड़ा प्रकाशक पुश्त-दर-पुश्त प्रसन्न रहा हो। एक ज़माना था जब बम्बई के वेंकटेश्वर प्रेस वालों की तूती बोलती थी। एक ज़माना था जब बांकीपुर पटना के खड्गविलास प्रेस की तूती बोलती थी, लेकिन आज इनके नाम रह गये हैं। किसी-किसी विशाल छापाखाने में हथिनियों जैसी बड़ी-बड़ी मशीनें ही खड़ी-खड़ी जंग खा रही हैं, कबाड़ के भाव बिकने से पूर्व। अक्सर मुझे लगा कि हिन्दी में यह धन्धा अभिशप्त तो नहीं है? है तो क्यों? क्योंकि हमारे सारे-के-सारे वे शास्त्र देवनागरी लिपि में हैं जिनकी वह व्यवस्था है कि ज्ञान बेचना पाप है? खैर रुक्क़ा का जवाब दफ्तर न हो, अतः अब मैं पुनः अपने मुद्दे पर आता हूँ।

सो, यह उपन्यास यदि आप उस नये लेखक ही के नाम छाप सकें, तो इसमें रिस्क या घाटे का प्रश्न है ही नहीं। 'उपन्यास' नाम देकर तो आज हिन्दी के बाजार में कुछ भी कूड़ा-कबाड़ एक संस्करण तो बिक ही जाता है। यह रचना 'सब्ज़बाग़' न तो प्रथम श्रेणी की है और न द्वितीय। अद्वितीय तो फिर होगी ही ही क्यों। लेकिन कथानक दिलचस्प है और ऐसा है जिसमें रस पाने वाले भारतीय समाज में चारों ओर हैं। पाठक या पाठिका को पढ़ने में परिश्रम नहीं करना पड़ेगा, स्वयं रचना पढ़ा ले जायेगी। अपनी-अपनी डफली अपना-अपना राग वाले इस बाजार में उपन्यास के बारे में मेरी पहली शर्त यह है कि वह उपन्यास हो बहुत दिलचस्प कहानी। उपन्यास में ज्ञान हो, विज्ञान हो, मनोविज्ञान हो, लेकिन उसका कथासूत्र महामोहक न हो तो मैं उसे उपन्यास नहीं मानता। कथासूत्र महामोहक हो और फिर ज्ञान, विज्ञान, मनोविज्ञान, अज्ञान के, भाड़ में भी जाता हो फिर भी उपन्यास तो मैं उसे मान ही लूँगा। यही कथासूत्र यदि ज्ञान-विज्ञान-मनोविज्ञान के साथ भी महामोहक हो तो वही बन जाता है मीठा और भर कठौता। इस महामोहकता की पूर्ण ज्योत्स्ना में विक्टर ह्यूगो का विश्वविदित उपन्यास 'ला मिजरिबुल' औपन्यासिक महाकाव्य जैसा बहु-रसमय है। इसी तरह दास्तोवस्की का वह उपन्यास भी बहुरस मय है जिसके इंग्लिश ट्रांसलेशन का नाम है 'ह्वेडिट'। यह रचना मुझे इन्द्रधनुष जैसी ऊँची, आकर्षक, दिव्य मालूम पड़ती है।

'सब्ज़बाग़' की विशेषता यह है कि उपन्यास की पहली शर्त बखूबी पूरी तो करता ही है, साथ ही, देश के उन लक्ष-लक्ष मेहतर-भंगियों के जीवन का प्रश्न तेजस्विता से सामने लाता है जो आज भी स्वराज्य हो जाने के बारह बरस बाद भी समाज के ठेकेदार समाज द्वारा बातों ही से बहलाये जाते हैं जो आज भी अछूत के अछूत ही हैं। जो आज भी माथे पर समाज के मैले की टोकरी ढोकर अपना पेट पालते हैं, जबकि विधानतः न तो कोई छोटा है, न बड़ा, जबकि सबके अधिकार

समान हैं। 'सब्ज़बाग़' यदि इस दिशा में ऊँघती शक्तियों की आँखें खोल सके तो अपनी हैसियत के अनुसार सम्यक सफल माना जायगा।

मेरे इतना लिखने के बाद भी आप यदि उक्त लेखक के नाम से झिझकें तो मैं विवश होकर कहूँगा उपन्यास पर नाम मेरा ही दे दें ताकि उस रचना का प्रकाशन तो न रुके जिसका उद्देश्य उन आदमियों का कल्याण साधन है, जो आज भी अकारण इस देश के अच्छे-अच्छे आदमियों की निगाहों में जंगली जानवरों से जरा भी ज़ियादा नहीं। बस—पत्र में कदाचित कटुता लगे तो क्षमा करेंगे, इसमें व्यक्तिगत कुछ भी नहीं है।

आपका

श्रीमान्,

हमने पहले ही पत्र में निवेदन किया था कि प्रकाशकों के लिए मार्च-अप्रैल-मई महीने बहुत व्यस्त होते हैं। आप क्षमा करें, आपका बड़ा पत्र मैंने व्यस्तता-विवश उड़ती ही नज़रों पढ़ा और फिर रख दिया है, मई बाद जून में आराम से पढ़ने के लिए। 'सब्ज़बाग़' बिना पढ़े ही आपके नाम से छपने के लिए प्रेस में दे दिया है। अभी कम-से-कम बीस बरस तक हम तो उस वैदिक विवेक के प्रकाशक बनने में असमर्थ हैं जिसकी पैरवी आपके पत्र में है। आपके पत्र से तो ऐसा लगता है गोया मारे मुनाफ़ों के हम प्रकाशक मालेमस्त हो दिले बेरहम बन गये हैं। हमें लगा हिन्दी प्रकाशकों के जज बनने में आपने कल्पना की रास बेतहाश ढीली कर दी है। हम आपका आदर करते हैं अतः आग्रह करते हैं आप पधारें, हम सारा हिसाब आपके सामने फैला देंगे और तब आप ही के इन्साफ़ पर छोड़ देंगे समझने के लिये कि हम कौन-सा महामुनाफ़ा किए जा रहे हैं। कागज वाले, प्रेस वाले, बुक बाइंडिंग करने वाले और क्षमा करें तो लिखने वाले, फिर विज्ञापन वाले को देने के बाद सौ में पाँच रुपये भी तो प्राफिट प्रकाशक को नहीं। लगाने के वक्त हम लगाते हैं हजार-हजार, लेकिन कमाने के वक्त पाते हैं रुपया-रुपया। घड़ों देने के बाद बूँद। प्राफिट के पाँच रुपये भी पूछिए तो प्रकाशक के पेशेन्स का प्रसाद ज्यादा है बनिस्वत व्यापारिक मुनाफे के। सच माने यही सबब है कि प्रकाशक प्राफिट पर नज़र पहले रखता है और परम सावधानी से रखता है। न रखे तो मरे और इस अर्थ युग में बाल-बच्चों को भूखों मारे! फिर लेखक भी तो ज्ञान बेचता है जिसकी रायल्टी पन्द्रह परसेंट होती है!! प्रकाशक तो पाँच ही परसेंट पाता है। हमें पता है, आप कहते हैं तो सुनते भी हैं। अतः हम क्षमा याचना नहीं करेंगे। आशा है आप स्वस्थ हैं।

आपका

लेखक का बयान

उज्जैन के स्वामी प्रफुल्लानन्द चमत्कारी सिद्ध पुरुष हैं। जब मैं कहूँ तब मेरा मतलब यह कि मैं सिद्धि और चमत्कारों में विश्वास करने वाला लेखक हूँ। असिल में उपन्यासकार या कथाकार के ऐय्यारी झोले की सिद्धि और चमत्कार अत्यावश्यक वस्तुएँ हैं और न भी हों तो आदमी सिद्ध और चमत्कारी होता है। इस दृष्टि से विश्व के विदित वैज्ञानिकों, अन्तरिक्ष-अन्वेषकों को इन पंक्तियों का लेखक सिद्ध चमत्कारी मानता है। वे भौतिक-सिद्धि के चमत्कारी साधक हैं। हमारे देश में दैविक या अध्यात्मिक सिद्धि की जो प्रतिष्ठा-पूजा रही है, वह भौतिक की नहीं। लेकिन आदर-भाव प्रत्येक चमत्कार, हरेक सिद्धि के लिए हमारे बुजुर्गों के मन में था जिसका अवशेष आज भी अखिल भारत के प्राणियों के प्राणों में प्रतिष्ठित है।

वैसे तो हरेक योग्य संन्यासी का एक मिशन होता है, कहिए सबका भला चेतना स्वयं को चैतन्य और भला बनाने के बाद। स्वामी प्रफुल्लानन्द भी सबका भला बनाने के बाद लेकिन केवल मौखिक वरदान देकर नहीं। वह भरसक समाज को आवश्यक ठोस दान देते रहते हैं बीमारों को औषधि देकर, अज्ञानियों को ज्ञान देकर। संन्यासी होकर भी वह पैसेवालों से द्रव्य लेते हैं। लेते हैं ताकि दे सकें समाज के उन मानी गरीबों को जो माँगने से मरना बेहतर मानते हैं। इसके अलावा स्वामी प्रफुल्लानन्द की खास 'हाबी' है। पृथ्वी में गड़े दफीने खजानों को खोजना। ज्योतिष के अच्छे विद्वान होने के सबब वह खजाने की खोज में उस विद्या की मदद भी बराबर लेते थे। जब मैं उज्जैन में था तब स्वामीजी ने मुझे एक गहरा, सूखा कुआँ दिखला कर बतलाया था कि उसमें मुगल बादशाही के वक्तों का बड़ा भारी खजाना सुरक्षित है। 'कोई सहयोगी नहीं मिलता' शिकायत के स्वर में और शायद इस आशा में कि मैं सहयोग देना मंजूर कर लूँ, उन्होंने सुनाया था, 'नहीं तो मैं खुद कुएँ में उतर कर जाँचता। 'मैंने कहा—कुएँ में ख़जाना हो या न हो अजदहे जरूर होंगे। ऐसे-ऐसे जिनकी फूँक मात्र से जीवन-जान जल जाय। जिसे मरना हो वही ऐसे उद्योग में स्वामी प्रफुल्लानन्द का साझीदार बने।' स्वामी जी ने जवाब दिया 'मैंने जब अनेक बार एक महाविषधर नाग को इस कुएँ से निकलते और

इसी में पैठते देख लिया तभी खजाना-विषयक मेरा विश्वास दृढ़ से दृढ़तर हुआ। मैं तो किसी दिन अकेले ही इसमें घुसने की कोशिश करूँगा, लेकिन एक कोई और होता तो कुछ-न-कुछ सहारा ही रहता।' मैंने पूछा—'सर्प का, महाविषधर का आपको जरा भी भय नहीं?' इसका उत्तर जो प्रफुल्लानन्द ने दिया उस पर सम्भव है कोई विश्वास न करे— 'मुझे कुछ विषधरों की भी जरूरत है। उस नाग को देखकर पहले मेरा लोभ उसके विष की तरफ गया, फिर खजाने की तरफ।' मैंने पूछा—'विष का क्या होना है?' 'सर्प के विष से सर्पदंश का शमन हो सकता है तथा कुष्ठ रोग दूर करने की दिव्य दवाएँ तैयार की जाती हैं। फिर इस कुएँ वाले नाग का विष तो बहुत ही ऊँचे दर्जे का होगा क्योंकि विषधर दो सौ साल से कम आयु का न होगा। पाँच गज लम्बा मोटा जैसे जहाज बाँधने का फौलादी सिक्कड़। रही भय की बात सो भय ही जो करेगा वह संन्यासी क्या होगा। भय का भय मुझे न बता, मैं हूँ प्रफुल्लानन्द निर्भय।' मैं स्वामी जी के ज़रा मुँह लगा। मैंने कहा—'महाराज कुएँ के ख़जाने का अगर मोह या लोभ आपके मन में है तो महानाग का भय भी होना ही चाहिए। भावना की एक कड़ी भी पूरी जंजीर-सी जुड़ी होती है। लोभ हो, भय न हो, असम्भव।' 'असम्भव तेरे लिए न कि मेरे जैसे संन्यासी के लिए। खजाने मैं इसलिए नहीं तलाशता फिरता कि रकम बुढ़ापे में खाने-पीने के लिए सेंट्रल बैंक में जमा करूँगा। दुनिया में गरीबी इतनी है कि उसका जो अंश भी जिस तरह भी दूर किया जा सके उत्तम है। बहुत से दफ़ीने आदमी के बुजुर्गों ने सारी दुनिया में यत्र तत्र सर्वत्र गाड़ रखे हैं। मैं दावे से कहता हूँ किसी प्रकार यदि मनुष्य अपने पुरुषों के गाड़े सारे के सारे दफ़ीने हासिल कर पाए तो आज की दुनिया का सारा अभाव भले भाव में बदल जाय। इस उज्जैन ही में अरबों रूपयों के ख़जाने हजारों बरसों के गड़े होंगे—कहना चाहिए हैं—बेकार, बेसूद, तब जबकि चारों ओर अर्थाभाव का तांडव चल रहा है। ख़जाने खोजना जिन्न भूत साधने की तरह कोई अवैज्ञानिक कर्म तो नहीं—आज भी दुनिया की अनेक दिशाओं में स्थल ही नहीं जल समुद्र के अन्तस्तल तक में सम्भावित निधियों की खोज-तलाश नयी-से-नयी मशीनों की मदद से जारी है। मैं तो कांग्रेस गवर्नमेंट को दरख्वास्त देने वाला हूँ कि वह देश के ख़जानों की तलाश में मेरी मदद करे, मन्त्र से जगह मैं बतलाऊँ, यन्त्र से जाँच सरकार करावे। काम में सफलता मिलने पर आधा खजाना चैतन्यानन्द का आधा सरकार का। 'लेकिन दफीने का सारा-का-सारा माल सरकार का होता है। साबित हो जाय तो हड़पने वाले को कानून की रू से बड़े घर पहुँचाया जा सकता है।'... 'तो मरे-भाड़ में जाय ऐसी सरकार और कानून—मैं अकेले ही खजाने खोज कर दिखला दूँगा कि सिद्धों के मन्त्र में जो शक्ति है, वह वैज्ञानिकों के लेटेस्ट यन्त्रों में भी नहीं।'

सो, एक सबेरे सारे उज्जैन में तहलका मचा कि रात को पुलिस ने स्वामी

चैतन्यानन्द को अन्धे कुएँ में, कमर में लालटेन बाँध कर घुसते देख थाने में रपट कर मदद बुलाकर किसी तरह जब उन्हें कुएँ के बाहर निकाला तो स्वामी जी एक भारी बोरे में दो महानाग कसे हुए बाहर निकले—'इस कुएँ में निस्सन्देह भारी खजाना है जिसकी जाँच मैं कभी फिर करूँगा', उन्होंने पुलिस वालों को सुनाया 'आज तो केवल इन सर्पों को पकड़ने के लिए मैं इसमें बैठा था। 'सर्पों का वह जोड़ा दर्शनीय था। इतने काले-काले मानो लचीले आबनूस के बने हों। कोई पन्द्रह दिनों तक स्वामीजी ने उन नागों को अपने स्थान पर शीशे के बड़े बक्सों में रख सारे उज्जैन की दिखलाया था। बम्बई चिड़ियाघर वालों ने नागों की उस जोड़ी के लिए स्वामी चैतन्यानन्द को पाँच हजार रुपये तक देने का लोभ दिया, पर स्वामी जी ने बेचने से साफ़ इन्कार कर दिया और आवश्यक विष प्राप्त कर लेने के बाद उन्हें पुनः उसी कुएँ में छोड़ दिया था। 'इन नागों के पास मणि है' उन्होंने घोषणा की थी। 'फिर आपने केवल विष लेकर उन्हें क्यों छोड़ दिया? मणि क्यों नहीं ली।' 'क्योंकि मैं उन सुन्दर नागगणों की जान नहीं लेना चाहता था। विष ले लेने से सर्प मरता नहीं है, लेकिन मणि छीन जाने के बाद मणिधर फणि हर्गिज नहीं जीता। ये नाग मामूली नहीं, कोई असाधारण आत्मा हैं, दुर्भाग्यवश कर्मफल भोगते हुए।'

इन पंक्तियों का लेखक जब उज्जैन में रहता था, तब कृपालु चैतन्यानन्दजी ने उसे अवन्ती के अनेक खंडहरों में ख़जानों की सम्भावना बतलायी थी। उन्हें पूर्ण विश्वास था कि एक-न-एक दिन एक भारी ख़जाना वह निस्सन्देह खोद कर निकाल बाहर करेंगे और फिर उस निधि का व्यय विविध-विधि की सर्वोपकारी योजनाओं पर करेंगे। स्वामीजी के सैकड़ों भक्त पुरानी और नयी दिल्ली में भी हैं। फलतः अक्सर चैतन्यानन्दजी अवन्तिका से दिल्ली भी पधारते हैं। जब भी आते हैं, ठहरते हैं या तो किसी बड़े पदाधिकारी, मिनिस्टर के बंगले पर अथवा किसी भारी सेठ के भारी भरकम भवन में। चैतन्यानन्दजी का यह बड़ा अनुग्रह है कि वह जब दिल्ली आते हैं, मेरा पता ज़रूर करते हैं और अवश्य दर्शन देते हैं। दिल्ली वाले जैसे मोग़ल गार्डेन, ताल कटोरा उपवन, या कुतुबमीनार सैर सपाटे के लिए जाते हैं, वैसे ही स्वामी चैतन्यानन्द आये दिन बदरीनाथ मान सरोवर तथा कैलास की सैर किया करते हैं। अभी गत जुलाई में स्वामी जी कैलास यात्रा के बाद जब राजधानी पधारे तो कृपा करके कृष्णनगर भी आये थे। 'उग्र'—उन्होंने सुनाया था 'अभी तो मैं जल्दी में हूँ, उज्जैन कल पहुँचना ही है, लेकिन शीघ्र ही मैं फिर दिल्ली आऊँगा। विशेषतः इसलिए कि तुम्हारी भेंट शाहदरा के एक ऐसे पुरुष से कराऊँ जो देखने में साधारण लेकिन गुदड़ी में हीरा आदमी है। मह़ामानव परमहंस।' मैंने साश्चर्य सुनाया था, 'भला! शाहदरा में परमहंस और किसी को पता नहीं। तो आप मुझे उनका पता दीजिए मैं खुद जाकर दर्शन करूँगा।' 'यही तो मुश्किल है। जब तक मैं पहचान न कराऊँ, उन्हें पहचान पाना कठिन है। निकटवर्ती, पड़ोस, सामने

के घर वाले तक तो जानते नहीं कि वह आदमी कितना बड़ा आदमी है। उलटे अक्सर लोग अन्धों की तरह असाधारण को साधारण, कंचन को पीतल समझ कर अपमान करते, ठुकराते हैं। शाहदरा वाले महात्मा जी भी ऐसी ही परिस्थिति के परम पावन प्राणी कहो तो...परमहंस हैं। तुम देखोगे तो समझोगे। क्योंकि इतनी समझ तुम्हें सर्वदाता से मिली हुई है।' 'धन्यवाद!' मैंने कहा, 'वर्ना आपकी नज़र में समझदार होना सरल बात नहीं है।' 'असिल में समझ तक पहुँचने में अक्ल कम किन्तु अधिक हृदय की आवश्यकता होती है।' 'आप कहना चाहते हैं कि मुझमें अक्ल कम है?' 'मैं कह रहा हूँ कि तुम में हृदय बहुत है। ऐसा न होता तो शाहदरा के परमहंस की चर्चा मैं कदापि न करता।'

इस तरह परमहंस-विषयक मेरी उत्सुकता बढ़ाकर चैतन्यानन्द दो महीने बाद आने का वादा कर अवन्ती चले गये। लेकिन लौटे वह एक ही पखवाड़े बाद और इस बार बिड़ला मन्दिर के धर्मशाले में डेरा डाल वह सीधे झोला कमंडल लटकाये मेरे स्थान पर आ रहे। 'परमहंस जी मेरे गुरुभाई हैं। न जाने क्यों उज्जैन पहुँचते ही शाहदरा पहुँच कर परमहंस जी के दर्शनों को मेरा मन उच्चाट होने लगा। शायद उन्हें मेरी आवश्यकता हो। चलो, पहले परमहंस जी के दर्शन--फिर कुछ और।' हम उसी वक्त कृष्णनगर से शाहदरा की तरफ चले। 'शाहदरा जाने के दो रास्ते हैं' मैंने चैतन्यानन्द की रुचि जाननी चाही, 'एक तो सीधी सड़क से, दूसरी पुराने शाहदरा की धरती में धँसे हुए खंडहरों पर से, दूसरी राह ऊबड़-खाबड़ अधिक है लेकिन जल्दी पहुँचने की राह भी है।' 'खंडहरों ही की तरफ से चलें।' स्वामी जी ने जब कहा तब मैं चुपचाप सड़क से चल न देकर शार्टकट बतलाने पर मन-ही-मन पछताया और मेरा पछताना जल्द ही मेरे आगे आया। खंडहरों की ऊँची धरती पर जो मन्दिर है उसे देखते ही चैतन्यानन्द जी चमक पड़े। 'इस मन्दिर का सम्बन्ध जरूर किसी खजाने से होना चाहिए। पहले लोग खजाना गाड़ने के बाद उसी पर या उसके पास-पड़ोस में मन्दिर या मसजिद, चौरा या मजार बना दिया करते थे जिससे कि समय पर दफ़ीना तलाशने में दिक्कत दरपेश न आये।' मैंने जरा तिनक कर कहा, 'देखिए स्वामी जी मैं ज़रूरी काम छोड़कर परमहंस जी के दर्शनों के मोह में आपके पीछे भागा आया हूँ, न कि खयाली पुलाव पकाने ख़जाने की खोज में सर खपाने। क्योंकि अचानक मिले खजाने से श्रीमान् बनने में मेरा विश्वास नहीं। मैं तो जो मजदूरी हाथ हिलाकर, पसीना चुआकर कर लूँ, उसे ही महा खजाना मानता हूँ।' लेकिन चैतन्यानन्द का मेरी बातों पर ध्यान ही न था। वह तो धरती से मिट्टी के ढेले उठा-उठा कर भू-तत्व के प्रोफेसर की तरह देखने में मशगूल थे--'देखो', चमक कर चैतन्यानन्द ने मुझ से कहा--'इस रंग की मिट्टी जहाँ होती है, उस जगह से 636 पग पर सोना ही सोना गड़ा हुआ होता है।' मैंने बेसाख्ता सुनाया--'कह चुका हूँ स्वामी से मेरी मित्रता थी--'मुनिहि हरियरे सूझ।'

'हरा ही हरा सूझता है नहीं, झोले में से जमीन नापने का फीता बाहर करते हुए उन्होंने परम विश्वासपूर्वक कहा—'मैं अभी उसका प्रमाण देता हूँ। ज़रा इस फीते को तो पकड़ो। 636 पग यानी सवा तीन सौ फुट—गज़—पकड़ो तो फीता।' 'और परमहंस जी?' 'पहले फीता पकड़ो।' ज़रा डाँट कर चैतन्यानन्द ने कठोर कंठ से यों कहा कि मारे रोब के मैंने आज्ञा पालन किया ही। सवा तीन सौ फुट जहाँ पूरे हुए, वहीं एक साधारण-सा टीला था जिससे सट कर ही पगडंडी जाती थी। टीले की मूल की धरती ऊँची बन गयी थी। बहुत दूर तक चबूतरे-सा बन गया था जो ध्यान से देखने पर किसी धरती धँसे भारी भवन की दीवार-सा मालूम पड़ता था, पुराने किले। चूने गारे का काल की चाल से काईदार काला। 'ठीक!' टीले के मूल और घेरे की जाँच करते हुए स्वामी जी ने कहा—'ठीक! सारे लक्षण ठीक हैं। देखो।' उन्होंने मुझे अपनी ओर आकर्षित किया—'तुम आप जाकर परमहंस जी से मिल आओ। मैं अकेले ही यहाँ कुछ जाँच करना चाहता हूँ।' 'लेकिन आप ही ने क्षण भर पहले कहा था कि परमहंस जी को पहचान पाना आसान काम नहीं।' 'उसको मैं तुम्हारे लिए आसान किए देता हूँ।' 'कैसे?' शाहदरा के आरम्भ में हरिजनों की बस्ती है कि नहीं? उसी में जाकर चमेली जमादारिन को पूछो। खबरदार जो उसे भंगिन-मेहतरानी कहा। वह नौबत उतारकर छोड़ देगी। बड़ी वैसी औरत है। उसी से कहना कि स्वामी जी ने परमहंस जी से मिलने को भेजा है, वह कहाँ हैं। मेरा नाम सुनते ही चमेली तुम्हें परमहंस जी से बिला शक मिला देगी। वैसे औरत वह बड़ी वैसी है।' 'दो-दो बार आपने कहा कि औरत वैसी है, फिर मुझे उसी के पास क्यों भेज रहे हैं?' 'तुम्हीं ने कहा न परमहंस जी से मिलना है? बिना चमेली जमादारिन को खुश किये परमहंस जी को पाना असान बात नहीं है। तुम्हें तो मेरा नाम ही सुनकर उनसे मिला देगी वह मेरा बड़ा आदर करती है।' 'कहाँ चमेली भंगिन...।' 'जमादारिन कहना नहीं तो खैर नहीं।' 'कहाँ सिद्ध परमहंस', साफ कहिए कि दिल्लगी कर रहे हैं।' 'विचित्र पुरुष हमेशा विचित्र वातावरण में हुआ करते हैं। फिलहाल अभी आप मेरे पास से चले ही जाइए—परमहंस जी से न मिलना हो तो कृष्णनगर लौट जाइए—मुझे बख्शिए, मेरी कल्पनाओं के साथ। मैं इस टीले का अध्ययन करना चाहता हूँ।' 'लेकिन अभी आपने कहा था कि उज्जैन से परमहंस जी के लिए ही उच्चटित होकर आप आ रहे हैं।' 'वह वक्तव्य ठीक नहीं था, इसका पता मुझे इस टीले के पास आने पर चला। इस टीले में ही उस खजाने का रहस्य छिपा है जिसके सबब सवा तीन सौ फुट पीछे की पृथ्वी पीली पड़ी हुई है। तुम्हारी आँखों में मेरे अनुमान के प्रति अविश्वास है। हटो तुम यहाँ से। मुझे अध्ययन करने दो ध्यानपूर्वक। इस जगह कहीं भारी रत्नागार होना ही चाहिए।'

ऐसी कुरुख भाषा सुनने की मेरी आदत नहीं, लेकिन स्वामी चैतन्यानन्द के हृदय को निर्मलता स्मरण आते ही मैं उनकी कोई भी तीव्रता वेश को आदर देते

हुए—बर्दाश्त कर लेना सर्वथा उचित समझता हूँ। सो, स्वामी जी को वहीं छोड़कर मैं शाहदरा की तरफ बढ़ा। हरिजनों की बस्ती आबादी के आरम्भ ही में, कहिये नगर बाहर, पड़ती है। ऊँच-खाल धरती पर बेसिलसिले बने दरबानुमा कच्चे या चूना पुते अथवा रद्दी ईंटों के बकरियों या सूअरों के रहने काबिल दीन या ओछी शान वाले गृहनामधारी विवश-बसेरे। यत्र-तत्र-सर्वत्र अटर-गटर बज-बज। मुर्गियों-सूअरों के पीछे दौड़ते गन्दे-नंगे लड़के, लड़कियाँ अधनंगी। गाली-गलौज, ढेलेबाजी चलती सड़क की दोनों ओर घनघोर आपा-धापी। एक झोपड़े के सामने दो भंगिनें मटक-मटक कर, हाथ चमका-चमकाकर, महा ऊँचे स्वर में—'राड़ कहती हैं मैं इसके घर में घुस गयी। छत्तीस करम करा कर कच्ची ईंट का मकान बना कर छत्तीसी शान बघारती है। ऐसे मकान पर मैं धार मारती हूँ धार।' शामत का मारा मैं उसी गरजती-बरसती भंगिन से पूछ बैठा कि चमेली जमादारिन का घर किधर है।' 'चमेली जमादारिन!' हथेली पर हथेली रगड़ अँगुली चमकाती हुई घृणा से भरी वह बोली—'चमेली कहाँ क्या करती फिरती है, किसे पता। जमादार तो कहने का मर्द है उस छिनाल का। उसे सात यार संण्डे मुसंण्डे गुंण्डे मालदार और सबके ऊपर गाँधीनगर का जाट थानेदार। अब तू आया है चमेली! चमेली!! चीखता—चल मेरे सामने से। चमेली की लौंडी समझ रखा है ह...। ने, 'वह गाली देती-देती रुकी। शायद मुझे खिसकते देख, रुकता तो जरूर उसने गाली दी ही होती। आगे कोई बूढ़ा हरिजन जाता दिखाई पड़ा। पूछने पर उसने बतलाया—'चमेली जमादारिन अव्वल तो गाँधीनगर थाने पर होगी या मालीराम महाजन के घर। मालीराम का घर दूर नहीं—वह—सामने देखिए, पुरानी ईंटोंवाला दोमंजिला मकान—साधु, शरीफ, शाहदिल मालीराम को इस राँड़ चमेली ने कामरूप कमच्छा की जादूगरनी की तरह भेड़ बनाकर रखा है। आप उसे क्यों पूछते हैं महाराज। सारी ज़िन्दगी वह मर्दों को फँसाती रही है। बयालिस बरस की है लेकिन देखने में बाईस की मालूम पड़ती है। गाँधीनगर के थानेदार को बिना चमेली के रात में नींद नहीं आती। थानेदार उसके पीछे सी.आई.डी. लगाकर रखता है ताकि दूसरे आशिकों का पता लग जाय। एक रिक्शा चलाने वाले पर शक करके किसी बहाने थाने में ले जाकर जाफर हवलदार से ऐसी बेरहमी से पिटवाया था कि मरते-मरते बचा था। चमेली के फेर में आप न पड़ें।', 'चमेली मासी उस घर में है।' उसी वक्त एक लड़के ने सुनाया। 'किस घर में?' पूछने पर लड़के ने उसी दोमंजिले की तरफ इशारा किया जिसका नाम ज़रा पहले बूढ़े हरिजन ने भी लिया था। 'ज़रा तू मेरे साथ वहाँ तक चलेगा? चल! पैसे दूँगा।' 'ना रे बाबा। चमेली मासी मुझे देखते ही मारने को दौड़ती है। बड़ी हरामी है।'

ख़ैर मैं अकेला ही उस घर की तरफ चला, जिसके पिछवाड़े की ओर हम बातें कर रहे थे, फाटक उसका पूरब की ओर था। निकट पहुँचने पर फाटक के बाहर

ही से अन्दर होती तेज़-तेज़ बातों की आहट लग रही थी। किसी औरत की आवाज़ नगाड़े की ध्वनि में आती थी जिसके पीछे फटी खंजड़ी की तरह मर्द की दबी भर्राती आवाज आ रही थी। वे आवेग में, भावावेग में बातें कर रहे थे, यह बिल्कुल भूलकर कि फाटक के बाहर कोई सुननेवाला भी हो सकता है।

"मैं लड़की से अपना धन्धा कराऊँगी—कहे देती हूँ!"

"फिर उसे पालने के लिए मुझे क्यों दिया?"

"मैंने दिया? या तूने ही उस वक्त थानेदार का ज़ोर डलवाकर मेरी दो साल की बेटी छीन ली थी। अब तक तो 14 बरस हुए उसे तेरे साथ रहते—गुलने कुछ नहीं तो तीन-चार हजार कलदार कमाकर मुझे दिया होता। तूने उसे पढ़ा-लिखाकर बबुनी बनाकर चौपट कर दिया। हमारे लोगों में पढ़ना-लिखना असगुनकारी माना जाता है। अब मैं एक दिन भी गुल को तेरे साथ छोड़ने को तैयार नहीं। मिलते ही दूसरे बिरादरों की मदद से मैं गुल को पकड़ ले जाऊँगी और मारते-मारते उसकी पढ़ाई-लिखाई भुला दूँगी। मैंने उसके लिए तगड़ा, तन्दुरुस्त, नौकरी करता लड़का ढूँढ़ रखा है।"

"चमेली तुम्हारे हाथ जोड़ता हूँ।"

"भले तू नाक रगड़े, मैं क्या तुझे जानती नहीं? मेरे इन्हीं कदमों पर तूने जब नाक रगड़ी थी तब मैंने तुझे गुल का बाप बनने का मौका दिया था। नहीं तो चमेली जमादारिन के लिए आज भी 'दिल एकी से लगा हज़ारों खड़े', वाला गाना गया जा सकता है।"

"बड़ी गलती हुई चमेली...!"

"गलती क्या हुई—जब तेरी लुगाई बारह बरस में एक चुहिया तक न जन सकी तब तेरी उसकी मुहब्बत खत्म हो चली। तभी मैं जवानी से भरी नयी नयी ब्याह कर आयी थी। सच बता हरामी...।"

"धीरे बोलो अन्दर गुल की माता है।"

"गुल की माता मैं हूँ , न कि तेरी जनाना और बाप इसका ढकोसलेबाज़ महात्मा तू है। है कि नहीं? मैं माँ तू बाप इसका क्या माने हुए। इससे हमारा आपस में क्या रिश्ता बनता है? वही न जिस रिश्ते पर तेरी जोरू अन्दर मालकिन बनी बैठी है। उससे ब्याह किया पर बारह बरस में एक औलाद तक न पा सका। मुझसे मुहब्बत की—की कि नहीं? बोल सुअर! कहता था 'तू मेरी जान है! भेदभाव अब उठा जा रहा है। मैं तुझे घर की रानी बनाकर रखूँगा।' पहले ही प्यार में मैंने तुझे ऐसी लड़की दी जिसका नाक-नक्श हू-ब-हू तेरे जैसे—लड़की मेरी, शक्ल तेरी—यह है जमादारिन चमेली की करामात, हरामी मैं तुझे सारी दिल्ली में बदनाम न कर छोड़ूँ तो मेरा नाम चमेली नहीं।"

"तू चाहती क्या है?"

"कितनी बार बतलाऊँ? चाहती हूँ इसी घर में इसी हैसियत से रहना, जैसी तेरी जनाना रहती है। चाहती हूँ तेरे सारे मालमत्ते पर अपना अधिकार! तूने कहा था कि अब जातपात उठ गयी, कानून की नज़र में सभी बराबर हैं। मैं पूछती हूँ, कहाँ सभी बराबर हैं? तेरी जनाना हर दिन हर मौसम में गली-गली मैला ढोती फिरती है? नहीं मैला के नाम से भी तेरी नाक पर शिकन आती है! और हम भंगी-मेहतर? आज भी हम दूसरे आदमी का मल उठाकर अपना पेट पालते हैं? यह कैसी बराबरी? मैं बराबरी चाहती हूँ या इस ढकोसले की ऐसी तैसी करा देना चाहती हूँ जिसे मजबूत आदमी ने कमजारों का चकमे में रखने के लिए बना रखा है।"

"तुम इस वक्त गुस्से में हो।"

"मैं पूछती हूँ, ब्याह कर आते ही अपने आदमी को धोखा देकर मैंने जो तुझे अपना खून पिलाया था सो क्यों? तेरे इसी कहने पर तो कि तू मुझे अपने साथ रखेगा? लेकिन वक्त आया तो पुलिस का ज़ोर डलवा कर मेरी दो साल की लड़की ले ली क्योंकि उसका चेहरा तेरे लिए मौत का वारंट है—पर, मुझे तूने चूसे आम की तरह सड़क पर फेंक दिया। और तू फिर भी इज्जतदार है, काँग्रेसी है, वनवासी राम को छलने चला, तू सोने का हिरना है। मैं इन्तज़ार में हूँ, दुश्मन की तरह (क्योंकि तूने दुश्मन की तरह मेरा खून पिया है) कि कब तेरे सीने में राम का बान लगे—कब तेरी जिन्दगी का बेड़ा गर्क हो। कभी-कभी मेरा ऐसा जी नकियाता है कि मैं तेरा गला पकड़ कर पोंट दूँ—जो होगा देखा जाएगा। मैंने तुझे ही पाठ पढ़ाने के लिए गाँधीनगर के थानेदार से मुहब्बत बढ़ाई है। वर्ना वह जाट पूरा खच्चर है—मुहब्बत ही मुहब्बत में औरत की जान ले लेनेवाला।"

"मुझे थानेदार का डर नहीं।"

"उसके साथ गुंडे हैं।"

"मुझे गुंडों का भी डर नहीं है।"

"उसके साथ मैं हूँ—जमादारिन चमेली—अब बोल।"

"तुझसे मैं डरूँगा ही, क्योंकि गलती कर चुका हूँ।"

"तो मुझसे जो मुहब्बत की वह गलती थी?"

छिपाकर जो भी किया जाय, गलती होती है।

"अब तू आखिरी जवाब दे—देता है कि नहीं?—मैं तेरी जनाना की तरह इसी घर में कब से आकर रहने लगूँ?"

"अभी मुझ में इतना बल नहीं है चमेली! कि समाज का मोह छोड़ तुम-जैसी को पचाने की कोशिश करूँ।"

"तूने मेरे बोसे लिये हैं—घंटों जबान मिला मिला कर, तूने मुझ से हू-ब-हू अपने जैसी एक लड़की पैदा की है, वह ताक़त, वह हाज़मा गया कहाँ? चल घर में

नहीं रखता तो लाख रुपया ही मेरे नाम बैंक में जमा कर दे—फिर मैं चुप हो जाऊँगी—तेरी और गुल दोनों की ओर से।"

"एक लाख में तो मेरी ईंटें तक बिक जाएँगी, फिर हम भीख माँगेंगे क्या?"

"तो मेरी लड़की लौटा।"

"यह अब नहीं होने का चमेली। वह मेरी लड़की है—मैंने उसे पाल-पोस पढ़ा-लिखा कर सयानी किया है।"

"तू उसका बाप है तो मैं माँ हूँ। दफ्तर में गुल के बाप का नाम मेरे मर्द का लिखाया है, माँ का नाम मेरा—चमेली जमादारिन।"

"तू लड़की लेकर क्या करेगी?"

"कमवाऊँगी, फिर अपनी बिरादरी में ब्याहूँगी।"

"मेरी लड़की भंगी से ब्याही जाएगी चमेली!"

"तू पहले यह बता कि भंगिन से ऐश करने के बाद भी तू भंगी नहीं हुआ?"

"चमेली! तू लाख गुलगपाड़ा मचा, भले, पर गुल को मैं तुझे हर्गिज देने वाला नहीं। तू नहीं जानती उस लड़की को मैं कितना चाहता हूँ।"

"मैं भी कहे देती हूँ, चिढ़ी हुई औरत पाँव से कुचली नागिन होती है। तू मुझ से मजबूत है लेकिन थानेदार से नहीं! मैं गुल को तुझ से छीन कर मानूँगी—भले ही इसमें उसे उस जाट, उस खच्चर, उस औरतमार के हवाले करना पड़े।"

"ऐसी बातें करेगी मेरी लड़की के बारे में तो मैं तुझे निकाल दूँगा।"

"निकाल!"

"मैं जूतों से पीटने लगूँगा।"

"पीट! देखूँ तेरा दीदा।"

हम छोटी जातियों में यही धरम है। यार से मिलने के बाद हम भतार से मिलती हैं और भतार से मिलने के बाद भी लाचार यार या यारों से कभी लोभ से, कभी भय से मिलती ही रहती हैं।"

मैंने देखा वह मर्द झपट कर चमेली के चरणों पर गिर पड़ा। "चमेली, तुम्हारे पाँव पड़ता हूँ। गुल के बारे में ऐसी-ऐसी बातें करके मुझे सता मत।"

"हट! मेरे पाँव मत पकड़ हरामी। मैं पाँव ही से तो कमज़ोर हूँ। मेरे पाँव पकड़कर कोई कुछ भी करा सकता है। पाँव पड़कर तो तूने मेरी जवानी लूट ली थी। देख अभी भी तेरे लिए मेरे मन में जगह—जैसी है। गो तू है इस काबिल नहीं। मैं तुझे एक हफ्ता सोचने के लिए और देती हूँ। या तो मुझे जनाने के बराबर मान दे, घर में जगह दे, या लाख रुपये दे, नहीं तो मेरी लड़की मुझे लौटा दे। इन्हीं तीनों में से एक शर्त पूरी होगी—चाहे जो तू पसन्द कर ले।"

चमेली फाटक के बाहर चलने को ज्यों ही मुड़ी त्यों ही मैंने भी उस दरवाजे से अपना मुँह मोड़ लिया। मैं सोचने लगा कहाँ के परमहंस के पास स्वामी चैतन्यानन्द

ने मुझे भेज दिया। खुद ख़ज़ाने के फेर में मशगूल हो रहे—मुझे पाप का यह नाटक सुनने को भेज दिया। चमेली के बारे में तो उन्होंने ठीक पता दिया था कि औरत कुछ वैसी ही है, लेकिन उस मर्द को परमहंस कैसे कहा उन्होंने, सोच कर भी ताज्जुब होता है। मैं प्रायः झल्ला कर कृष्णनगर की तरफ लौटा—मन-ही-मन सोचता कि चैतन्यानन्द मिलें तो बिना आड़े हाथों लिए न छोड़ूँ। इतना समय बर्बाद हुआ तब जब कि मैं आवश्यक काम करने में व्यस्त था। चैतन्यानन्द साधु बने फिरते हैं—ख़ज़ाने ढूँढ़ते हुए, वह आदमी परमहंस बना फिरता है, चमेली भंगिन से नाजायज रिश्ता जोड़ते हुए। कैसे साधु! कैसे परमहंस आज के! कंचन—कामिनी-कामी!

चमेली का बयान

जब मैं मालीराम के फाटक से बाहर निकली, शाम के पाँच बजे होंगे। मैंने सोचा यह तो राह पर आवेगा नहीं, क्यों न फुल्लो को ही टटोलूँ। वह पली है मालीराम के घर तो क्या हुआ, है तो मेरी कोखजायी। फिर इन चौदह वर्षों में जबसे फुल्लो मालीराम के पास है एक दिन भी तो उससे बिना मिले न रही। वह जानती है कि उसकी माता मैं हूँ न कि मालीराम की ठाँठ जननी सूरजमुखी। एक दिन तो मैंने फुल्लो से पूछा भी था कि 'बेटी मेरी, मेरे घर चलकर तू मेरा धन्धा करेगी?' "कौन सा धन्धा माता जी?" उसने सरल मुख से पूछा था। "वह टट्टी-पाखाना साफ करने का। कि घिन होगा तुझे? यह तो संयोग था तू इस घर में पली। मेरे यहाँ पलती तो—हम लोग मैले की पूजा करते हैं, क्योंकि उसी से हमारी रोजी-रोटी चलती है।" फुल्लो ने कैसा मीठा जवाब दिया था—"हर एक औरत माता बनते ही मल-मूत्र साफ करने वाली हो जाती है भले कोई अपनी माँ को भंगिन न कहे। हरेक भंगिन गन्दा काम करती है, भले कम समझ उसे नफरत करें, नीच मानें।" मैं दावे से कहती हूँ, फुल्लो मुझे नफरत से नहीं देखती। नफरत तो इस मालीराम की नज़र में नाच उठती है। मुझे देखते ही वर्षों पहले जिसकी याद में भी मारे मुहब्बत के वह खिल उठता था। सो वह मुहब्बत नहीं थी, वह महज मिट्टी का मोह था। भूख थी उसकी ओर से, भ्रम था मेरी ओर से। मेरी जवानी ज़रा बासी हुई कि मालीराम को उबासी आने लगी। असिल बात यह है कि मर्द का मन ही भर जाता है, औरत कुछ भात-भरी हँड़ी नहीं जो बासी बन जाय। अपने मर्द की नज़रों से गिरी हरेक औरत दूसरे आदमी की आँखों में अंजन की राह चढ़ती है। और भारी भूल करती है, अपना प्रेमल हृदय मर्द को दिखाकर, मर्द भला भी लगे फिर भी कहना चाहिए उसे हरामी ही ताकि वह अपनी असलियत भूले नहीं। थानेदार बसन्तलाल को बराबर मैं हरामी कहती हूँ सो वह बराबर अपने को मेरी सरकार से असील साबित करने की कोशिश में रहता है। इतनी भंगिने हैं जमनापार एक-से-एक नवेली, लेकिन थानेदार बसन्तलाल को रौंदती है तो बस जमादारिन चमेली ही। लेकिन यह मालीराम—क्या कुछ है इस हरामी में कि जिस दिन से देखा हुआ आज तक चित्त से उतरा नहीं। सती मैं नहीं रही उसके

साथ—मैं सतियों के झुंड की नहीं हूँ—इसके बाद अपने मर्द के अलावा कई-कई यारों से मेरा वास्ता रहा, लेकिन मालीराम में क्या जाने क्या खूबी—जादू है कि वह मेरे मन से उतरता नहीं। उलटे ज्यों-ज्यों उसे भुलाने की कोशिश करती हूँ, त्यों-त्यों वह और भी लुभावना और दुर्लभ मालूम पड़ता है। ऐसा कि उसके बिना ज़िन्दगी बेमज़ा मालूम पड़ने लगती है। जो हो, इस बारे में धोखे में रहना बेसूद—वह मुझे मुतलक नहीं चाहता—उलटे कभी चाहा जो था, पछताता है उसके लिए। देखते ही तो वह घृणा से सिहर उठता है चमेली न हुई मैले की टोकरी हुई; सामने से भाग जाना चाहता है, मैं जब उसके लिए औरत नहीं; सुन्दरी नहीं, दिल की रानी नहीं, सर्पिणी हूँ जिसकी हवा में ज़हर, फूँक में मौत! मेरी जवानी से खिलवाड़ करने के बावजूद यह तो लोगों में भला, महात्मा बना है और मैं घर-घर की टट्टी साफ करती घृणित जीवन बिता रही हूँ। आह रे! कैसा मेरा मन करता है कि यह मालीराम भी मेरे साथ पाखाने साफ करता, मैले को खुशी से सर पर उठाता फिरे। शुरू-शुरू जब तब मैं इसके हत्थे चढ़ी नहीं थी, कहा करता था कि छूत-अछूत में उसका एतबार नहीं। वह महात्मा जी की पार्टी का है। मैला स्वयं गाँधी जी ने फेंका था, साथ ही सैकड़ों ऊँचे-ऊँचों से फेंकवाया था। मैला वह जो मैले मन का हो, मैले काम करता हो, चमेली तुम तो सफाई करने वाली हो। लेकिन फुल्लो के पैदा होते ही क्या जाने क्या हुआ कि उसका मन फिरा-सो-फिरा। शुरू में तीन बरस तक मुझे हृदय से लगाये बिंना, मुझे दो-चार बार चूमे बिना मालीराम को चैन नहीं पड़ता था, लेकिन पिछले बारह बरसों से वैसा कुछ नहीं होता। और मेरा मोही मन अभी भी उसे चाहता है, लेकिन यह है कि निरा कसाई—किस ठंडी नज़र से मुझे देखता है जैसे कोई मुर्दे को देखे। उधर मेरे ही खून-माँस की लड़की फुल्लो को जान से ज़ियादा मानता है। फुल्लो की सूरत हू-ब-हू मालीराम जैसी जो है। मुझे देखते ही मालीराम के चेहरे पर शैतानियत छा जाती है, लेकिन फुल्लो को देखते ही एक ही क्षण में शैतान देवता बन जाता है। तब तो इस फल्लो ही को इसकी मुट्ठी से छीनना बेहतर होगा। है तो वह मेरी ही जायी। बाप होगा मालीराम लेकिन सौ-में-सौ लड़कियाँ माता की तरफ़दार होती हैं। माता जिसको उसका उचित हक देने को पिता तैयार नहीं। वह पढ़कर आती होगी। बस-स्टैंड ही पर मैं उसे घेरूँगी। कोशिश करूँगी आज ही उसे अपने घर ले चलने की। ताकि वह हरामी इन्तजार तो करे—उसकी नींद और भूख तो हराम हो जाय। काश! मैं फुल्लों से टट्टियाँ साफ़ करा पाती और वह देखता कि लड़की पर किसका हक़ है असिल माँ का या कमअसिल बाप का। लेकिन पढ़ती-लिखती आराम से रहती फुल्लो भंगिन के पेशे के लिए ऐसे प्रेमी बाप का छोड़ेगी? मालीराम का वह बहुत ही आदर करती है। मुहब्बत से मुहब्बत पैदा होती है, नफ़रत से नफ़रत। वह मुझ से नफ़रत करता है, इन्सान नहीं टट्टी-पाखाना समझता है तो मैं भी नफ़रत करती हूँ और टट्टी

पाख़ाने से भी बदतर हरामी को मानती हूँ। टट्टी पाख़ाने तो हम खुद ही धो-धाकर निर्मल कर देती हैं, लेकिन यह गन्दगी का पीर तो दिलों में गन्दगी भरता फिरता है। उजला बगुला काला दिल। लेकिन कब से मैं इसी काफ़िर के बारे में ज़िगर कुरेद रही हूँ। मेरा माथा फिर तो नहीं रहा है। ज़रूर मेरा चेहरा रूखा और भयावना बन गया होगा ऐसी बातें सोचते-सोचते। फुल्लो देखेगी तो मैली पड़ जाएगी नज़रों से ही। उसे खुश करना है तो खुशी पहले अपने पल्ले होनी चाहिए फल्लो ा एक बार मैं घर ले जाकर सारी रात रखना चाहती हूँ। साथ ही अपनी पसन्द के अपनी जात के छोकरे के साथ उसे सुला देना—कुछ भी नतीजा हो। फिर यह शायद ही मालीराम के समाज के काबिल रह जाय—बस यही तो मैं चाहती हूँ। ज़रूरत पड़ी (गोकि इसमें खतरा है, मैं मानती हूँ) तो गाँधीनगर के थानेदार की मदद भी लूँगी। फुल्लो जैसी लड़की को दुनिया में सबसे ज़ियादा डर है तो थानेदार ऐसे आदमी से—लेकिन मालीराम मुझे नहीं बर्दाश्त है, थानेदार होगा। मालीराम परेशान हो मेरा मतलब इतने ही से हल है। इसमें फुल्लो की जान भी जाय तो मुझे सहा जाएगा। इसी वक्त सामने से आती एक जोड़ी नज़र आयी—किताब हाथ में लिये लड़की खाली हाथ लड़का—कितने सट-सटकर दोनों चल रहे थे—बेशरम! ये पढ़ने वाले बेशरमी ही पढ़ते हैं। होंगे ऊँची जात के—चाल ऐसी नीच। खासकार ये लौंडियाँ नहीं जानती कि ज़ियादातर आशिक भौंरे होते हैं। रस लेकर उड़ जाने वाले। रस पाने के पहले की उनकी सारी गुनगुनाहट, फुल की खुशामद, वे बरामद नकली—केवल उसी क्षण के। रस लेते ही कहाँ कली कहाँ अली—अरे! वे दोनों उस मकान के आड़ में क्यों हो रहे! ज़रा दबक कर देखूँ तो। ओ हो इश्क का नाटक चल रहा है। कितनी तेज़ी से लौंडा लौंडिया को सीने से लगाकर चूमे-पर-चूमे ले रहा है—जैसे कुत्ता चोरी के माल पर मुँह मारे। लौंडा तो लौंडा लौंडिया भी कम बेशरम नहीं। ये सब यही पढ़ने को स्कूल जाते हैं। इसी वजह से हम लोगों में पढ़ना-लिखना पाप माना जाता है। लड़का किस बेदर्दी से उसकी छातियों से खेल रहा है—और लड़की न उफ़ करती है, न आह! मैं होती तो चिल्ला पड़ती—ओह! मैं वैसी न रही। लेकिन ये लौंडे-लौंडियाँ पढ़ते क्या हैं ऐसी-की-तैसी। लौंडा लौंडिया को छोड़ पीछे लौट रहा है—लौंडिया इधर ही आ रही है—आने दो ज़रा नजदीक से देखूँगी कि किसके घर की रोशनी है। अरे! फुल्लो!! यह तो अपनी फुल्लो ही है। लेकिन वह अपने सोच में ऐसी मगन थी कि मुझे बिल्कुल नज़दीक होने पर भी बिना देखे आगे बढ़ गयी। पाँच मिनट तक मैं उसके पीछे लगी चलती रही फिर भी फुल्लो को कोई पता नहीं। मुझे लगा—वह उस लौंडे और मुहब्बत के बारे में सोचती होगी—दिन में सुहावने सपने देखती होगी। पता नहीं बेवकूफ को कि उसकी माँ ने भी उसके बाप को लेकर वैसे ही सपने हज़ार-हज़ार देखे थे—आख़िरकार टूटने वाले सपने। मैं इसे आवाज़ दूँ या आज न छेड़ूँ—यह अभी होश में न होगी, लेकिन वक्त

कहाँ है। लड़की का बांप तो हाथ से गया ही है, लड़की भी अब उसी हवा में उड़ रही है। यह भला अब क्या मेरे हत्थे चढ़ेगी—इसने तो अपना पट्टा खुद ही चुन लिया है। पर यह है किस धोखे में—मैं सारे बाजार में डौड़ी पीट दूँगी कि यह मेरी चमेली भंगिन की जायी है। फिर देखती हूँ बेटी को कौन लेता है। इसको आवाज़ देना ही ठीक होगा। अब वक्त बहुत कम है। अरी फुल्लो! ओ फुल्लो!! जैसे मेरी आवाज़ पहचान कर वह पहले ठिठकी, फिर सँभाला अपने को—"माता जी''।

"कब से मैं तेरे पीछे-पीछे आ रही हूँ।"

"मुझे पता नहीं था। तुम इधर कैसे चली आयीं।"

"यों ही, मन में आया कि आज फुल्लो को बस के अड्डे पर मिलूँ।"

"तो वहीं से आप मेरे पीछे लगी थीं। ज़रा सहमती हुई वह बोली—तो मैंने बात बदल दी 'वहाँ कहाँ पहुँच पाई—राह ही में देखा फुल्लो रानी चली आ रही है—न जाने किसके विचार में डूबी—तो बिना बोले मैं तेरे पीछे हो रही। जब देखा कि तू तो अपनी चिन्ता से छूटने वाली नहीं है तब लाचार आवाज़ दी। मैं आज यह पूछने आयी हूँ कि तू मेरी एक बात मानेगी? माने तो कहूँ, नहीं मुँह खोलने से क्या फायदा?"

"मैं मानूँगी माताजी तुम्हारी बात—क्या है—बेखटके कहो।"

"मैं चाहती हूँ कि तू मालीराम का घर छोड़कर मेरे घर में आ जाये—तू मेरी लड़की है—है कि नहीं?"

"जरूर हूँ—या ना भी कैसे कर सकती हूँ जबकि यही सच है। पर हो क्या गया जो आज तुम मुझे उस घर से हटाना चाहती हो जिसे बारह बरस तक सौंपे रखा था।"

"अब तक समझती थी कि मालीराम सच्चा है। एक दिन मुझे नीचे से ऊँचे उठावेगा, लेकिन अब वह आशा टूट गयी है। मालीराम ने केवल मेरी जवानी लूटने के लिए तब अछूतोद्धार की बड़ी-बड़ी बातें बनायी थीं। तुझे इसलिए पालता है कि तेरा चेहरा उसी जैसा है। डरता है कि उसकी जाई लड़की नीचों की तरह हरजाई हुई तो उसके सौ पुश्त नरक में पड़ेंगे। हरिजन समझ कर उसने तुझे नहीं पाला है, अपना बीज नरक का फल न बने, इसलिए वह भलेमानस का नाटक करता है।"

"पिताजी मुझे जी-जान से प्यार करते हैं।"

"जानती हूँ तेरे पिता को और उसके प्यार को—कितना भी वह प्यार करे अन्त में लोग तुझे भंगिन की दोगली बेटी ही कहेंगे—अगरवाल लाला के घर की कोई नहीं कहेगा। खैर—तू उसे नहीं छोड़ सकती तो मुझे ही छोड़—फिर कभी जो मुँह देखूँ तो चमेली के मुँह पर थूक देना।"

"मगर माताजी मैंने तो नहीं कहा कि तुम्हें छोड़ दूँगी। पिताजी को छोड़ दूँगी तो उन्हें बड़ी तकलीफ होगी—वह मुझे बहुत ही चाहते हैं।"

"मर्दों की चाह हवा तो दूर एक साँस में ठंडी पड़ जाती है। यह मालीराम तेरे जनम के पहले मुझे भी मजनू की तरह चाहता था। चाह यह नहीं है जिससे तू चिपकी है फुल्लो! दाई से पेट नहीं छिपता। तेरे बाप के यहाँ जो आराम है, इज्ज़त है, रुपये हैं, उन्हें देख कर तू चमेली को माँ न माने तो क्या ताज्जुब–लेकिन तुझे पता नहीं कि तेरी माँ के पास जो मालमत्ता है, उसके मुकाबिल में मालीराम की दौलत ख्याली पुलाव से भी कमतर है। तेरी आँख ही खोलने को आज मैं इधर चली आयी। तू सोने के लिए ही अगर बाप को चाहती है तो चल आज तुझे इतना सोना एक साथ ही दिखला दूँ कि तू भी याद रखे कि कोई माताजी थी तेरी जो जात की भंगिन होने पर भी रानी से कम नहीं थी। तुझे पता है? शाहदरा और कृष्णनगर के बीच खंडहरों से पटी जो ऊँची ज़मीन है, कहीं-न-कहीं उसी के नीचे बहुत भारी खजाना छिपा हुआ है। उसकी रखवाली जिन्न लोग करते हैं।"

"जिन्न तो भूत होते हैं माताजी! भूतों के नाम से भी मेरे तो होश फाख्ता हो जाते हैं।"

"जिन्न अच्छी जात के प्रेतात्मा को कहते हैं, मुसलमान जिन्हें जिन मानते हैं, हिन्दू लोग ब्रह्म मान कर पूजते हैं। अक्सर जहाँ बड़े-बड़े दफ़ीने सोना चाँदी, हीरा, मोती, मणि माणिक गड़े होते हैं ये जिन लोग वहीं जाकर तकियागाह बना लेते हैं। पुराने शाहदरा के खंडहरों के खजाने में कई जिन रहते हैं। और अच्छे लोग–भूत प्रेत हरामी होते हैं। बेसबब सबको सताने वाले। जिन ऐसे नहीं होते। वह रास्ता छोड़कर घेरकर किसी का बुरा नहीं करते, भला भले ही कर दें। जैसा कि मेरा तजरिबा है।"

"देखा है तुम ने जिन्न? क्या कहती हो माताजी?"

"देखा ही नहीं है, आज तक उनसे रसूख है–देख, यह नीलम की अँगूठी–जिन साहब ने तब दी थी जब मेरी शादी हुई-ही-हुई थी।"

"तुमने कहाँ देखा–डरी नहीं तुम?"

"डरने का मौका ही नहीं था। शाम को उधर टट्टी मैदान के लिए गयी थी–अकेली। वहीं एक टीला है जिसके पीछे मैं पहुँची ही थी कि किसी सफेद लम्बी दाढ़ी वाले जईफ ने मेरा हाथ पकड़ लिया। मेरे चीखने-चिल्लाने के पहले मेरी आँखों पर पट्टी कस कर वह मुझे गोद में उठा ले चला। थोड़ी देर बाद जैसे उसने बहुत ही गुदगुदे गद्दे पर मुझे रख दिया और पट्टी मेरी खोल दी। देखती हूँ तो राजमहल जैसा घर और आदमी कोई नहीं। वह बुड्ढा भी। भागने की सोच उठकर जो मैंने चारों तरफ देखा तो मेरे मुँह से मारे हैरत के आवाज़ जैसी निकल गयी। सोना, चाँदी, हीरा, मोती, मणि माणिक के सामान से भरा घर–मोतियों की चटाइयाँ, रतनजड़ी झालरें, हीरे जड़े हुए हुक्के। इस तरह मैं सात कमरों में चकराई और सातों में एक ही बात नज़र आयी–ऐसा खजाना जिसकी कीमत कूतना

आसान नहीं। सातवें कमरे में जब मैं पहुँची तो वहाँ एक निहायत हसीन जवान पलंग पर उठँग नीलम की सुराही से लाल के प्याले में शराब पी रहा था। उसके मुझे देखा,प्याला खाली किया, बढ़कर मुझे बाहों में उसने कस लिया। कैसी रसीली मोहनी आँखें, उसकी—मैं तो बेसुध हो गयी। इसके बाद क्या हुआ कुछ भी पता नहीं। पाँचवें दिन मेरे घर वालों ने उसी टीले के पास मुझे बेहोश पाया था। तन पर रेशमी कपड़े, हजारों के गहने और हाथ में यह नीलम की अँगूठी जिसे देखते ही मुझे याद आया कि बीते पाँच दिनों में वही अँगुठी उसकी अँगुली में डाल कर ख़ज़ाना घर के नौजवान ने कहा था कि जब भी मेरी ज़रूरत हो, इसी टीले के पास आकर धूप जलाकर यह अँगूठी दिखाना, उसी वक़्त मैं आ जाऊँगा।"

"ताज्जुब! माताजी! मेरे तो रोंगटे खड़े हो आये। फिर कभी तुमने इस अँगूठी की मदद से जिन्न साहब को बुलाया था? फिर तुम गरीब क्यों रही—खजाना लेना चाहिए था।"

"बात यह है फुल्लो कि एकाएक बड़ी हस्ती का सामना होने पर हरेक में यह जबहा नहीं होता कि सही ढंग से काम साध ले। फिर मुझे जिन साहब को याद करने की कभी याद ही न रही। जिन साहब के मामले में ख़ज़ाना जितना खींचता मुझे वही उतना डर दूर भगाता है। तू मिलना चाहे तो बुला दूँ—वह कुँआरी ही से मिलते हैं, साथ ही जिनों के मिलने से औरत की देह का कोई नुकसान नहीं होता। कुमारी होना जरूरी है।"

"कुमारी क्या होती है माताजी!" भोली तो थी ही अभी मेरी फुल्लो—अब मैं क्या बतलाती कि कुमारी किसे कहते हैं।

"अछूती लड़की को कुमारी कहते हैं।"

"हरेक हरिजन लड़की तब तो अछूती हुई।"

फुल्लो के बात करने के ढंग से मुझे विश्वास हो गया कि अभी वह अछूती है और किसी के भी साथ हद के बाहर नहीं गयी हुई है। मैंने सोचा— खजाने वाले जिनसाहब को खुश करने के लिए फुल्लो का सहारा लिया जाय तो क्या बुरा। यह भी ख़ज़ाने और गहने सुनकर जिनसाहब की तरफ कुछ झुकी मालूम पड़ती है।

"अभी चल!" मैंने कहा—"शाम हो रही है—मैं अभी जिन साहब को बुलाकर दिखाती हूँ।"

"जिन साहब को देखकर मैं डरूँगी नहीं, कहना कठिन है। मैं उन्हें तो नहीं अलबत्ता वह जगह जरूर देखना चाहती हूँ—वह टीला—जहाँ से तुम गायब हुई थीं।"

"तो चल अभी! नजदीक ही मेरा घर भी है।"

"घर मैं फिर जाऊँगी—पिताजी इन्तज़ार में होंगे—पर वह टीला, वह जगह तो मैं देखूँगी।"

शाहदरा से कोई बीस मिनट चलने के बाद दोनों को वह टीला नज़र आया—

"देखती है फुल्लो!" मैंने चंचल मन से सुनाया—"वह जो टीला है उसी के पीछे वह जगह है।"

टीले के पीछे पहुँच कर फुल्लो और मैंने जिसे देखा, दोनों ही पहचान न सकीं, पर चैतन्यानन्द ने मुझको पहचान लिया।

"जमादारिन! तुम यहाँ कैसे?"

"ओह स्वामी जी!" मेरे मुँह से निकल गया—"मैं तो समझी हज़रत ही बेस बदल कर चहलकदमी कर रहे हैं।"

"कौन हज़रत?" पूछा चैतन्यानन्द ने।

"इस टीले के पास-पड़ोस में स्वामी जी महाराज बड़ा भारी खज़ाना है, जिसकी रखवाली एक बुजुर्ग जिन्न साहब करते हैं। हज़रत कहने से उन्हीं से मुराद थी।"

"तो तुम्हें भरोसा है इस टीले के आसपास बड़ा ख़ज़ाना है।"

"भरोसा क्या आज से बारह बरस पहले मैं अपनी आँखों देख चुकी हूँ।"

"धन्यवाद! जमादारिन!" स्वामी जी ने मुझे धन्यवाद दिया—"तुमने मेरा हौसला बढ़ा दिया। मुझे तो बिना देखे लक्षणों से यह जगह रत्नों से भरी मालूम पड़ी, सो मैं मिट्टी, गिट्टी, रोड़े और पत्थर परख रहा था कि तुम आ गयीं। अब मैं विश्वास के साथ इधर खोदाई कराने की कोशिश कारपोरेशन के मित्रों से करूँगा—या किसी सेठ की सहायता लूँगा।"

"लेकिन खुदाई वगैरह से जिन्न साहब नाराज हों तो।"

"मैं उनसे निपट लूँगा जमादारिन—वह जिन्न हैं तो मैं ब्रह्म हूँ। ठठेरे-ठठेरे बदल नहीं होता—कि नहीं? आज मैंने एक सज्जन को तुम्हारे पते पर मालीराम जी के दर्शनों को भेजा था—शायद मुलाक़ात न हो सकी। यह लड़की कौन—ओह! फूलो। अब तो फुल्लो रानी बड़ी सयानी नज़र आने लगी।"

स्वामी चैतन्यानन्द भेदभाव रहित महात्मा। मालीराम के नाते मेरे पुराने परिचित। मालीराम को मैं बासी झाड़ू मारूँ, लेकिन चैतन्यानन्द के लिए मेरे मन में पूरा आदर भाव है। मैं स्वामी जी को चरण छूकर करती हूँ।

मालीराम का बयान

पुरानी दिल्ली वाले मुझे आधी तरह जानते हैं, नयी वाले चौथाई तरह, पौन तरह प्रायः परमात्मा जानते हैं। परन्तु पूरी तरह शैतान ही मुझे जानता होगा। मेरा नाम लाला मालीराम अग्रवाल है, पिता का नाम गुलाब राय अग्रवाल। पिता का व्यापार था रेशम, मेरा रोजगार राजनीति। उनकी दूकान चाँदनी चौक में थी। यह जो कांग्रेस भवन है, वहीं मेरी दुकान है। कोई हँसे नहीं, पुजारी की दुकान मन्दिर, मुल्ला की दुकान मसजिद जैसे वैसे ही बल्कि उनसे बढ़ी हुई मेरी दुकान कांग्रेस दफ्तर है। और मैं यह बात खुले चौड़े में कह देता हूँ। यह नीति मैंने उस चोर से अख्तियार की जिसे लेकर मशहूर कहावत हैः जब्बर चोर सेंध में गावे। कहावत का चोर मजबूत था अतः सेंध में गाता हुआ चोरी करता था अथवा संगीत की शक्ति से परिचित सिद्ध-गवैया था जो राग के प्रभाव से चेतना को मूर्छित कर चोरी करता था लेकिन मैं स्वयं को 'जब्बर' से जियादा 'गब्बर' (बेशर्मी के निकट ढीठ) हूँ। स्वराज होने के पाँच वर्ष पूर्व से मैं कांग्रेस-कमेटी का सदर यानी अध्यक्ष। मेरा काम है पहले दूसरे कांग्रेसियों को परमिट, पद, ठेके, सरकारी क़र्ज़ दिलाकर नीच बनाना और फिर उक्त सुविधाओं की मलाई मौज से अपने पक्ष में उतारना। परिणाम स्पष्ट हैः मेरे पिता सारे जन्म रेशम की दूकान करने पर भी मालीवाड़े के पुराने मकान के आगे न जा सके थे, लेकिन मैंने बिना दूकान, बिना साइनबोर्ड, बेरोज़गार, बिना धन्धा तीन-तीन पुख्ता-पक्के मकान बनवाए—पहला नाईबाड़े में, दूसरा तेलीबाड़े में और तीसरा यह शाहदरा वाला पुराना मकान एक बेवा को झाँसा देकर पानी के मोल ले लिया। कोई कहेगा बेवा को झाँसा देना तो बड़ी बुरी बात—मरे को मारे पीर मदार—मेरा मकूला कुछ और ही। बेवा को कोई-न-कोई बेवकूफ बनाकर जब वह मकान ले ही लेता तब इस मौक़े से फ़ायदा न उठाना अपने हाथ की चिड़िया चिड़ीमार को दे देना होगा। उस बेवा के सामने मैंने अपने को परम त्यागी देशभक्त दरसाया—ऐसा जिसका तन-मन-धन सभी देशार्पण था। मैंने उससे कहा कि वह अपना मकान मेरे नाम कर दे ताकि उसके बाद मैं वहाँ 'आनन्दबाई कांग्रेस मन्दिर' कायम करा सकूँ—उसका नाम आनन्दीबाई था। मेरे नाम कर देने से—मैंने जो उसे समझाया—जब तक तू जिन्दा रहेगी तुझे कांग्रेस की

रक्षा मिलती रहेगी। रहेगी तू इसी मकान में, तेरे मरने के बाद ही कांग्रेस मन्दिर बनेगा—लेकिन सोच तो—तेरे बेटी न बेटा—हित न मीत—ऐसा करने से सारे-के-सारे कांग्रेसी तेरे सगे-सम्बन्धी हो जाएँगे। अन्तकाल में जब तिरंगे से लिपटी तेरी अरथी निगमबोध घाट की तरफ़ चलेगी तब संग में खद्दरधारी नज़र आएँगे। 'दूसरे का नहीं मुझे तो आप ही का विश्वास है', उसने हाथ बढ़ाया—मैंने थाम लिया। आनन्दीबाई अभी बूढ़ी नहीं, अधेड़ और आकर्षक कोई तीस वर्ष की रही होगी। लेकिन मैं उसके तन नहीं, धन पर आकर्षित था। उधर उसने मुझे तन-मन-धन तीनों ही सौंप दिये। मैंने अस्वीकार एक को भी नहीं किया। सम्पत्ति मेरे नाम लिखने के बाद सवा साल तक वह मेरी अंकशायिनी रही। लेकिन उसके घर रात मैं कभी न बिताता। जो कुछ भी होता दिन ही में। सवा वर्ष के बाद की एक रात वह अपने मकान से ग़ायब हो गयी जिसके आठवें दिन बाद उसकी लाश हार्डिंज पुल के पीछे छुरों से बुरी तरह गुदी हुई मिली। पेपरों में निकला कि लगता है, बेवा का चलन ठीक नहीं था और उसका गठीले गुंडों से लगाव था। दो बदमाशों में उसे लेकर जलन पैदा होना ही उसकी हत्या का मूल कारण पुलिस वालों को मालूम पड़ा। तब तक स्वराज्य हो चुका था। मैं कांग्रेस का सदर था ही। पुलिस ने दुनिया भर के बदमाश गुंडों के रेकार्ड पलटे, खाना तलाशियाँ, जामा तलाशियाँ लीं, पर लाला मालीराम वल्द ख्यालीराम को कौन पूछ सकता था। किसी की इतनी जुरअत तक तो न हुई कि पखवाड़े बाद ही उस मकान में आ टिकने पर मुझ से पूछता कि आखिर मेरा उस बेवा से लगाव था तो किस रंग का? वैसे इने-गिने दिल्ली ऐय्यारों में चर्चा रही कि शाहदरा की बेवा के मौत के पीछे मालीराम का हाथ था लेकिन मेरे मुँह पर किसी को कहने की हिम्मत न हुई। सो, वह औरत मुनस्सिम मुझे हज़्म हो गयी। मैंने सोचा। लेकिन मैंने यह नहीं सोचा कि जो भी वस्तु पेट में हज़्म हो जाती है, गुण के अनुसार अपना प्रभाव बुद्धि पर पड़ता ही है। असिल में ऐसा सोचने योग्य निर्मल बुद्धि मेरी थी ही नहीं तब। मेरी मति को निर्मलता का सन्देश पहले-पहले स्वामी चैतन्यानन्द ने दिया था लेकिन तब तक उनसे मेरा साक्षात्कार नहीं हुआ था। हाँ, तो मैं कह रहा था कि बेवा के बंगले के हज़्म होने का असर मुझ पर क्या पड़ा। मैं जितनी देर तक उस बंगले में रहता मेरा मन स्त्री के लिए अकारण चंचल, बेकाबू चंचल रहता। उस बंगले में कोई भी स्त्री देखते ही मेरे मन में उसके लिए भोग भावना जाग उठती। यहाँ तक कि एक बार इन्दौर की एक तरुणी महिला कांग्रेस कर्मिणी जब मिलने आयी तो अपने आपे से बाहर हो मैं उस पर बलात्कार कर बैठा। आवेश शान्त होने पर जब मैं भय, लज्जा और ग्लानि से भर कर उससे क्षमा माँगने लगा तो उसने कहा—औरत मर्द का जानवरपन बर्दाश्त ही करती है, क्षमा करना नामुमकिन है। आप सातवें जिम्मेदार कांग्रेसी हैं जिसने मुझ पर बलात्कार किया है। सभी पहले तो संयमहीन हो

अयोग्य आचरण कर बैठते हैं और फिर क्षमा माँगने लगते हैं। पूछो बलात्कार के बाद अबला क्षमा के अलावा आत्महत्या छोड़कर और क्या कर सकती है?' मैंने झेंप मिटाने के लिए कहा—'इन्दौर के कांग्रेस का जो भी पद आप चाहती हों, उसके लिए केन्द्र में बड़े-से-बड़े से मैं आपकी सिफारिश कर सकता हूँ।' उसका जवाब उसने बड़ा ही तीखा-सा दिया था कि 'जब इसी कीमत पर सिफारिश सुलभ है जिस पर आप करेंगे तब आप जैसे छोटे आदमी को छोड़ बड़े-बड़ों से ही काम कराना ठीक होगा।' चलते-चलते उसने एक तीर और मारा ही—'मैं तो बुरा नहीं मानती—कुमारी हूँ, किसी को अपने चरित्र का ब्योरा नहीं देना है। साथ ही मर्द बनने वालों की आँखें झुकाने का शौक भी मुझे है। लेकिन मैं यह पूछना चाहती हूँ कि इन आचरणों से आप जैसे रंगे-कांग्रेसी आखिर इस देश को किस सर्वनाश की तरफ़ घसीटे लिये जा रहे हैं? यह मैं एक जिम्मेदार औरत की हैसियत से पूछती हूँ क्योंकि इस गणतन्त्र में मर्द ही नहीं औरतें भी हैं। आख़िर हमें अपना और अपनी सन्तान का भविष्य तो सोचना ही चाहिए।' मुझसे कोई उत्तर देते न बना। घृणा से मेरे आगे (प्रायः ऊपर) थूक कर वह मालवीया मेरे सामने से चली गयी। उसके जाने के बाद उसके आचरण पर मुझे बहुत ही गुस्सा आया। ख़ासकर थूकने पर। औरत का वही मुँह मुस्कराता हुआ चूमने काबिल होता है, लेकिन नफरत से थूकता हुआ करुणा के योग्य हो जाता है। दिल्ली में दसियों औरतों के साथ बीसियों बार मैं मस्ती से पेश आया, पर किसी ने भी तो सती-सावित्री का नाटक नहीं किया और यह जो अपने मुँह से कुमारी होने पर भी आधे दर्जन कांग्रेसियों की अंकशायिनी बनने का दावा करती है—मेरे सामने ज़रा-सा प्यार करने के कारण थूक कर चली गयी। उसे पता नहीं कि दिल्ली में मालीराम की मुट्ठी से बचकर औरत का भागना सीधी खीर नहीं है। मैंने इस इन्दौर वाली को सबक सिखाने का निश्चय कर टेलीफोन सँभाला—'हेलो, ज़रा सोहनसिंह टैक्सी वाले को फोन पर भेजिए—मैं हूँ मालीराम—हलो-हलो सोहनसिंह, खुशी की बात है कि तुम हो। अरे भई अभी-अभी मेरे घर से एक अलबेली औरत चिढ़ कर गयी है, अभी शाहदरा ही के दायरे में, इसी सड़क पर होगी। उसे सँभाल सको—हलो, अभी जा रहे हो? बहुत खूब। इसके चौथे दिन दैनिक 'अर्जुन' में उस औरत की एक चिट्ठी छपी—मेरे बारे में, साथ ही मेरा उत्तर। 'अर्जुन' के सम्पादक को शाहदरा के घर में मुझ द्वारा बलात्कार की सूचना देने के बाद उसने लिखा था कि उस नीच कांग्रेसी के घर से निकल कर जल्द से जल्द दिल्ली पहुँचने के लिए मैं कोई सवारी ढूँढ़ने लगी तो बहुत देर तक कोई सवारी मिली नहीं। इतने में एकाएक एक टैक्सी मेरे सामने आ रुकी जिस पर तीन आदमी पीछे की सीट पर पहले ही से बैठे थे। ड्राइवर के पास एक सीट खाली थी—'बहन जी दिल्ली स्टेशन फौवारा—छः आने, एक सीट खाली है। जल्द आ जाइए। उजलत के सबब शायद बिना अधिक सोचे-विचारे मैं

ड्राइवर की बगलवाली सीट पर बैठ रही। रास्ता जाना नहीं। सो आधे घंटे तक टैक्सी चलती ही रही और चलती ही रही—तब तक। अब शहर छूट जाने का भान होने पर मैंने ड्राइवर को रोका नहीं। अब बिल्कुल सुनसान में टैक्सी रोक ड्राइवर के साथ तीनों आदमी मेरे साथ छेड़ करने पर आमादा हो गये। उनमें से एक ने मुझे टैक्सी के अन्दर खींच कर मुझे बेइज्जत करने की तैयारी की—मैं चिल्लाने को हुई तो दो ने छुरे दिखाकर धमकाया—'साली नाक काट लूँगा—फिर कोई तुझे पूछेगा नहीं।' ठीक इसी समय दिल्ली पुलिस के कुछ जवान गश्त करते उधर आ निकले। यह सब दिन-दहाड़े हो रहा था। गुंडे टैक्सी के साथ पकड़ लिये गये। मैं मैजिस्ट्रेट के सामने पेश की गयी और अदालत ने मुझे जाँच-पड़ताल तक ठहरने के लिए सीता नारी निकेतन को सौंप दिया। इस नारी निकेतन में जब पहुँची तब कोई तीन दर्जन अबलाएँ आश्रय पा रहीं जिनकी आयु उन्नीस से इकतालीस वर्ष तक की थी। संचालिका सीता देवी बड़ी सुशीला देवी नज़र आती थीं। उन्होंने मेरी बड़ी आवभगत की। नहलाया, धुलाया, नये कपड़े पहनाये, सुगन्धित तेल लगाकर मेरे केशों को सुन्दर सँवारा, व्यालु अपने साथ कराया—कोई नौ बजे रात—फिर एक पान देती हुई बोलीं—'यही मुझ में एक बुरी लत है बहन जी। पान खाने की। बचपन से ही यह लत मुझे मेरी माताजी से विरासत में मिली है।' उसने एक पान मुझे भी खाने को दिया—और फिर गुदगुदे गद्देवाले पलंग पड़े कमरे में यह कह कर मुझे सुला गयी कि 'अभी मुझे दफ्तर का काम पूरा करना है—तुम मुसीबतों से थकी-माँदी हुई हो—आराम करो—राम, राम।' और पलंग पर पड़ते ही जैसे नशा चढ़ने लगा। वह नशा भोजन का था, भद्र व्यवहार का या पान का, मुझे पता न चला। शीघ्र ही मैं होश में होती हुई चैतन्य बेहोश हो गयी। कुछ देर बाद लगा कोई मर्द मेरे अंगों से खेल रहा है, मुझे गर्व मर्द रहा है—मैं विरोध करना, बोलना, चिल्लाना चाहती हूँ—पर नशे के सबब सम्भव नहीं है। इस घनघोर क्रिया में मुझे इतनी पीड़ा पहुँची कि नशा काफूर हो गया। मेरी चेतना लौट आयी—ज़रा-ज़रा खुलती पूरी आँखें खुल गयीं—और यह कौन मेरे साथ पाशविक कृत्य कर रहा है? मालीराम अग्रवाल!! यह हरामजादा सीता नारी निकेतन में कैसे पहुँचा। दिल्ली में औरत यहाँ भी सुरक्षित नहीं। मेरी आँखें खुली देख—ठठाकर मालीराम बोला, 'देखो, फिर कभी यार के आगे प्यार के बदले तिरस्कार से थूक का उपहार न फेंकना—यह तो नारी निकेतन है। मिनिस्टर के भवन में भी मैं तुम्हें न छोड़ता।' यह कहकर वह मुझे नोचने-बकोटने, पशु की तरह काटने लगा। यहाँ तक कि मैं बेहोश हो गयी।

इस वाक़या के दूसरे ही दिन मौका सँभाल मैं सीता नारी निकेतन से भाग निकली और सीधे स्टेशन पहुँच इन्दौर का टिकट निकलवाया। आपके प्रतिष्ठित पत्र द्वारा एक मजबूत कांग्रेसी की इस नीचता की सूचना मैं दिल्ली की जनता,

खास कर स्त्रियों को देना चाहती हूँ ताकि भविष्य में वे सावधानी से अपनी और अपने वर्ग की बहिनों की इज़्ज़त की रक्षा कर सकें।

इस शिकायत के नीचे जो सम्पादकीय नोट था उसी से मेरा काम मजे में चल गया। इस पत्र के पाने पर सम्पादक ने लिखा था, 'मैंने प्रसिद्ध जनकर्मी श्री मालीराम जी को सूचना दी, साथ ही नारी निकेतन से सफाई माँगी। मालीराम जी ने मेरे पास एक डॉक्टर का प्रमाणपत्र भेजा है कि पिछले डेढ़ हफ्ते से वह उनके पेशेंन्ट हैं, तीव्र मलेरिया के। वैसे भी सीता नारी निकेतन से उनका कोई सम्बन्ध नहीं। फिर भी यदि यह औरत मुझे गुनहगार समझती है तो इन्दौर क्यों भागी—उसे मुझ पर केस चलाना चाहिए था। उस औरत का इरादा लगता है, मुझे बदनाम करने का है। उसका पत्र बहुत सोच-विचार कर ही 'अर्जुन' में छापें। नारी निकेतन की संचालिका ने यह सूचना दी है कि वह औरत संस्था की कई बहुमूल्य वस्तुएँ चुरा कर भाग गयी है। न्याय से बचने के लिए उसने यह ढकोसले की चिट्ठी 'अर्जुन' में छपने को भेजी है। अन्त में सम्पादक ने लिखा है कि 'माननीय मालीराम जी और सीता नारी निकेतन की संचालिका के वक्तव्यों पर विश्वास न करते हुए भी जनहित में यह पत्राचार 'अर्जुन' में प्रकाशित करना हम अपना कर्तव्य समझते हैं। ख़ास कर तब जब हमें अच्छी तरह मालूम है कि दिल्ली में औरतों की मर्यादा से पशुवत खेलनेवालों की इधर भरमार हो रही है। गृह सरकार और पुलिस से मेरा आग्रह है कि वह औरतों की सुरक्षा पर और भी गम्भीरता से ध्यान दें, साथ ही इन नारी निकेतनों का संचालन समुचित ढंग से होता है, इनमें पहुँची महिलाओं की इज्जत की ख़राबी तो नहीं होती, इनके संचालक, संस्थापक, निरीक्षक स्वयं तो पतित-चरित्र नहीं है आदि प्रश्नों पर सक्रिय सजगता पूर्वक विचार करें, निर्णय करें। हमारा आधा अंग यों ही अरक्षित रहा तो स्वराज होने से फायदा ही क्या...।'

लीजिए मैं अपनी कितनी बुराइयाँ बखान गया—मैं राह चलता क्रिमिनल या ज़रायमपेशा नहीं। मुझे अपने बचाव में भी कुछ कहना चाहिए। आदमी सरापा न तो शैतान होता है, न फ़रिश्ता—यह संसृति तो सुफैद और स्याम की अबूझ जैसी पहेली है। जब दुनिया ही अच्छी नहीं तब मालीराम अच्छाई का ठेकेदार होगा मानना एक आदमी के साथ अन्याय नहीं तो क्या होगा शुरू में यानी जब तक मेरी शादी नहीं हुई थी—इस तरह की बुराइयाँ मुझमें नाम लेने को भी नहीं थीं। मेरे पिता श्री गुलाबराय बिल्कुल साधु-स्वभाव के थे। मोटा खाने, मोटा पहनने वाले, चाय पान-बीड़ी तक का शौक नहीं। पराई माँ-बहन। बेटी को अपनी माँ-बहन बेटी मानने वाले। वह पहले कलकत्ता सूतापट्टी में सूती कपड़े के होलसेल व्यापारी थे। सारे बाजार में दानवीर सेठ करके उनकी ख्याति थी। हज़ारों रोज़ कमाते थे, हजारों रोज सत्संग और सत्पुरुषों को दिया करते थे। गाय तो गाय, गुलाबरायजी

की दूकान के सामने से क़साई बकरों को भी लेकर निकलते तो द्रवित होकर वह पशुओं को छोड़ा लेते—सवाई दाम देकर। इसी तरह बहेलिये जब तोता-मैना, नीलकंठ पिंजरे में बन्द किये उधर से गुजरते, मारे दया के पिताजी पक्षियों को बिना स्वतन्त्र कराये न रहते—भले कुछ भी खर्च पड़ता। दूकान में हमेशा जरूरतमन्द, जनसेवकों, धर्मात्माओं की भीड़-सी लगी रहती और सभी यथायोग्य सहायता पाते। पिताजी की दूकान में सहस्त्रों साधुओं का आशीर्वाद किशोरावस्था में मुझे अनायास ही सुलभ था।

भूल मेरे पिताजी से हुई तो यह—और भीषण भूल—जो उन्होंने अपने से दसगुने बड़े सेठ की लड़की से मेरी सगाई करायी क्योंकि वह उनका अत्यन्त अन्तरंग मित्र था। मेरी पाणिगृहीता देवी सूरजमुखी उन्हीं की एकमात्र कन्या है। विवाह के पूर्व सूरजमुखी को लेकर मेरे मन में बड़े-बड़े मनसूबे थे। मैं उससे मिलता तो नहीं था, लेकिन माता-पिता के मुँह से लड़की की बड़ी बड़ाइयाँ, बड़े बखान सुने थे। धनिक की लड़की तो थी ही। लेकिन मेरे तो सोहागतरात ही के दूधिया प्याले में संखिया—मक्खी पड़ गयी थी। पहले ही रात उसने बतलाया कि उसे तीन महीने का हमल अपने यार से था और हमल न भी होता तो भी शादी तो उसने दिखाने भर के लिए की थी। वह अपने यार को छोड़ने वाली नहीं थी जो बिहार का मजबूत भूमिहार जमींदार था। उसने कहा—'मेरे पिता से रुपये तुम्हें सौ-हज़ार मिलेंगे। लेकिन मेरा मन किसी भी मोल मिलन वाला नहीं। प्यार तो मैं यार ही को दूँगी भले एख्तियार तुम्हें सारे मिल गये हों। औरत का दिल बकरी की गर्दन नहीं कि जबरदस्ती जकड़ कर रखा जाय।' बस—यहीं से मेरे सुचारु जीवन-पथ में नोकीला मोड़ पड़ा तो पड़ा। इस ब्याह के बाद जैसे दैव के कोप की तरह पिताजी की सूतापट्टी की दूकान में ऐसी आग लगी कि लाइन की लाइन दुकानें भस्मसात हो गयीं। पिताजी को कई लाख रुपये का घाटा हुआ। इस घटना का कुछ ऐसा प्रभाव उन पर पड़ा कि उन्होंने कलकत्ता छोड़ ही देने का निश्चय किया। साथ ही सूती कपड़ों का धन्धा भी। बची-खुची पूँजी लेकर वह दिल्ली में, मालीवाड़ा मुहल्ले में आ बसे। कलकत्ते का घाटा पूरा करने के लिए पिताजी बाजार में सट्टे का धन्धा भी करने लगे थे, काश्मीरी कपड़ों की दूकान तो थी ही। दिल्ली में उन्हें सट्टे में भी काफी घाटा लगा। फलतः यहाँ आने के दो ही साल बाद वह वहाँ चले गये, जहाँ से कोई फिर लौट कर नहीं आता।

हाँ, तो मेरी पत्नी पराया गर्भ लेकर आयी थी। यह उसी द्वारा एकबाल किये जाने पर भी मैंने न तो उसकी जान ली और न मान, क्योंकि उसका पिता कलकत्ते का महा मजबूत महाजन था। साथ ही भूमिहार यार बिहार का गुंडों का दलपति भी था। मैंने अपनी पत्नी से सोहागरात वाले दिन उलटे हाथ जोड़ कर यह प्रार्थना की थी कि वह कुछ भी करे, लेकिन पराई सन्तान का बाप कहलाने से मुझे

बचाये। इस पर उसने जबाव दिया था कि 'मुझे आप ही बाल-बच्चे काल मालूम पड़ते हैं, सो तुम बेफिक्र रहो।' इसके बाद वह अपनी एक सहेली के साथ तीर्थ करने मथुरा चली गयी और लौटी तीन महीने बाद। अब उसका गर्भ गिर चुका था, स्वास्थ्य भी सुधर चुका था, साथ ही कलकत्ते वाला हमारा रोजगार भी चौपट हो चुका था। दिल्ली वह हमारे साथ आयी थी दुनिया को दिखलाने मात्र के लिए। पीछे लगा वह भूमिहार यार भी आया था। दिन भर वह मेरे घर में मालीवाड़े में रहती लेकिन रातें काटती नयी दिल्ली के होटल में जिसमें उसका यार ठहरा था। कई बार मेरे मन में आया कि उस भूमिहार को जान से मरवा डालूँ, लेकिन साथ ही खयाल आती मेरी पत्नी के पैसापति पिता से मिलने वाली मोटी रकम और मेरा बनिया मन चुप लगा जाता। सोचकर कि चलो पत्नी नहीं—मालदार वेश्या ही सही। मैं उसे स्वतन्त्र चरने देता और स्वयं भी वही करता। इस तरह कई वर्ष बीत गये। वह दिल्ली कम रहती, कलकत्ते ज़ियादा। मैं कलकत्ते जाता महज उसके बाप से रुपये के वास्ते। इसी बीच पहले वह भूमिहार यार मरा, फिर सुसरा भी नीमतल्ला घाट लग गया। उसकी सम्पत्ति पर लड़कों का कब्जा हुआ जो अपनी भगिनी की चाल-चलन से सन्तुष्ट नहीं थे। उन्होंने कलकत्ता छोड़ उसको दिल्ली ही रहने को बाध्य किया। साथ ही हमें आर्थिक मदद देना बिल्कुल ही बन्द कर दिया। अब वह मेरे गले की ढोल बनकर मेरे घर रहने तो लगी, लेकिन मन हमारा हर्गिज-हर्गिज नहीं मिला। बरसों तक जिनमें प्रेम की जगह उपेक्षा और घृणा रही हो, मेल होता भी तो क्यों कर? फिर भी, मैं उसे छोड़ नहीं सकता था। नैतिक नज़र से वह कम मैं ही अधिक दबा हुआ था। फलतः मैंने दिल्ली में भी उसे छूट दे दी कि वह जैसे चाहे रहे बशर्ते कि मेरे रहन-सहन में छींके नहीं। यह छूट केवल कायर नहीं बुद्धिमान आदमी की हैसियत से मुझे उसे देनी पड़ी।

खासकर अपने पड़ोसी जाति भाई की दुर्गति से सबक लेकर जिसने पहली पत्नी के परलोकगमन पर अधिक उम्र में भी पैसे के बल पर एक गरीब बनिए की लड़की से शादी रचायी। कहते हैं वह लड़की बाप की उम्र के मर्द से जुड़ने को तैयार नहीं थी, लेकिन पैसे के लोभ ने उसके सम्बन्धियों की आँखें बन्द कर दी थीं। गहनों और धन का लोभ दिखा, बहका, धमका, फुसला कर बराबर वह युवती मेरे पड़ोसी की पत्नी बनाई गयी। सुना मैंने सोहागरात के दिन वह युवती इस बूढ़े के साथ सोने को बिल्कुल तैयार नहीं थी। भोग के पहले पति-पत्नी में पूरा संग्राम हुआ था। पति ने एक तरह अपनी ही पत्नी पर बलात्कार किया था। दिन में उस युवती के भाई और बाप आकर नकद दामाद से उधार रुपये माँगते और रात में तुन्दियल पति के पेट पर बिना दस-पाँच लात लगाये वह बिगड़ी औरत हाथ न लगाने देती। इसी छीना-छपटी में दो बरसों में दो बच्चे भी पैदा हुए। लेकिन रोज ही वह औरत अपने मर्द को देखते ही बकने-झकने, शाप देने, ऐसी-ऐसी बातें

कहने लगी कि न तो पति दिन में धन्धा मजे में कर पाता और न रात में नींद भर सो पाता। 'तेरे जैसे नीच ही', वह युवती उम्ररसीदा पति को सुनाती–'बेटी की उम्र की औरत देखकर भी ललचाते हैं। और अन्त में नरक भोगकर कुम्भीपाक पाते हैं। जिस दिन तू मरेगा, विश्वास रख, मैं सोलहों सिंगार करके घर में हँसती गाती, मूसलों से ढोल बजाती नाचूँगी।' एक दिन क्या कुछ हुआ कि पड़ोसी ने औरत के ताने से चिढ़ कर पूछा–'क्या तू यही चाहती है कि मैं आत्महत्या कर लूँ?' इस पर उस औरत ने ज़मीन पर थूक कर कहा–'कल करता हो तो आज कर, आज करता हो तो अभी कर, मैं तेरी औरत नहीं, बेटी की उम्र की हूँ। तूने पैसे के बल पर जो दो-दो बच्चे बलात्कार से पैदा किये हैं, बेटी से किये हैं–बेग़ैरत! बेशरम! तूने मेरे जीवन में, सुख में, सुनहरे सपनों में आग लगा दी है। तूने मेरे अरमानों का खून किया है। मैं तेरा खून ही देखकर खुश हुँगी।' इससे बहुत ही अपने को ज़लील अनुभव कर पड़ोसी ने सुनाया–'देख! कह देता हूँ, अनर्थ हो जायगा।' औरत ने कहा–'मैं यही चाहती हूँ, तेरा बेड़ा गर्क हो हो मरे।' इस पर पति ने परमक्रोध से कोने में रखे मिट्टी के तेल का छोटा कनस्तर हाथ में उठाकर कहा–'सोच ले!' 'सोच चुकी हूँ'–कुचली हुई नागिन जैसी वह औरत बोली। 'तू नाटक न कर, मरना है तो मर कर दिखा।...ले यह दियासलाई की पेटी।' अब उस आहत पुरुष ने घासलेट का कनस्तर अपनी देह पर उँडेल लिया और सामने फ़िकी पड़ी दियासलाई की पेटी उठा एक तीली निकाल रगड़ने लगा और भाँवर घूमी पत्नी देखती रही–पति ने अपने तन में आग लगा ही ली। इसके बाद क्या हुआ, किसी को सही पता नहीं। सही पता रखने वाला वह पड़ोसी मर चुका था। पुलिस और पब्लिक इतना ही जान पाई कि उस आदमी की मौत स्टोव जलाते-जलाते फट पड़ने से हुई थी। सच झूठ की राम जाने। बात मैंने मुहल्ले की बूढ़ियों से सुनी कि जब पड़ोसी का मुर्दा निगमबोध घाट ले जाया जा रहा था तब वह औरत अधसेरे गिलास में गाढ़ा दूध पी रही थी, यह कहती हुई कि–'इस हरामी के दो-दो बच्चे हैं मेरे गले पड़े, नहीं तो बेशक मैंने दूसरा मर्द कर लिया होता–इसकी दौलत पर झाड़ू मार कर।'

पड़ोसी भला, सज्जन व्यापारी था। हम दोनों में मेल-मिलाप भी काफी था। उसकी घी की आढ़त थी, मेरा ऊन के कपड़ों का। काम धन्धे हमारे भिन्न-भिन्न होने पर भी हम एक दूसरे के दिल के करीब इसलिए अधिक थे कि दोनों स्व-स्त्री-विदग्ध यानी औरत के मारे मर्द थे। उसकी कहानी मैं जानता था–उसी की जुबानी और मेरी कहानी मेरी जुबानी वह जानता था। मैं ऐसा नहीं समझता था कि वह इतना कुछ भावुक होगा कि औरत की भावना पर चढ़कर आत्महत्या ही कर लेगा। उसके मरने का मुझे ऐसा सदमा पहुँचा, धक्का लगा कि औरत जाति के प्रति मेरे हृदय में भयंकर विद्वेष-भावना भभक उठी। कोई मेरी इन बातों को न

माने, लंगड़ी दलीलें बतलावें, चाहे मेरे आचरणों के बारे में जिस निर्णय पर भी पहुँचे, लेकिन मेरे जीवन का आगा-पीछा मजे में जानकर। पड़ोसी की मृत्यु के बाद मुझे ऐसा लगा कि औरत जाति कदापि विश्वास करने काबिल नहीं होती। इन्हें हृदय देना और बेइज़्ज़ती से जान देना एक ही बात है। इनसे तो दूर ही रहना चाहिए। पर, जितना ही मैं औरत से दूर भागना चाहता उतना ही वह मेरे मन में अधिक रमती जाती। फलतः मैं जनता की औरतों पर मौक़ा पाते ही छापे मारने लगा। दिल्ली के जिस समाज में भी औरतें शामिल होतीं मैं उनकी जानकारी रखने, इस या उस बहाने निकट परिचय प्राप्त करने लगा। सो, व्यक्ति मैं राष्ट्रीय आन्दोलन में पाप और स्वार्थ भावना से भरा हुआ शामिल हुआ था। गाँठ में प्रचुर पैसे होने से कांग्रेस कमेटी के टाट से बेंच और बेंच से कुर्सी पर पहुँचते देर मुझे ज़रा भी न लगी। लेकिन जब मैं मुख्य और केन्द्रीय पद पर एक बार आसीन हो गया तब से आज तक ऐसा कुसमय कदापि न आने दिया कि दूसरे भाई मुझे कुर्सी से उतारने की उजलत दिखाते। स्वयं व्यापारी होने से व्यापारियों में मेरी पैठ जबरदस्त थी—नतीजा यह कि गुप्त धन ला-लाकर एक ओर मैं गरीब लेकिन तगड़े कांग्रेसियों की सहायता करता, दूसरी ओर अपने लिए मकान-पर-मकान बनवाता। पंडित कहेगा यह पाप है। ठीक है यह पाप है, परन्तु पंडित के लिए, बनिया के लिए नहीं। पंडित की नज़र परमार्थ पर न हो तो दुर्भाग्य, बनिए की नज़र स्वार्थ पर न हो तो दुर्भाग्य। और गीता गें लिखा है—स्वधर्मे निधनः श्रेय। यानी पंडित रुपया छोड़ने में मरे तो धर्म, बनिया रुपया पकड़ते-पकड़ते दम तोड़े तो धर्म। पिछले पन्द्रह बरसों में यह चार साल मेरी कुर्सी पर कोई दूसरा कांग्रेसी बैठा होगा—सो भी तब जब सन् 42 जैसे ख़तरनाक मौके आगे आये होंगे। मैं कहता हूँ, मैं अगर गोली खा जाता या जेल में भेज दिया जाता तो दिल्ली का आन्दोलन फेल न हो गया होता। कौन ऐसा है जो लाला लोगों से लाख-लाख रुपये आन्दोलन चलाने के लिए विविध उपायों से उगाह लाता। कोठीदार व्यापारी एक की जगह सौ दे सकता है बशर्ते कि लेने वाला विश्वास या भरोसे का आदमी हो। कौन ऐसा नेता होगा आन्दोलन में जिसके पास गठरी मैंने नहीं पहुँचाई होगी। इसके बाद कौन ऐसा नेता होगा जिसने मेरी हज़ार क़ाबिले एतबार शिकायतें सुनकर भी पी नहीं गया होगा। शिकायत! मैं पूछता हूँ कुएँ के पास रहने वाला प्यास लगने पर पानी खोजने बीकानेर जाएगा या उसी कुएँ से निश्चित, भरपेट पाएगा? नैतिकता? निरी नैतिकता वैसी ही विनाशकारिणी हो सकती है जैसे बिना मल का उदर शरीर को मुर्दा बना डालता है। मैं कहता हूँ कोरी नैतिकता से वह विजय कांग्रेस को ब्रिटेन पर नहीं मिली है, न टिकी है, न टिकी रह सकती है। मी तुसरा हाजी बागेयम तू मरा हाजी बागे की बात और वर्ना कोई मुझे बतलावे, आँखों में उँगली डालकर दिखावे दिल्ली की किस दिशा में नैतिकता है? ठीक है।

अपना दही कोई खट्टा नहीं कहता। वर्ना कौन ऐसा पद है जो नीति पर टिका हो, बिना हथकंडे और डंडे के सहारे। सो, गर्ज कि आज के बुद्धिमान व्यक्ति का सबसे बड़ा शस्त्र–पाखंड है। यह बात समझ में आते ही मुझे इस दिशा में अपनी महान शक्ति का भरोसा हुआ और कांग्रेस सेना में मालीराम की तूती बोलने लगी। गत आठ वर्षों से लगातार मैं दिल्ली कांग्रेस की अपनी प्रधान कुर्सी पर पाखंड प्रवीण होने से डटा हुआ हूँ। दिल्ली के मर्दों में मेरा प्रचार करने वाले आज सैकड़ों कार्यकर्ता हैं, और महिलाओं में प्रचार करने वाली सैकड़ों महिलाएँ। सूने में शायद ही कोई हो जो मालीराम को बुरा बतलाता हो या बतलाती हो, लेकिन मेरे सामने सभी इस या उस काम के लिए हाथ या झोली ही पसारे आते हैं। और भरसक मैं जिसे नहीं भी देना होता उससे भी हाँ ही कहता हूँ। कांग्रेसी मर्द हो या महिला बिना अपना मतलब निकालने की आशा माकूल मदद मैं कदापि नहीं करता। सो, कांग्रेस की कृपा से जो ऐश मालीराम ने किया या आज भी कर सकता है वह क्या किसी को नसीब होगा।

फुल्लो का फसाना

मेरी माताजी का नाम चमेली, पिताजी मालीराम। मेरी माताजी जात की कुजात भंगिन और पिताजी बनिया ऊँची जाति के वैश्य। पूछिए तो मेरी माता जी के पति का नाम गेंदाराम है, मालीराम नहीं, लेकिन मेरे पिता मालीराम ही हैं। कोई कहेगा ऐसा कहीं हो सकता है कि गेंदाराम की औरत की लड़की का बाप मालीराम हो। जी हाँ, ऐसा जब भी औरत बिगड़ना चाहे और मर्द बिगाड़ना चाहे तभी हो सकता है। दिल्ली की कितनी प्रतिशत जमादारिनों के कितने प्रतिशत बच्चे परपतियों के हैं, यह जाँचने की कोई मशीन होती तो ऊँच-नीच का भेद तेज़ दिन के चौड़े प्रकाश में मिट गया होता--कभी का। और समाज में ब्राह्मण, क्षत्रिय, वैश्य, शूद्र आज भी न रह गये होते। रह जाते केवल स्त्री-पुरुष, रह जाते बस लड़की-लड़के। और तब ऐसी नौबत ही न आती कि इन्सान से इन्सान दोगला, संकर, जारज या रामजना कहलाता। नाम केवल माता से चलता, वही बतला सकती उसका कौन बच्चा किस पुरुष का है। तब गेंदाराम की औरत से उत्पन्न फुल्लो से कोई यह न पूछ सकता कि चमेली की बेटी का बाप मालीराम कैसे हो सकता है? पिताजी के यहाँ चर्चा में एक कहानी कभी सुनी थी--पुरानी; कि कोई क्षपणक या विद्यार्थी शिष्य होने की गरज से गौतम बुद्ध की शरण गया तो उन्होंने उसकी माता और पिता का नाम वर्ण वगैरह की पूछताछ की। विद्यार्थी ने कहा उसे इनका कुछ भी पता नहीं और पूछने के लिए अपनी जननी के पास गया। लौट कर उसने गौतम बुद्ध से निवेदन किया कि उसकी माता ने बतलाया है कि जवानी में मैं बीसियों मर्दों से मिलती थी, मुझे मालूम नहीं तू किसका औरस है। इस पर बुद्ध ने शाबाशी के लहजे में उससे कहा, 'तू ब्राह्मण है, ब्राह्मण ही इस प्रकार टँ टँ सत्य बोल सकता है। मैं तुझे निस्सन्देह दीक्षित करूँगा।' किस्सा सुनकर पिताजी ने दाद देते हुए कहा या--महात्मा बुद्ध परम उदारचेता थे तभी तो क्षपणक को दुराचार की सन्तान न मान शिष्य बनाना स्वीकार कर लिया था। ऐसा कौन-सा शरीर है जो मलाधार न हो। अतः किसी भी देही को मलीन वही माने जो स्वयं को दावे से निर्मल समझने के भ्रम में हो। मैं यह कह रही थी कि गेंदाराम की औरत मालीराम की बेटी की माँ आखिर बनी तो कैसे। बात यों है कि मालीराम जी का जो मकान

शाहदरा में है वह हरिजनों की बस्ती से प्रायः सटा हुआ है, साथ ही मेरी माँ की सास उस घर में भी मैला कमाने जाती थी। मेरी माता का पति गेंदाराम के दारू और जुआ दोनों की लत बुरी तरह नगी हुई है। मेरी माता से ब्याह के बाद ही गेंदाराम जुए में रुपये ढाई सौ उधार लेकर हार गया था। देने के लिए उसके पास साँग घोंघी भी नहीं थी। यह उसकी शादी के पखवाड़े के भीतर की घटना है। रुपये लिये थे शाहदरा के दूसरे सिरे पर रहने वाले भंगियों के जबरे जमादार जंगीलाल से, जिसके नाम से सारे शाहदरा के भंगी काँपते थे। सारे शाहदरा यानी यह कि इस बस्ती के चारों ही गिर्द भंगी-मेहतरों की आबादी है जिसमें हजारों हरिजन रहते हैं। जंगी का घर उत्तरी शाहदरा में था। उसका पुलिस-थाना, गुंडे-बदमाश सबसे याराना था। पुलिस से मिलकर वह जुआ खेलाता–भंगियों को उधार देता और तनख्वाह वाले दिन मार-मार कर एक के चार वसूल कर लेता था। सो, अपने ढाई सौ रुपयों के लिए जंगी जमादार गेंदाराम के पीछे इस बुरी तरह पड़ा कि एक दिन तो वह मेरी ब्याही आयी माँ ही को पकड़े लिये जा रहा था, ललकार कर कहता हुआ कि गेंदाराम! फ़िकर न कर बेटे! मैं तेरी लुगाई से अपने ढाई सौ रुपये वसूल करके फिर लौटा दूँगा। और गेंदाराम टुकुर ताकता रहा–जंगी मेरी माँ को पकड़ ले चला। तब मेरी माँ अपने रँग पर आयी–उसने झटका दे, हाथ छुड़ा, जंगीराम से कहा कि वह कल आये, उसके रुपये जैसे भी होगा मिलेंगे। जाते-जाते जंगी बोलता गया कि–देख, कल रुपये नहीं मिले, या तू कहीं भाग गयी तो मेरा नाम जंगीराम भंगी दिल्ली जाहिर है। कब्र तक मैं अपने शिकार को नहीं छोड़ता। उसके जाने पर चमेली के पति ने प्रसन्न परीशान मुद्रा से पूछा–'कहाँ से तू रुपये भरेगी? ज़बान तो चला गयी–लपूलप्।' इस पर मेरी माँ ने चप्पल उठा कर गेंदाराम की तरफ़ ताक मारा था–'हरामी! जब तक तेरा बाप वह गुंडा यहाँ था तेरा दम बन्द था, अब मुँह खुला है। थू है ऐसे नामर्द पर जिसके आगे उसकी लुगाई पर गुंडा हाथ उठा दे और वह भड़ुए की तरह देखता रह जाय। वह मुझे पकड़ ले गया होता तो तू चुप ही तो रह जाता? बस आज से मैं तेरी कोई नहीं। तन ही से रुपये, तो मैं ऐसे को यह तन सौंपूँगी जो मुझे जतन से तो रखे। इसका यह मतलब नहीं कि मैं तेरा घर छोड़ दूँगी या कमाई नहीं लूँगी, मैं इसी घर में रहती हुई तेरे कलेजे पर (मूंग तो जल्द दल जाती है) कोदों दलूँगी। फिर उसने अपनी सास से कहा कि वह मालीराम से रुपये ले आएगी क्योंकि उसे पता है, उसके घर कमाने जाकर वह ताड़ चुकी है मालीराम की ललचाई आँखें उसकी जवानी मौके दे घूरा ही करती हैं। 'दादी ने जब शक़ जाहिर किया कि इतने रुपये शायद ही कोई भंगिन को दे। हमारी कीमत तो लालाओं की नज़र में एक सूती साड़ी या रुपया-दो-रुपया से जियादा नहीं।' 'सो, मैं कर लूँगी।' मेरी माँ ने कहा। वह दिल्ली की लड़की थी। लाला लोगों की नज़र से नज़र मिलाकर ताड़ने वाली। बचपन में मैंने दादी के मुँह

से सुना कि उस दिन मेरी माँ ही शाम से मालीराम के घर कमाने गयी और रात भर लौटी ही नहीं। लौटी तो सबेरे सारे रुपये लेकर। रुपयों के अलावा कई थान, चाँदी-सोने के जेवर भी वह लाई थी। इसके बाद तब तक प्रत्येक रात वह मालीराम ही के साथ बिताती रही जब तक मैं उसके गर्भ में नहीं आयी। मेरी माँ भी ऐसी जबरी औरत कि उस दिन से आज तक क्या मजाल कि गेंदाराम ने उसके तन से हाथ भी लगा सका हो। फिर भी, रहती थी वह उसी घर में, साथ ही, हर महीने गेंदाराम की तनख्वाह का अधिक-से-अधिक हिस्सा जबानी जूतियाँ जमा-जमा कर वह ले लिया करती थी। मालीराम से जंगी जमादार का उधार भरने भर रुपये एक ही रात में चमेली कैसे ले आयी इसकी चर्चा वह खुद चिल्ला-चिल्लाकर बड़े शान-गुमान से किया करती थी–'मैंने ज़रा भी लाला की खुशामद नहीं की–जब तक जोबन है, मर्द की खुशामद करे मेरे पाँव की कानी उँगली का नाखून। मैंने मालीराम से कहा था–'लाला! मैं झंझट में पड़ गयी हूँ, मुझे कई सौ रुपयों की जरूरत है। तुम मेरा मकान बन्धक रखकर दे देते तो मेरा उबार हो जाता। जब तक मैं बोलती रही, मालीराम मुझे यूँ घूरता रहा गोया सन्देह खा जाना चाहता हो, मानो उसके मुँह से मेरे लिए लार ही टपक रही थी। 'मकान तो नहीं', छूटते ही मालीराम ने कहा, क्योंकि मुझे कमीन जात जान खौफ़ तो उसके मन में था ही नहीं–'रुपये तू जिंतने चाहे ले पर मकान नहीं मैं तो तुझे चाहता हूँ।' 'मैं किस काम की लाला! कमीन औरत। आप बड़े आदमी।' 'औरत और मणि कभी मलीन नहीं होते। तू अपनी कीमत क्या लेगी? यह बता।' 'लाला जब यही बात है तब जो कीमत कुमारी लड़की से औरत बनाकर दुनिया देती है, तुम भी दो! मैं कुछ ज़ियादा तो माँगने वाली नहीं। मेरी कीमत है उस मर्द की ज़िन्दगी जो मुझे ले!' 'क्या मतलब? रुपयों में कीमत बता– बड़ी होशियार न बन।' 'रुपये से जवानी खरीदने वाले बोटी से बकरे का बदल करने वाले होते हैं। औरत की क़ीमत मर्द की जिन्दगी से माशा भर भी कम नहीं होती। न मैं कम में मिलने वाली–तभी तो कहा आप मेरा मकान ख़रीद लें।' 'नहीं मालीराम सारी जिन्दगी तुझ-जैसी जवान दिखनोट औरत का भूखा रहा है, मुझे तो तेरी जरूरत हैं।' 'तब तो मेरी कीमत वही होगी जो कोई भी कुँआरी कन्या बहू बनने पर पाती है।' 'लेकिन तेरा अपना मर्द है। लेकिन तू कुँआरी नहीं है।' 'मर्द मैं अपना छोड़ दूँगी। कुँआरी हूँ या नहीं, यह अच्छी तरह परखने के बाद मानना। गेंदाराम से अभी तक मैंने यह शरीर छुलाया भी तो नहीं है।' 'हाँ, भंगिन मैं जरूर हूँ जो शायद खुलकर आपको हज़म न हो पाये।' 'उसकी मुझे पर्वा नहीं। मैं कांग्रेसी हूँ, अछूतोद्धार करना मेरा व्रत है। तुम गेंदाराम को छोड़ सको तो मुझे मंजूर है।' 'सारी जिन्दगी का सौदा? ता-ज़िन्दगी।' 'देख, धोखा देगा तो औरत बुरी से बुरी भी हो सकती है। मुहब्बत ठंडी पड़ते ही, भूख शान्त होते ही मर्द तोताचश्म, बेशर्म बन जाता है।' 'मैं तुम्हें कभी न छोडूँगा,

भले खुला सम्बन्ध हम में न रहे, मेरी एक औरत है, पर हृदय के आसन पर तू ही रहेगी।' 'विश्वास क्या तेरा—मर्द का।' 'जैसा बता विश्वास दिला दूँ।'

इस पर मेरी माँ ने अँगुली से नीलम जड़ी एक अँगुठी उतार कर उसे मोती जैसे दाँतों में दबाकर कहा—'इस अँगुठी का मालिक मेरा रखवाला एक जिन है, तू दगा देगा तो वह तुझे बिना मारे रहेगा नहीं। अँगूठी मेरे दाँतों में से तू अपने दाँतों से निकाल कर मेरी अँगूली में पहना दे। बस! मैं आज ही तेरी बन जाऊँगी।' चमेली अपनी सहेलियों से बतलाती कि जब मालीराम मुँह से मुँह मिला अँगूठी निकालने लगा तो उसने इस तरह दबाया कि उसको भुजाओं में कसे तथा गहरे चुम्बन लिये अँगूठी वह निकाल न पा सका।

कोई कहेगा बेटी का अपनी माँ के ऐसे किस्सों को सुनाना शोभा नहीं देता। ऐसा वही कहेगा जो कुलीन होगा, टकेवाला होगा, अक्ल का ठेकेदार होगा। हम गरीबों में तो अक्ल, धन, कुलीनता के अभाव से किसी का कोई लिहाज-लाज या शरम नहीं के बराबर होता है। बड़े लोग जीवन के सारे कर्म छोटों के आगे ही करते हैं। एक ही कमरे में जब सास, बहू, बाप, बेटा सारी ज़िन्दगी रहेंगे तो कोई भी पर्दा रह कैसे सकता है? अतः गरीबी और अज्ञान के करते आदमी और पशु के जीवन में बमुश्किल कोई भेद रह जाता है। शाहदरा में बहुत से ऐसे गरीब भंगी भी हैं जो जिस तंग कोठरी में बसते हैं उसी में आँधी बरसात में अपने सूअरों को भी आश्रय देते हैं। हम भंगियों का तो आते-जाते आदमी के जीवन का रूप बिल्कुल विपरीत हो जाता है। सूअर सारे समाज के लिए घृणा का प्रचंड पर्याय है, पर हम उसे वही आदर देते हैं जो बाभन गाय को देता है। कोई बुरा क्यों माने आँखें रखने के बावजूद अगर मैं यह कहूँ कि समाज के ऊँचों के लिए जैसे चन्दन और गंगाजल मृण्यदायी होते हैं, स्वराज हो जाने के चौदह साल बाद भी मल और मूत्र हमारे लिए वही मूल्य रखते हैं। भारत की राजधानी दिल्ली के चारों ओर जब सुबह शाम महज पेट भर रोटी और तन भर कपडों के लिए आदमी अपने ही जैसे आदमी का मल-मूत्र कमाता है तब इस जाति-पाँति-पाखंड-पूरित देश के अन्धतम भागों में क्या गति होगी गरीबों को, शायद आज कोई नहीं जानता और न जानना ही चाहता है। कहते हैं स्वराज्य के बाद नये विधान से सबके अधिकार समान हैं, करोड़पति हों या भंगी एक ही वोट देने का हक दोनों को है, कोई अब इस देश में ऊँच नहीं, नीच नहीं, कल्याणकारी राज एक स्वर से सबका कल्याण राग अलाप रहा है। मगर ऐसा कहने वाले या तो यह नहीं जानते कि वह कह क्या रहे हैं अथवा झूठ बोलते हैं। इसी दिल्ली में आजादी के डेढ़ दर्जन बरसों बाद भी जब बड़े-बड़ों की बेटियाँ और बेटे गुड़िया-गुड्डों जैसे सजधज कर स्कूल-कॉलेज जाते हैं तब उसी उम्र के भंगिनों के बच्चे अपने बुजुर्गों से मूल-मूत्र को जीवन संगी बनाने की ट्रेनिंग पाते हैं। डेढ़-ही-दो साल की उम्र में भंगियों की लड़कियाँ खासकर

समाज के घृणित टट्टी-पेशाब से लिपटने जो लगती हैं तो यही क्रम तब तक चलता है जब तक भगवान गरीबों की साँस चलाता है।

मैं जायी भंगिन की, बेटी बनिया की, जीवन के आरम्भिक तीन बरसों तक भंगी ही के घर में पाली गयी थी। तीन वर्ष की हो जाने के बाद क्या जाने क्या हुआ कि मेरे पिता मालीराम ने मेरी माता चमेली से मुझे अपने नियन्त्रण में लिया। अभी तक मेरी माँ मुझे नीच बनने की ट्रेनिंग दे रही थी। अब समाज सुधारक, कांग्रेसी, हरिजन उद्धारक पिता मुझे ऊँचे बनने की ट्रेनिंग देने लगे। सुअरों से खेलने वाली लड़की को खेलाने के लिए एक आया रखी गयी पढ़ी-लिखी, खद्दरधारिणी। मेरी माँ चमेली सिखलाती थी—देख मल-मूत्र से हमारी रोजी-रोटी है, सो इनसे घिरना करेगी तो करम फूट जाएगा और डीह की चुड़ैल तुझे चाट जाएगी। लेकिन आया जी अब यह सिखलाने लगीं कि मैं निर्मल रहा करूँ, मल से दूर और जी लगा कर लिखा-पढ़ा करूँ। उधर मेरी माँ की धारणा दृढ़ कि लिखने-पढ़ने वाली लड़की—खासकर हरिजन की—चुड़ैल बन जाती है। असिल में वह पिताजी को मुझे सौंप नहीं रही थी—पिताजी ने प्रभाव लगा, पुलिस का ज़ोर डालकर मेरा (अपने विचार से) 'उद्धार' किया था। एक तो भंगिन के गर्भ की, दूसरे तीन बरसों तक उसी दीन-हीन-मलीन वातावरण में बसी हुई। मल से निर्मल की तरफ लाने में पिता और आया को एड़ी का पसीना चोटी तक लाना पड़ा था। तीन से पाँच की उम्र तक अक्सर मैं अगने घर टट्टी खुद ही साफ़ करने पर आमादा हो जाती थी। इसके बाद सफ़ाई का महत्त्व मेरी समझ में आ गया। या यों कहें कि बालबुद्धि जाती रही। अच्छी तरह से विश्वास हो जाने पर ही कि अब मुझ से मल-मलीन मिस्टेक नहीं होगा उन्होंने मुझे लड़कियों के स्कूल में दाखिल कराया था। अब मेरी जाति वैश्य लिखाई गयी थी और गार्जियन थे मालीराम जी। अब तक घर ही पर पढ़ा कर पिता जी ने मेरी बुद्धि काफ़ी तीव्र कर दी थी। मुझे एक बात सफ़ाई पूर्वक यह कहना ही चाहिए कि पिताजी जाने क्यों मुझे जी-जान से चाहते थे। अक्षरशः मेरा मुँह जोहा करते थे जो ठीक उन्हीं के जैसा है कि मैं कुछ इच्छा प्रकट करूँ जिसे वह सौ काम छोड़ कर तुरन्त पूरी करें।

प्रफुल्लानन्द का कथन

फुल्लोरानी को छूकर, सहलाकर, स्नेह से नहलाकर तुरन्त ही मैं पुनः चमेली की तरफ़ मुखातिब हुआ।

"लेकिन जमादारिन, इतने दिनों के परिचय में इतनी बातें तुमसे हुई होंगी लेकिन सत्रह साल पहले मिले हमसे जिन्न साहब की चर्चा तुमने आज से पहले कभी नहीं की थी। किसी भी छिपे दफ़ीने की चर्चा में बहुत ही अनुराग...।"

"आज भी", कान पकड़ती हुई चमेली जमादारिन बोली–"भूल से बात मुँह से उछल गयी–मुझे उम्मीद नहीं थी कि स्वामी जी यहाँ मिलेंगे और आप एकाएक प्रकट हो पड़े तो मेरी मत मारी-जैसी गयी कि जिन्न बाबा का नाम मैंने ले लिया। हे महाराज! मैं तोबा करती हूँ।" दाहिने हाथ के अग्र भाग से उसने अपने गालों पर हलकी चपतें लगायीं और वह वहाँ से चलने का मुझसे इशारा करती हुई स्वयं आगे सड़क की तरफ बढ़ चली, बोली–'यहाँ से आगे हटकर बातें करें–मुझे डर लगता है।"

"मुझे तो यहीं पर बातें करनी हैं" मैंने परिचित दृढ़ता से जमादारिन को सुनाया–"पहले तुम यह बतलाओ कि सत्रह साल पहले क्या यहीं इसी जगह कहीं तुमने वह खजाना देखा था?"

"मैं कहती हूँ महाराज! मैं जिन्न साहब से बहुत डरती हूँ, आज दोपहर ही से मेरा दिमाग खराब था कि फल्लो को इधर लेकर आयी और क्या की क्या बात मेरे मुँह से निकल गयी–आपको यहीं रहना है तो रहें–मैं चलती हूँ।" कह कर वह सड़क की तरफ़ तेजी से बढ़ गयी, फुल्लो को घसीटती हुई। मैं भी उन्हीं के पीछे लगा टीले से काफी दूर सड़क तक गया। सड़क पर पहुँचने पर जैसे चमेली जमादारिन की जान-में-जान आयी।

"मैं पूछता हूँ जिन्न साहब से इतना डरती थी तो युवती कन्या को लेकर उधर गयी ही क्यों थी? मालूम नहीं है कि ऐसी आत्माएँ युवती कुमारियों के प्राण संकट में डाल देती हैं।"

"यह जिन्न साहब भले हैं–इनमें भी इन्सानों की तरह भले भी होते हैं, बुरे भी।" यह कहकर चमेली ने निज का 17 साल पूर्व का अनुभव सविस्तार मुझे

सुनाया। साथ ही नीलम वाली वह अँगूठी भी दिखाई। मैंने कहा—अँगूठी में नीलमणि की एक कणिका जड़ी हुई थी जो निस्सन्देह अच्छी जाति की थी। मेरे मन में आया अँगूठी उससे माँगूँ। उसने मेरे मन का भाव ताड़ कर—चमेली परम चतुर जमादारिन—खुद ही कहा—"यह अँगूठी किसी को देना या बेचना भी चाहूँ तो जिन्न साहब के भय से वैसा हर्गिज नहीं कर सकती। फिर जब से यह मुदरी मेरे पास है भगवान की कृपा है, मेरे घर में किसी तरह की कमी नहीं। जो चाहते हैं, खाते हैं, जो चाहते हैं पहनते हैं। हमें जीवन में इतना ही मिलता रहे तो हम परमात्मा के लाख-लाख शुक्र गुजार। मेरे बेटा नहीं तो जाने राम! मुझे उसका कोई भी ग़म नहीं। फुल्लो है तो बेटा-बेटी सब है। जो राम दे दें वही सब कुछ है।"

"वाह, जमादारिन— क्या बात कह गयीं तुम कि पूरे पते की...।"

"लेकिन वह समझता है कि मैं....।"

"कौन वह?"

"वही फुल्लो का बड़ी नाक वाला बाप।"

"ओह! मालीराम जी से तुम्हारा मतलब है।"

"वह समझता है कि चूँकि मैं ऊँच घर में नहीं नीच घर में पैदा हुई हूँ सो न तो मुझ में बुद्धि है और न ज्ञान।"

"झूठ! हम लोग किसी भी जीवधारी को अपने से कम नहीं, बल्कि श्रेष्ठ ही मानते हैं...।"

'मैं आपकी कहाँ कह रही, मैं तो फुल्लो के बाप की बात कर रही हूँ। आपको क्या आज से जानती हूँ—आप महात्मा साधु वह संशयात्मा, पाखंडी...।'

"मत कहो ऐसा—मालीराम जी दिल्ली के हरिजन-हितैषियों के सक्रिय सहायक हैं। जमादारिन अक्सर नज़दीक का आदमी विकारों के धुन्ध के सबब साफ़ नज़र नहीं आता--मालीराम जी, खरे, सहृदय श्रेष्ठ आदमी हैं।"

"बारह बरस से आपके श्रेष्ठ आदमी जी मुझे मेरा हक़ नहीं दे रहे हैं। फुल्लो की माँ की हैसियत से अपने घर में रखकर—अब आप ही बतलाएँ मैं फुल्लो की माँ हूँ या नहीं?"

"तो तुम शाहदरा वाले मकान में मालीरामजी के साथ नहीं रहती?"

"रहने से तो मैं सत्रह साल से रहती आ रही हूँ लुकी, छिपी—एक दिन भी खुल कर सबके सामने फुल्लो की माता की तरह नहीं। मुझे बुरा लगता है, उसके झूठे वादों का—अब तो वह दिन-दिन जैसे मेरी तरफ़ से ठंडा-सा पड़ता जा रहा है। लगता है दिन दूर नहीं कि कह दे कि मैं उसकी कोई नहीं।"

"अभी मैं मालीराम जी ही की तरफ़ जा रहा हूँ—तुम कहाँ जा रही हो फुल्लो?"

"यह मेरे साथ मेरे घर तक पहले जाएगी।—आप भी पधारें।"

"तुम से भेंट करना था सो खूब और मेरे लिए फ़ायदेमन्द हो गयी। अब

मालीराम जी से मिलकर आवश्यक बातें करना शेष है। जमादारिन, मैं ज़रा जल्दी में हूँ।"

"स्वामी जी, मैं भी आप ही के साथ चलूँगी।" फुल्लो ने एकाएक कहा।

"तब चल! मैं भी चलूँगी" चमेली बोली।

"देखो मुझे खजाने के बारे में दिल्ली म्युनिस्पिल कार्पोरेशन के एक सदस्य से आज ही मिलना है—कल नहीं, तो परसों इस टीले के किसी कोने से भरसक खोदाई शुरू करूँगा—कानूनी निर्णय होते रहेंगे।"

"तुम घर चलो, मुझे स्वामी जी के साथ पिताजी के घर जाने दो, मैं भी स्वामी जी से कुछ पूछूँगी—मुझे कुछ पूछना है।"

"देखना स्वामी जी" जाते-जाते जमादारिन ने करुणभावों से सुनाया—"इस लड़की को मत सुधारना।"

"मत सुधारना क्या जमादारिन? तुम चाहती हो कि मैं फुल्लो को मत (न) सुधारूँ?"

"समझ कर नहीं समझते—मैं कहती हूँ मुझे डर है इस पर किसी जवान के सब्ज़बाग़ी भूत-प्रेत का साया पड़ गया है—यह नहीं जानती कि मैं इसकी पोर-पोर की जानकार हूँ बस यही मानिए आप—मुझे पूरा डर है।" वह रुआँसी हुई।

"क्या?"

"कि—"

"------"

"जिस मुहब्बत में मैं—इसकी माँ—बरबाद हो गयी उसी की जानलेऊ हवा में यह भी सनकने ल...।"

तब तक फुल्लो ने हाथ पकड़कर उसे एक तरफ़ खींचकर कहा—"तुम जाओ माता जी—मैं स्वामी जी के साथ पिताजी के पास जा रही हूँ।"

"जो" चमेली ने खिन्न भाव से फुल्लो को सुनाया—"स्वामी जी न मिल गये होते तो आज मैं तुझे अपने ही घर सुलाती...। महाराज! इस लड़की को कुछ ऐसा उपदेश दो कि यह मेरे ताबे में रहना सीखे, बाप के नहीं, जो मजे ले लेने के बाद अब मुझी से नाक सिकोड़ने लगा है और न यार के—।"

चमेली की भाषा खासकर उसी की बेटी के सामने मुझे अच्छी न लगी। "जमादारिन—तुम्हारे मुँह से क्या निकल गया जानती हो? सयानी लड़की से जरा सँभलकर बात करना ठीक होता है। यार माने...?"

"यार माने लड़की का वह चाहने वाला जिसका पता तक माता-पिता को न हो। आप ग़ुस्सा न करें—मैं जा रही हूँ। अब वह और यह लड़की और मैं खुद सभी आप ही के चरणों में, शरण में हैं—बिगाड़ना-बनाना आपके हाथ में...।"

"फुल्लो रानी!" चमेली के आगे बढ़ते ही मैंने पूछा—"क्या कह रही थी तुम्हारी माताजी?"

फुल्लो ने आँखें नीची कर कहा—"वह झूठ नहीं कह रही थीं।"

"क्या मतलब?"

"लगता है आज उन्होंने हम दोनों को साथ देख भी लिया...।"

"मतलब?" जैसे मेरे पास दूसरा कोई शब्द ही नहीं था। लेकिन फुल्लो मानो यही सब बतलाने के लिए माता को टरका कर मेरे संग हुई थी। वह निस्संकोच बोलती ही रही—"फिर भी मैं विश्वास दिलाती हूँ, मेरी तरफ से कोई चीज़ शुरू नहीं हुई। वह बराबर मेरा पीछा और मेरी खुशामदें किया करता रहा और है भी। क्या मज़ाल कि उसके देखते सारे कॉलेज में कोई मुझे बुरी नज़र से देखे ले—एक बार तीन-चार बदमाश स्टूडेंटों ने मुझे घेरना चाहा तो उस अकेले ने चारों की एक न चलने दी थी। उसी दिन पहली बार मुँह खोल-कर मैंने उसे धन्यवाद दिया तो उसने दिल ही खोल कर मेरे सामने रख दिया—'तुम्हें तो मैं अपना शरीर, प्राण मानता हूँ फुल्लो रानी! तुम्हारी हिफाजत खुद मेरी हिफाजत है।"

"कौन है वह?" क्या नाम?

"चमनलाल...।" कहते-कहते फुल्लो लाल हो उठी।

"चमनलाल वर्मा, शर्मा, सिंह...इस देश में जब नाम बतलाएँ तब पूरी तरह बतलाना चाहिए।"

"चमनलाल शर्मा...।"

"वह जानता है कि तुम शर्मा नहीं हो—तुमने उसको बतलाया था कि तुम कौन हो?"

"वह मुझे पिताजी के सम्बन्ध से उसी वर्ण का जानता है जो पिताजी का है—मेरे मन में कई बार आया कि मैं उसे पिताजी की ओर से अपनी जाति बतलाऊँ, पर मेरी हिम्मत न पड़ी...।"

"क्यों?"

वह लजीली निरुतर रही।

"इसका तो अर्थ यही...मैं क्या समझूँ?"

"मेरी हिम्मत नहीं पड़ती कि मै उसे बतला सकूँ कि मैं भंगिन की जायी हुई हूँ—मुझे भय है कि यह जानते ही फिर वह उस भाव को स्थिर न रख सकेगा।"

"तो साफ़ हो गया, तुम भी उसके झाँसे में हो—जैसे वह अन्धी जवानी के झाँसे में है।"

"महाराज, मैं तो उसके आगे ऐसी बन जाती हूँ—मेरे होश ही उड़ जाते हैं। पहले वह मेरी तरफ देखता, राह में मिलता तो नागवार लगता था, अब नहीं देखूँ, अगर राह में भेंट नहीं करती तो प्राणों को बड़ी विवशता, बेचैनी...। आपके हाथ जोड़ती हूँ पिताजी के सामने इस बारे में मौन ही रहिएगा।"

"मेरा खयाल है प्रेम में इतना प्रताप होना चाहिए कि जिसे माता-पिता-समाज

सबके सामने सर के बल वरदान की तरह अंगीकार किया जा सके। भय तथा प्रेम में कोई भी समाई नहीं होती—आख़िर इस बात को तुमने अपने माता-पिता से छिपाया क्यों, इसमें क्या पाप तुम्हें मालूम पड़ा...?"

"पाप क्या होता है?"

"जिससे जीव पतन की तरफ़ जाय उसे पाप कहते हैं। पाप उसे कहते हैं जिसे छिपाया जाय—शुद्ध प्रेम में छिपाने योग्य कुछ नहीं होता—मीराबाई ने गाया—सन्तन बिच बैठि-बैठि लोक लाज खोई, अब तो बात फैल गयी जानत सब कोई। शुद्ध प्रेम में भी विह्वलता हो सकती है लेकिन छिपाने जैसी तो कोई बात नहीं—कबीरदास ने गाया—है कोई ऐसा पर उपकारी पिउ से कहै सुनाय रे! अब तो बेहाल 'कबीर' भये हैं बिनु देखे जिय जाय रे! प्रेम करो बेशक! लेकिन तब तक जब उसमें छिपाने काबिल कोई हरकत न हो—छिपाने काबिल रिश्ता जमते ही (खासकर मर्द-औरत में) सिवा बर्बादी और बदनामी और बदबू —

'महाराज!' से फुल्लो डरी हुई जैसी उससे कोई अपराध बन पड़ा हो।

"छिपाने में पाप—पाप में मरण" मैंने कहा—"प्रेम और बात है, शरीर का आकर्षण और बात—लोग बेवजह शारीरिक आकर्षण या मोह को प्रेम की संज्ञा देकर बदनाम करते हैं। पढ़ा होगा अखबारों में—एक साहब की देवी जी दो-दो बच्चों की माता एक दूसरे मनचले साहब से प्रेम करने लगीं—अपने पति से छिपा कर। देवी जी उस मनचले के प्रेमजाल में बेतादाद फँस गयी थीं—बच्चों को छोड़कर यार के साथ भाग जाने को तैयार और भाग ही गयीं एक दिन उसके साथ बम्बई जहाँ कई महीने दोनों पति-पत्नी की तरह रहे—फिर एक दिन वहाँ से दोनों दिल्ली लौटे तो दिल्ली के स्टेशन पर वातानुकूलित डिब्बे में देवी जी की लाश पाई गयी।'

"महाराज! मैं बचना नहीं चाहती, फिर भी आप मुझे बचाइए। मेरे प्राण अन्दर-ही-अन्दर घुटे—जैसे जा रहे हैं।"

"मैं यह कह रहा था फुल्लोरानी कि तुम जैसी अनुभवहीन युवतियाँ ज़रा सी फिसलते ही कहाँ की कहाँ बह जाती हैं साथ मैं सारे कुनबे को बहाती हुई—भगवान तुम्हारी रक्षा करे—मुझे एक घटना याद आ रही है—एक साहब की तुम जैसी अल्हड़ बालिका अपने मोटर ड्राइवर ही पर मर मिटी—जी-जान से। पहले वह ड्यूटी पर थे तो ड्राइवर साथ होना ज़रूरी था, लेकिन जब घर लौटे तब भी वह पीछे लगा आया। आख़िर जब ड्राइवर ने युवती के भाई की हत्या कर बहन को भगा ले जाने का षड्यन्त्र रचा कि लड़की की माता और भाई को मार डाला जाय और उसे भगा ले चला जाय। वाकया के दिन वह ड्राइवर अपने मददगारों के साथ मोटर में बैठकर उस आदमी के बंगले पर गया। वहाँ निहायत कमीने ढंग से उस ड्राइवर ने लड़की की माता और भ्राता का वध किया, लेकिन इस क्रिया में वह लड़की भी

अपने यार की गोली का शिकार बन गयी थी। अन्त में पुलिस से बचने के लिए उस ड्राइवर ने भी स्वयं को गोली मार ली थी—मतलब वह प्रेम जिसे छिपाना ही होता है अन्त में इस भयावह रूप को प्राप्त होता है।"

मेरी बात सुनती हुई फुल्लो काँप जैसी रही थी, उसकी आँखें पसीज़ी, चेहरा भभरा हुआ, मानो बुक्का फाड़कर रोने ही वाली है। उसने घिघियाती आवाज में कहा—

"मुझे बचाइए, मैं आपकी शरण हूँ आपको मैं मजे में जानती हूँ मेरे पिता और माता दोनों ही के हृदय के बहुत ही निकटवासी महात्मा हैं—मेरे तो बाप से भी बड़े।"

"देखो फुल्लो रानी", मैंने कहा—"यह प्रेम या वह प्रेम जिसमें मन प्रियतम या प्रियतमा की देह चाहता है, अन्त में अत्यन्त दुःखदाई होकर रहता है। प्रेम में मेरे जाने चाह नहीं होनी चाहिए। चाह, तृषा, प्यास अभावसूचक होती है। जब सब कुछ अपने ही में है तब बाहर से कुछ भी चाहना गलत दिशा में झख मारना है लेकिन तुम्हारे चेहरे से स्पष्ट है कि तुम मोह से मढ़ी हुई हो, सो मेरी सलाह यह है कि तुम उस चमनलाल शर्मा से बतला दो कि तुम्हारी माता चमेली कौन हैं...।"

"कहा न, इसमें ख़तरा है।"

"वही खतरा प्रेम नहीं है और पाप है। प्रेम में दुराव-छिपाव क्या—तुम समझती क्यों नहीं। सत्रह साल की लड़की बच्ची नहीं होती—उसे अक्ल में बत्तीस वर्ष की वय के मर्द के बराबर होना चाहिए। क्या खतरा है? यही न कि असलीयत जानते ही वह तुम्हें त्याग देगा? जो आज त्यागेगा वह एक-न-एक दिन जरूर ही त्याग देने वाले क़िस्म का व्यक्ति है। सो जो कल होना है, उसको आज ही होना बेहतर—अक्ल तो ठिकाने आ जाएगी।"

"मुझ में यह खतरा उठाने की शक्ति नहीं है कि उसको असलीयत बतला दूँ।"

"तो मैं उसे बतला दूँ? बोलो, कहाँ रहता है वह?"

"यह सत्य उस पर प्रकट हो, मैं नहीं चाहती। वह पिताजी के नाते मुझे वैश्य मानता है—इसमें झूठ क्या है?"

"कुछ भी नहीं—"लेकिन तुम चमेली भंगिन की बेटी हो इसी में झूठ क्या है? किसी तरह पिता के भ्रम में तुम्हारा सम्बन्ध हो भी जाय तो जब भेद खुलेगा फिर क्या होगा? ख़ासकर उस जमाने में जिसमें अधिकतर प्रेम सफल होते ही विफल होने लगते हैं। बहुत लोग प्रिय को तभी तक चाहते हैं जब तक वह उनकी मुट्ठी में नहीं आ जाता। हाथ आते ही उस प्रिय वस्तु का महत्त्व मन्द पड़ जाता है। पार्थिव प्रेम में एक भीषण बुराई यह है...।"

"क्या?"

"कि अक्सर जिसे हम जी-जान से चाहते हैं, वह हमें फरेब में रख स्वयं किसी और को जी-जान से चाहता है। फिर कोई और भी चाहनेवालों के प्रति ईमानदार न रह किसी चौथे को अपनी चिक-चिक चाह की चाश्नी चखाता है। राजा भर्तृहरि वाली कथा तो सुनी ही होगी...।"

"स्मरण नहीं कौन-सी कथा आप कह रहे हैं।"

"उनके राज में बड़ी तपस्या के बाद एक ब्राह्मण को विधाता ने एक फल दिया—अमृत फल—गुण बतला कर कि उसे खाने वाला अमर हो जायगा। लेकिन उस अमृत फल को खुद खाने के पहले विवेकी ब्राह्मण ने सोचा कि इस फल का उचित अधिकारी उसे ही होना चाहिए जिसके अधिक जीवन से लोगों का अधिक-से-अधिक उपकार हो सके। ऐसा फिलहाल सिवा राजा भर्तृहरि के और कोई नहीं। सो, उसने फल, गुण बतलाकर राजा को दे दिया। राजा ने सोचा—क्यों न यह फल वह अपनी अद्वितीय रानी को खाने के लिए दे देता ताकि उसकी जवानी अनन्तकाल तक यों ही गरमागर्म रहे। सो, फल रानी के पास पहुँचा जो शहर कोतवाल से फँसी हुई थी। कोतवाल चिर-यौवन वाला होकर अधिक स्थायी सुखदाई हो सोचकर रानी ने वह अमृत फल यार को दे दिया जो एक वेश्या पर मरता था। वेश्या अमर रसवन्ती बनकर आनन्द देती रहे इस आशा से उस कोतवाल ने वह फल उसी को समर्पित कर दिया। संयोग का चक्र वह वेश्या राजा भर्तृहरि के गुणों पर से जान से मुग्ध थी—सो, फल एक बार पुनः राजा के हाथों में जा पहुँचा। उस फल के इस तरह हाथों हाथ घूमने का सही विवरण सुनते ही राजा भर्तृहरि के मन में राज-पाठ, ठाट-बाट, पत्नी, पुत्र सबसे वैराग्य उत्पन्न हो गया। सहसा उनके मुख से एक सुन्दर श्लोक उच्चरित हो उठा—

या चिन्तयामि सततं मयि सा विरक्ताः
साप्यन्न्य मिच्छतु जनं सजनोन्य सक्तः
अस्मित कृतेषु परितुष्यतु काचिदन्याः
धिक् तां च तं च मदनं च इमां च मँ च।

"जो हो क़िस्सा बड़ा सुहावना है।"

"यह कथा जब की है तब फिर भी लोग आज के लोगों से काफी अच्छे थे कि एक ने भी अमृतफल खुद खाने का इरादा नहीं बाँधा—हाथ में आने पर भी। आज ऐसा कदापि न होता और जिस किसी के हाथ में अमृत फल लगता वही गड़ाप से खुद खाकर अमर बनकर मर्त्यलोकवासियों के मुंडन और मर्दन के मनसूबे बाँधता। अच्छा फुल्लोरानी बतलाओ इस कथा में ब्राह्मण राजा, रानी, कोतवाल और वेश्या के निर्णयों से उत्तम निर्णय किसका था?"

"राजा का जिसने रानी के हित में सुख देखा।"

"गलत! निर्णय ब्राह्मण का शुद्ध था जिसने अपने तप का फल भी स्वयं न

भोग कर उसे समर्पित करना उचित समझा जिससे अधिक-से-अधिक लोगों का कल्याण हो।"

"तब तो वेश्या ने भी यही सोचा था...।"

"देख लो। तब की वेश्या भी ब्राह्मण के बराबर विवेक से निर्णय कर सकती थी। क्षुद्र निर्णय ने वेश्या को ब्राह्मण की पंक्ति में सुशोभित कर दिया। कोई हो हमेशा कठिनाई के मौके पर निर्णय शुद्ध करना चाहिए। समझती हो?".

"मैं भी शुद्ध ही निर्णय में कुशल और बुद्धिमानी मानती हूँ।"

"तब माफ़ करना! विद्यार्थिनी का पहला कर्तव्य पढ़ना-लिखना है न कि चमनलाल शर्मा का सबक़ रटना।"

"आपका कथन सत्य है भले स्वादिष्ट न हो।"

"यह स्वाद सारे जीवन-रागों की जड़ होता है। स्वाद आते ही व्यक्ति यदि भाग खड़ा हो तो अन्त में विशेष सुरक्षित रहेगा। स्वाद भी अन्य जीव एकाध ही पाते हैं लेकिन हमारी बनावट में पाँचरंगों से मज़ा लेने की शक्ति है। पुराना दोहा है:

अलि, पतंग, गज, मीन, मृग जरत एक ही आँच।
तुलसी वे कैसे बचें जिनहं व्यापत पाँच ॥

भौंरा रस के लिए, फतिंगा रूप के लिए, हाथी रगड़ के लिए, मछली जीभ के स्वाद के लिए और मृग सुगन्ध के पीछे अपनी दुर्दशा करा बैठता है , तब साधारण आदमी के संकटों का क्या पूछना जिसे पाँचों दोष एक साथ ही पकड़ सकते हैं। स्वाद प्रेम को विष बना देता है। प्रेम में से स्वाद निकाल लो तुरन्त त्याग रूप धर कर वही अमृत बन जाएगा।"

"मैं क्या करूँ? स्पष्ट आज्ञा दें।"

"प्रेम में से स्वाद निकाल डालो या भागो स्वादिष्ट प्रेम से जो माला नहीं सर्प होता है। तुम ज़रा स्वयं को मजबूत करो, मोह से मढ़कर मूढ़ न बनो—मैं नहीं कहता कि चमनलाल को छोड़ दो—मैं यह कहता हूँ कि पकड़ने के पूर्व अच्छी तरह सोच समझ कर आदमी को पहचान परख लो। प्रेम जाति-पाँति नहीं देखता। तुम उसे अपनी जाति बतला कर तो देखो क्यों?"

"आप उचित आदेश दे रहे हैं, इस बार भेंट होते ही मैं उसको अपनी असलीयत की सूचना दूँगी—भले नतीजा कुछ भी हो।"

"तो अब मैं मालीराम जी से आज नहीं मिलूँगा—वह रहा तुम्हारा घर। उनसे मेरा नमोनमः कहना। दो ही चार दिनों में मैं जरूर पुनः शाहदरा आऊँगा, खास कर मालीराम जी के दर्शन करने।"

"सुनेंगे कि आप दरवाजे तक आकर लौट गये तो मुझ पर नाखुश होंगे—थोड़ी ही देर के लिए सही—आप अन्दर अवश्य पधारें।"

"असिल में अभी एक सज्जन से मिलने मुझे सब्जीमंडी जाना है। इस ख़जाने के बारे में, ज़मीन के बारे में उनकी मदद ज़रूरी है—यह काम मैं आज ही करना चाहता हूँ।"

"तो आपको विश्वास है कि वहाँ पर कोई ख़जाना सचमुच है? माताजी का मगज तो हमेशा ही ऐसी बातों से कुड़ेखाने की तरह भरा रहता है—मुझे तो ज़रा भी भरोसा नहीं उनकी बातों का। जाने को उनके साथ उस टीले तक चली गयी थी, सुनने को जो भी कहती हैं, सुन लेती हूँ।"

"तुम्हारी माताजी से सुनने के कम-से-कम तीन घंटे पहले से अपने इल्म और अन्वेषण से मुझे विश्वास हो गया था कि उस जगह असाधारण रत्नागार होना ही चाहिए। साथ ही मैं ऐसी परम्परा में पला हुआ हूँ जिसमें अलक्ष आत्माओं, ब्रह्म, प्रेत, पूतना, पिशाच के अस्तित्व पर निर्विवाद विश्वास किया जाता है। अक्सर जहाँ ख़जाने गड़े होते हैं वहाँ जिन्नात या बड़े-बड़े अजगर विषधर रहते ही हैं। अच्छा—जय! जय!!"

"अच्छा ख़जाना मिल गया तो उस निधि का आप क्या करेंगे?"

"आज रुपये से लाख काम होते हैं फुल्लोरानी और बिना टके बाहर क़दम निकालना भी आसान नहीं है। उस धन को मैं सरकार और जनता में तक्सीम कर दूँगा।"

"ऐसा नहीं स्वामी जी!" फुल्लो ने भोलेपन से सुनाया—"सरकार को कुछ भी देना बेकार क्योंकि वह अमीरों-की-अमीर है। रही इस दार्शनिक देश की जनता सो धन के प्रति तीन युग पहले ही से भारतीय जनता की वृत्ति उदासीन है।"

"फिर तुम कहना क्या चाहती हो?"

"यही कि सारे का सारे का ख़जाना फुल्लो को बख्श देंगे—क्यों?"

लेखक का वक्तव्य

यह स्वामी प्रफुल्लानन्द—मेरे मित्र न होते और गैरिक वस्त्रों में न रहा करते होते—तो मैं ज़रूर दो—चार रूखी-चर्री उन्हें सुनाता। न अपनी सुविधा का ध्यान रखेंगे न परिचित या मित्र की। देखिए तो डेढ़ बजे रात कृष्णनगर में मेरी कुंडी खड़खड़ा रहे हैं। पूछिए हज़रत थे कहाँ? तो—क्या जबाव है!—ख़ज़ाना देख रहा था। ख़ज़ाना नहीं आप साकेत देखते पर डेढ़ बजे रात मेरी नींद डिस्टर्ब करने अधिकार श्रीमान को किस न्याय से? किसी नीति से? और देखिए जनाब गेरूए रंग के उत्तरीय में पत्थर के ढोंके जैसे बाँधे। गठरी मेरी मेज़ पर रखते हुए स्वामी प्रफुल्लानन्द ने सहज शान्त स्वभाव से कहा—'आप आराम फरमाएँ, मैं तो निबट नहा कर तब विश्राम करूँगा।' नींद मेरी चौपट कर दी। मुझे साढ़े तीन बजे रात ही जाग उठने की आदत—अब भला क्या नींद आने वाली। मन-ही-मन स्वामी पर मुझे बड़ा गुस्सा आया, पर मैं मुंह से कुछ बोला नहीं—कारण स्वामी जी मेरे साधारण मित्र नहीं थे। न ही साधारण प्रभावशाली महात्मा। मुझे तीव्र प्रकाश में सुख मिलता है सो कमरे में 100 वाट का लट्टू लगा हुआ था। मुँह बन्द करूँ तो दम घुटे, खोलूँ तो 100 वाट लट्टू की रोशनी पलकों का कपाट भेदन कर आँखों के डोरे फुलसाये। तीव्र रोशनी बुरी चीज़ होती है इसका पता मुझे उसी दिन चला। चिढ़कर मैं सोचने लगा काश बिजली फेल हो जाती या बल्ब ही फ्यूज हो जाता। तब स्वामी को एक बजे रात किसी भलेमानस को सताने का फल हाथों-हाथ मिल जाता—जरूर प्रफुल्लानन्द भ्रष्टयोगी हैं तभी तो जब देखो तभी खजाने की धुन—कामिनी और काँचन बराबरी की बद वस्तुएँ—एक ही सीकड़ की कड़ियाँ। कांचन चाहने वाले के किसी न किसी कोने में कामिनी की कामना भी होनी ही चाहिए। फिर एक ख़जाने का भक्त होता है पुरूषार्थी वह जो अपने खून का पसीना करके अपना सपना सत्य कर दिखाता है। एक होता है कोरी कल्पना के घोड़े दौड़ाने वाला—मन के लड्डू खाने वाला, हवा में किले बनाने वाला। पुरुषार्थी धन लोलुप होकर भी धन्य होता है, लेकिन ये मन के लड्डू खाने वाले—स्वामी प्रफुल्लानन्द ब्रैंड—किसी भी मर्ज़ की दवा नहीं। इसी समय तेज़ धमाका जैसा सुनाई पड़ा। जैसे टेबुल पर से कोई वस्तु पृथ्वी पर गिर पड़ी हो। मैं मुँह बन्द किये सोने की कोशिश में

था—धमाका सुनते ही स्वामी पर पुनः खुन्नस आयी—इन्हं शान्ति से, आहिस्ते से काम करना चाहिए था—मगर ये साधु संन्यासी अपनी ही सुविधा समझने के आदी हो जाते हैं। कहाँ का मैंने इन्हें अपना घर दिखला दिया—ये मूर्तियाँ तो दूर ही से दंडवत करने काबिल होती हैं। अब खड़ाऊँ की खटर खटर खटर। महात्मा जी शौचालय जा रहे हैं—जायँ भी, किसी तरह मेरे पास से तो दूर हों ताकि एक झपकी तो मैं और खींच लूँ। मैंने मुँह उघाड़ा निश्चय करने को कि प्रफुल्लानन्द कमरे के बाहर गये—तो पहली नज़र टेबुल पर पड़ी—जिस पर चाँदी की एक बड़ी सी शिला और दो सोने की ईंट। 100 वाट की रोशनी में चमकती दमकती नज़र आयीं। लेकिन सहसा मुझे विश्वास नहीं हुआ कि सचमुच टेबुल पर जो वस्तुएँ ढेर जैसी रखी थीं, चाँदी-सोना ही थीं। नींद में पत्थर और ईंट को ही मैंने चाँदी-सोना तो नहीं समझा। अब मैंने मलकर आँखें साफ कीं—फिर देखा तो वही नज़ारा। तेज रोशनी में मेरे टेबुल पर इतनी सारी चाँदी और इतना सारा सोना। जी में आया उठकर नजदीक से देखूँ कि चाँदी-सोना ही है या मतिभ्रम। नींद तो मेरी उचट ही गयी। और तख्त से नीचे उतर आगे बढ़ हाथ से छू कर मैंने विश्वास किया कि वह चाँदी और सोना ही था। सोने की एक ईंट एक हाथ से उठाने की कोशिश की तो टस से मस न हुई दोनों से उठाने पर वह ईंट बीस सेर से कम वजन की नहीं लगी। चाँदी की शिला भी मन भर से कम वजन की न रही होगी। क़माल है—इस स्वामी का—कितना दूर से यह बोझ उठाकर यहाँ लाया होगा। कहाँ से स्वामी प्रफुल्लानन्द के हाथ यह निधि लगी? क्या सचमुच किसी भारी ख़ज़ाने का पता पाने में स्वामी जी सफल हो गये। मन भर सोना। क्या भाव आजकल बाजार में है? 130 रुपये तोले—साढ़े दस हजार रुपये सेर—ओह! ये दोनों ईंटें ही 8-9 लाख रुपये की! आठ नौ लाख! इस जन्म में हिन्दी का लेखक कदापि इतने रुपये न कमा सकता है न पुरस्कार में पा सकता है। इतने रूपयों में चिन्ताओं की यह जिन्दगी निश्चन्तताओं का स्वर्ग बन जायगी। मेरे मन में आया कि उस चाँदी सोने को टेबुल पर से हटाकर मैं कपड़ों के बक्स में रख दूँ और सो जाऊँ। पूछने पर साफ मना कर दूँ—डकार जाऊँ सारी की सारी निधि—क्या कर सकते हैं स्वामी जी। शोर, हल्ला, चीं-चपड़—यह मेरा घर है। यहाँ दूसरों की क्या चल सकती है। फिर कृष्णनगर में तो कोई मानने वाला नहीं कि स्वामी जी के पास मन-मन भर सोना चांदी हो सकती है। फिर मेरे मुकाबिल में स्वामी को पूछेगा कौन। मुझे इस निधि को ले ही लेना चाहिए। यही वह अवसर है जो बार-बार हाथ नहीं आता। यह आठ-नौ लाख रुपये जिसके बैंक सूद ही से चाहे दुनिया के जिस शहर में ऐश करो। आज बम्बई, कल कैरो, परसों लंडन, चौथा दिन पेरिस, पाँचवें दिन रोम, छठे दिन न्यूयार्क। पाप-संन्यासी को लूटने में? झूठ बात! संन्यासी तो वह जिसने सब कुछ छोड़ दिया हो। स्वामी प्रफुल्लानन्द गेरुए वस्त्रों में सोने-चाँदी का नाम भी ले

लें—फिर मैं उन्हें बतलाऊँ कि संन्यासी की तारीफ़ क्या लिखी है मनुस्मृति लिखने वाले ने। होश ठिकाने लगाकर न रख दूँ तो मेरा नाम नहीं। संन्यासी के लिए धातु का स्पर्श भी करना शास्त्र वर्जित है। प्रफुल्लानन्द मुँह खोल नहीं सकते। सहसा ईंट उठाकर मैं अपने कद्रस में रखने चला और आगे बढ़ा ही था कि वह छूट कर मेरे नंगे पाँव के पंजे पर इस जोर से गिरी कि कई क्षण तक पंजे को हाथ से दाबे दाँत मुँह बन्द किये ताकि चीख़ न निकल जाय, मैं अर्धमूर्च्छितवत रहा। इसी वक्त स्वामी जी टट्टी के बाहर निकले तो खड़ाऊँ का खटपट कान में पड़ा। झपाक से ईंट को यथा रख दर्द से उछलता हुआ मैं पुनः तख्त पर आ पड़ा और लेहाफ से मुँह ढँक कर खर्राटे भरने का स्वांग करने लगा। पर, अब कहाँ नींद, कहाँ सपना। बहुविधि उस निधि की तरफ से ध्यान हटाता हूँ पर वह चाँदी-सोने की शिलाएँ जैसे मेरे भेजे से चिपक—गोश्त-नाखून बन रहीं। चाहे जैसे भी हो यह सम्पत्ति तो मेरी ही होने के लिए यहाँ आयी है। लेकिन क्या ठिकाना इस स्वामी का—जाने किस गुन्ताड़े से, जाने कैसे यह ले आया है। मान लो स्वामी जी न दें—तब?? न कैसे देंगे। उनके देने लेने का सवाल ही क्या है? माल मेरे घर में है। स्वामी लोग मालदार होने के लिए ज़रा भी मशहूर नहीं, लेकिन सौ में एक आर्टिस्ट ऐसा भी होता है जिसकी मुट्ठी में राजधन जिसकी हथेली में राजरेखाएँ होती हैं। मैं कह सकता हूँ कि यह धन जब मैं होलकर रियासत में था, अथवा ग्वालियर राज्य में तब बड़े-बड़ों से मिला था। झूठ? झूठ ही नहीं, ऐसी रक़म के लिए खून तक किया जाता है। खून? अजी नहीं—उफ़! यह है लक्ष्मी का आकर्षण—मेरे मन में खून के औचित्य अनौचित्य पर तर्क-कुतर्क उठने लगे। मैंने सोचा आज ही कल में इस रकम के पीछे कोई-न-कोई स्वामी प्रफुल्लानन्द को मूर्छितानन्द करके रहेगा—लेकिन मेरे हाथ से रकम निकल जाएगी। तो? तो क्या स्वामी जी यदि माल लेकर रवाना होने पर आमादा हों तभी चाहे जैसे इनसे गठरी छीन ही लेनी होगी—कुछ हो। मगर—मैंने सोचा—संन्यासी उदासी मेरे कृपालु हैं प्रेम से भी काम चल सकता है। प्रेम से? प्रेम से काम चले तो मैं स्वामी प्रफुल्लानन्द के चरणों की धूल तक मस्तक पर धारण कर सकता हूँ। मैं ब्राह्मण—वह संन्यासी—संन्यासी यों भी ब्राह्मण से श्रेष्ठतर होता है। हमारे देश में तो महज भगवा रंग को देखकर श्रद्धापूर्वक नमन करने का रिवाज़ है।

"कहिए पंडित जी"—इसी समय प्रफुल्लानन्द ने मुझे सम्बोधित किया—'आप नींद में न हों तो मैं इसी शाम का निजी अनुभव बतलाऊँ—वह ख़ज़ाना मैंने ईश्वर की कृपा से आज ही देख लिया।"

मुँह़ खोलते हुए मैंने कहा—"नमोनारायण महाराज"!

"क्या—ओह! लगता है आपने ज़रूर टेबुल पर का माल सोए-ही-सोए देख लिया। तभी मैं चिन्ता में पड़ गया कि इस रूखे राइटर का कंठ इतना कोमल हुआ

तो कैसे? बोलिए अब तो मेरी कपोलकल्पना का साक्षात्कार श्रीमान को हुआ? ये चन्द चीज़ें ज़रूरत और नमूने के लिए उस ख़ज़ाने के बाहर ले आया हूँ जिसके होने का इशारा मैंने आपको आज ही शाहदरा की राह के टीले के पास किया था—क्या रत्नागार है!!"

"आप उस दफ़ीने तक पहुँचे किस तरह, सो भी इतनी जल्द कि दोपहर को शुबहा ज़ाहिर किया और शाम को देखिए तो हज़रत ख़ज़ाने के अन्दर। हैरत की बात।" मैंने मंजूर किया। "इसे देवयोग ही कहना चाहिए।" प्रफुल्लानन्द ने सुनाया—"नहीं तो मुझे स्वयं इस पहेली के ऐसी आसानी से सुलझने की आशा नहीं थी। न मालीराम जी की पुत्री से बातें करने में माफ़ी विलम्ब होता, न यह योग आता। फुल्लो को छोड़ बाजार में आने पर टैक्सी नहीं, स्कूटर नहीं, देखिए तो उस शाम रिक्शा तक नहीं सुलभ कि कम-से-कम कृष्णनगर तक तो पहुँचा देता। और मुझे सब्जी मंडी पहुँचना ही था। मैंने सोचा— रुकने से बेहतर पैदल ही चलना। नज़दीक की राह से—राजपथ छोड़ उसी टीले के निकट से मैं कृष्णनगर की तरफ बढ़ा ही जा रहा था कि एक बड़ा भारी अजगर नज़र आया, कम-से-कम पाँच गज लम्बा और जहाज बाँधने के रस्से-जैसा मोटा साँप जिसके चलने से मोटर बाइसिकल जैसी भयंकर आवाज होती थी। सहसा संभावित ख़ज़ाने से उस सर्प के सम्बद्ध होने की सन्भावना मस्तक में बिजली की तरह चमक गयी। सर्प भयानक से भयानक मेरे सामने खेलवाड़। मैंने उस सर्प का कुछ दूर तक पीछा करने का निश्चय किया। उस टीले के नजदीक पहुँचते ही एकाएक वह सर्प गायब हो गया साथ ही मेरे पाँव के नीचे की जमीन तेजी से मुझे लेती हुई रसातल जाने लगी। क्षणभर मैं घबड़ाया—हल्की-सी मूर्च्छा भी आ गयी निस्सन्देह, लेकिन इतनी हलकी कि दूसरे लम्हे में मैं अपने पैरों पर सावधान खड़ा था। लेकिन इतने ही में खेल का सीन बदल चुका था—क्या जाने दैव या दानवी शक्ति ने इतने ही क्षण में मुझे ज़मीन के अन्दर दबे संगमरमर के दर्शनीय कमरों में भरी एक-से-एक बहुमूल्य वस्तुएँ, वह ख़ज़ाना जिसकी कल्पना नाविलकार भी न कर पावें। लेकिन ख़ज़ाने की बात तो बाद चेतना शुद्ध होते ही मेरे अपने सामने लम्बी दाढ़ी पुराने वाले ईरानी किले का अबाक़बा धारण किये बुजुर्ग नज़र आये। छूटते ही उन्होंने कड़े स्वर में पूछा—

"क्यों रे तुझे जान का डर नहीं, जो मेरे पीछे बेखौफ भागा आ रहा था?"

"मैं तो अजगर विषधर के पीछे दौड़ा था—आप थे ऐसा मुझे पता कहाँ था?"

'दोपहर से ही मैं देख रहा हूँ तू इस टीले की गिर्द चक्कर-पर-चक्कर काट रहा है— आख़िर तेरे मन में क्या है?'

"पहले आप अपना परिचय दें।" बिना डरे मैंने उन बुजुर्ग से कहा।

"मैं इस इलाके का शाहंशाह जिन्न हूँ—साँप से तू भले न डरा हो, पर मुझ

से—मैं चाहूँ तो तुझे छठी का दूध याद करा सकता हूँ।"

"ईश्वर की कृपा से।"—ईश्वर शब्द मेरे मुँह से निकलते ही उस बुजुर्ग का मुँह जैसे स्याह पड़ गया। "मैं न तो अज़गर से डरता हूँ और न भूत-प्रेत-शैतान से–।"

"लेकिन मैं जिन्न हूँ, भूत-प्रेत-शैतान मेरे इशारों पर पानी भरते हैं।"

"बेअदबी माफ हो! ईश्वर के सिवाय मैं किसी के आगे नहीं झुकता—डरता तो उससे भी नहीं।"

"यह नाम मेरे सामने न लो। ईश्वर के होने में मेरा एतबाद मुतलक नहीं। जब मैं जिन्न नहीं बना था—ईश्वर को खूब ही खोजा....।"

"हा हा हा!" मुझे हँसी आ गयी। कहा मैंने—"एक दिन कोई नमक की पुतली समुद्र की थाह लेने का चल कर उसी में बिल्कुल घुलमिल गयी थी वैसे ही असिल खोज तदाकार होकर तत्सम हो जाता है। आपकी खोज में कोई त्रुटि रही होगी।"

"तूने खोजकर पा लिया तो ज़रूर तेरा ईश्वर कोई और वह खुदा कोई और जिसे ढूँढ़कर न पाकर निराश होकर मैंने यह सूरत अपनायी।"

'हम यह मानते हैं कि जो ईश्वर है, वही खुदा है, वही गॉड भी—भाषा भेद से नाम भेद है। वैसे ही जो जल है, वह आब, अकवा या वाटर भी वही है। हम यह नहीं मानते कि ईश्वर को खोजने की ज़रूरत पड़ती है। ईश्वर स्वयं अपने अंग के भक्तों की अपनी तरफ आकर्षित कर लेता है चुम्बक जैसे लोहे की करे।'

"फिर मुझे उसने आकर्षित क्यों नहीं किया?"

"मानो लोहा ज़मीन में, कीचड़ और मिट्टी में ज़रूरत से ज़ियादा हद से बाहर धँसा हुआ हो तो चुम्बक तब तक उसे कैसे अपनी तरफ़ खींच पाएगा, यत्न के बावजूद जब तक पानी से पिघलाया, घुलाया जाकर लोहा कीचड़ से अलगाया नहीं जायगा। आत्मा रूपी लोहे को पाप पंक से बाहर लाने के लिए पश्चाताप के प्रेम भरे आँसू ही ज़रूरी होते हैं। लगता है आपने कभी दिल से रोकर अपने खुदा की तलाश नहीं की थी।"

"रोने की बात मत कर! जब मैं इन्सान था तब मुझे रोना ही तो आता था। मैं शाही खानदान के बड़े नवाब का साहबजादा था। माँ-बाप का सर चढ़ा लाडला। मेरी आँखों में टेसुआ देखते ही मेरे वालदन उसी वक्त मेरी इच्छा फिर वह चाहे कितनी भी बुरी क्यों न हो, पूरी कर देते थे। 14 साल की उम्र में मैं एक रईस की लड़की पर ऐसा आशिक हुआ था—'ना ही आवत चैना'—मेरे करते जब वह न मिल पायी तो अपनी माता के आगे जाकर मैं रोने-धोने लगा। उसी वक़्त उन्होंने झगड़ा मोल लेकर उस लड़की को पकड़ मँगाकर तोहफ़े की तरफ मुझे दे दिया। एक बार बादशाह का तहख़ाने में छिपा ख़ज़ाना अपने वालिद के साथ देखकर मैं

उसी के लिए मचल पड़ा था। उसके लिए भी मेरी माता ने जमीनों-आस्मान के कुलाबे एक कर डाले थे। बादशाह की ऐयाशी की आग में अपनी छोटी बहन तक उन्होंने मेरे लिए झोंक दी, लेकिन वह ख़ज़ाना हाथ न लग सका। इसी अफसोस में मेरी अम्मी जान का इन्तकाल भी हो गया। ख़ज़ाने की धुन मेरे सर कुछ ऐसी सवार हुई कि 'दिन नहिं चैन, रात नहिं निंदिया, सपने में दरस दिखाया करे' वाली हालत हो गयी। सारी सहूलियतों के बावजूद मैं घुलने लगा, बीमार पड़ा और मर गया। मरते ही मैंने यह चोला पाया और पहला काम यह किया कि सर फेरकर बादशाह पर मैंने दुश्मनों से चढ़ाई करा दी, शाहदरा के लिए घनघोर घमासान हुआ—फिर भी दुश्मन बादशाह को शिकस्त न दे सके और भागन पर आमादा हो गये तभी मेरी प्रेरणा से बे-मौसम जमुना में बाढ़ आयी— रातों रात और सारे शाहदरे में हाथ-दबाब पानी चढ़ आये। भागने के पहले ही हज़ारों आदमी मर गये। बादशाह भी दुश्मनों के वश में आकर जान से जाता रहा। शाही नक्शे का बना सुन्दर शहर बर्बाद हो गया। तक़रीबन सारे का सारा और वह खजाना मलबे के अन्दर दाखिल हो गया। यह दो सौ बरस पहले की बात है। तब से आजतक इस ख़ज़ाने पर मेरा क़ब्ज़ा है। अब देख, यह ख़ज़ाना भी तो एक नहीं सौ जतन से एक दिन मेरे हाथ लगकर रहा—ऐसे ही खुदा होता तो नज़र आता। है ही नहीं फिर क्या दर्शन देगा।"

"ऐसी बात नहीं", मैं बतलाया—"मैं भी समझता हूँ कि जिस तीव्रता से, मन वचन कर्म से आपने उस लड़की और इस खजाने को चाहा था उसी निष्ठा से खुदा को कभी नहीं चाहा वर्ना ज़रूर वह दर्शन देता।"

"कौन दर्शन देता? ईश्वर खुदा या गाड, इनकी पहचान किसी को मालूम है?"

"हम लोग तो ईश्वर को सर्वव्यापी मानते हैं। इस तरह देखा जाय तो भूत-प्रेत या आप लोग भी उसी परम प्रभु के विराट रूपों में से हैं।"

"उसका कोई एक रूप हो तो आसानी से पहचाना जा सके।"

"उसे एक ही रूप में पहचानने वाले शायद ही पहचान पाते हैं। इसकी एक कथा है।"

"क्या ?"

"दो शख़्स आपस में ताड़ के पेड़ पर गर्दन हिलाते गिरगिटान के रंग पर गर्मागर्म बहस कर रहे थे—एक का कहना था कि गिरगिटान का रंग भड़कीला लाल है, लेकिन दूसरे का दावा था कि वह निस्सन्देह नीले रंग का है। आख़िर दोनों ताड़ के ठीक नीचे रहने वाले आदमी से जाकर गिरगिटान के रंग के बारे में पूछताछ करने लगे—'क्यों साहब, पहले ने पूछा यह गिरगिटान लाल रंग का है न'? 'जी जनाब!' ताड़ तलवासी ने स्वीकार किया। इस पर दूसरा आदमी भड़क कर कहने लगा—'क्या कहा—मैं कहता हूँ गिरगिटान नीला होता है।' इस पर भी

ताड़तलवासी ने मंजूरी दी 'गिरगिटान निस्सन्देह नीले रंग का भी होता है।' 'क्या मतलब?' अब लाल वाले की बारी थी।—'मतलब यही कि' ताड़तलवासी ने सुनाया—'गिरगिट का कोई एक ही मुस्तकिल रंग नहीं—वह रंग बदलता ही रहता है—यानी वह हर रंग में रहता है।' यही ईश्वर का उत्तम रूप हम लोग मानते हैं।"

"आपने थोड़ी देर पहले कहा था कि भूत-प्रेत यानी मुझ में भी ईश्वर है... जी?"

"निस्सन्देह....।"

"आपकी इस बात से मुझे बड़ी ताकत हासिल हुई—मैं बाहर से यहाँ आपको लाया था सताने डराने के लिए, लेकिन देखता हूँ मुझे खुद सताने-डराने वाले हौओं का खोखलापन जनाब ने मुझ पर रौशन कर दिया—शुक्रिया। पहले आप इन तहखानों को, सारे दफ़ीने के अच्छी तरह देख लें।"

"आपको पाकर मैंने ख़ज़ाने से भी मूल्यवान हस्ती के दर्शन पाए—मैं समझता हूँ, मुझे देर हो रही किसी और दिन।"

"नहीं—मेरा इरादा अब यह है कि यह सब तमाशा किसी दूसरे जिन्न को सौंपकर अजमेर शरीफ की जियारत करु। दूसरा जिन्न किस मिज़ाज़ का हो, फिर आपको यह चान्स मिले-न-मिले।"

"मेरा इरादा टीले के आसपास की ज़मीन खोदवा कर ख़ज़ाना तलाशने का था और रहेगा भी—आपने तो कृपा की—मिलने का मौक़ा दिया वर्ना मैं इसी सिलसिले मैं कार्पोरेशन के एक मित्र सदस्य से ही मिलने जा रहा था।"

"वह भी आप कर देखेंगे—मैं इतना ही कह सकता हूँ कि आपने सुना होगा लक्ष्मी चंचला होती है। मौके-कुमौके बड़े-बड़े दफ़ीने साँप और बिच्छुओं की शक्ल बनाकर एक जगह से दूसरी जगह ग़ायब हो जाते हैं। इस तरह एक तरफ़ रातों रात किसी की सम्पत्ति के अलक्ष होने के क़िस्से आपने सुने होंगे तो रातों-रात किसी के घर में छप्पर फाड़ कर बरसने की चर्चा भी जरूर सुनी होगी। क्या रोज नहीं देखते हैं, पाँव न होने पर भी रुपया हाथों हाथ चलता रहता है।"

"चलता रहने ही की नीयत से तो मैं भी इस ख़ज़ाने को हवा में लाना चाहता हूँ। मेरा अपना कोई स्वार्थ नहीं। हिब्बा हराम! यह सारा माल हमारी सरकार को मिल जाय तो एक-से-एक कार्य सिद्ध हों—जनता में बँट जाय तो अनेकानेक लोग कुछ तो अधिक सुख पाएँगे?'

इसके बाद उस नेक दिल जिन्न ने गोदाम की तरह बड़े-बड़े पाँच कमरों में खूबसूरती से भरे उस महाकोषागार को मजे में घुमाकर दिखाया। उस रत्नागार को देख संन्यासी होने पर भी मेरी आँखें चौंधियाँ गयीं। एक गोदाम में सिवा सोने की ईंटों के दूसरी वस्तु नहीं—एक में चाँदी की बड़ी-बड़ी शिलाएँ—तीन अन्य कमरों में हीरा, मोती, पोखराज, लाल, नीलमणि, फीरोज़ा और मूँगे की वस्तुओं की भरमार।

दर्जनों लालमणि की परियाँ डेढ़-डेढ़ फुटी, दर्जनों नीलम के मोर पूरे साइज के। कई ताज, कई तख्त, कई अरब रुपयों का माल मैंने देखा—कमाल! एकत्र इतनी निधि प्रफुल्लानन्द ने सपने में भी नहीं देखी थी। चलते वक्त उस नेक आत्मा ने मेरे उत्तरीय में दो ईंटें और एक शिला बाँध दी कब पता नहीं। वह तो कृष्णनगर की सीमा पर आने पर महसूस हुआ जैसे मेरे माथे पर किसी ने मनों का बोझ उठाकर रख दिया हो। साथ ही, कहाँ से मेरी गंजी की जेब में बड़ा-सा हीरे का टुकड़ा भी आ रहा। लगता है वह जिन्न कृष्णनगर के नाके तक मुझे छोड़ने को आया था अपने साथ सोने-चाँदी की ईंटें और हीरे का टुकड़ा लेकर। जेब में हीरा देखने के साथ मेरे मन में निश्चय हो गया कि माथे पर वजन सोने चाँदी का है, भार मालूम पड़ता इसलिए कि मुकुट उसका नहीं बना था।

"आप जब निबटने गये थे, मेरे मन में आया सोने की ईंटों को अपने बक्स में बन्द कर दूँ। मैंने कथा सुनकर कहा।

"मैं यही सोच रहा था कि जो कुछ जर्रा-सा जिन्न साब ने प्रसाद की तरह दे दिया है, उतना ही आज के ज़माने में गले की फाँसी बनने के लिए बहुत है। लाखों का तो यह हीरा होगा...ज़रा बल्ब बुता तो कीजिये...यों प्रकाश देता है जैसे दीपक हो...शीतल"

"उसी तरह आठ-नौ लाख से कम की ये ईंटें न होंगी।"

"आप तो दावा करते हैं कि जोड़-बाकी आपको आती ही नहीं, फिर भी ईटों की कीमत कूत गये।"

"कहा नहीं—एक तो में बक्स में रखने के लिए ले भी चला था कि वह मेरे पाँव के पंजे पर इस ज़ोर से गिरी कि कई मिनट तक सकते में रहने के बाद कई मिनट तक मैं कत्थक नाच नाचता रहा!"

"ओह!"

"क्यों?"

"कुछ नहीं।"

"कुछ तो ज़रूर बात होगी कि आपके मुँह से ओह निकल गया।"

"आप डरेंगे तो नहीं?"

"क्या मतलब?"

"मैं समझता हूँ जब मैं टट्टी में था तब ज़रूर इस कमरे में इस धन की रक्षा में वह जिन्न या उसका कोई सहायक था—अभी भी कहीं हो तो आश्चर्य नहीं।"

रात का व़क्त—मैं पुराने संस्कार में पला प्राणी—स्वामी प्रफुल्लानन्द की बात सुनकर कपड़ों के अन्दर मुझे रोमांच हो आया। मन-ही-मन मैंने मन्त्र भी पढ़ा 'ओम् नमः शिवाय'—एक क्षण लेट मेरी आवाज़ फूटी जिसे चंट संन्यासी ने ताबड़तोड़ ताड़ा—पर ऊपर से मैं अकड़ा ही रहा—

"आप मुझे भूत-प्रेत की भभकी देना चाहते हैं ताकि मैं यह सब खुद न ले सकूँ—जो आज ही, कोई-न-कोई आपसे लेकर रहेगा।"

"मजाक है, कोई न। कोई लेकर रहेगा? आप मेरा स्वास्थ्य नहीं देखते, ये बलिष्ठ भुजाएँ—एक-दो के लिए मैं अकेला ही बहुत हूँ। मैं आपके लिए नहीं कह रहा क्योंकि आप यह धन लेकर क्या करेंगे। आप तो यों ही खासी आमदनी रायल्टी वगैरह से कर लेते हैं। आप तो कस कर कमाते हैं।"

"मुझे यह मिल जाय तो मैं कमाने की चिन्ता से फुर्सत पा जाऊँ। हीरा मैं नहीं माँगता—मेरा मसला तो सोना-चाँदी ही से हल हो जायगा!"

"मसला सर्वथा हल होना ज़िन्दगी की रवानी के लिए लाभदायक नहीं होता। कुछ-न-कुछ मसला ज़रूर सामने होना चाहिए ताकि अक्ल की तलवार जंग न खाये।"

"गर्जे आप मुझे इसमें से राई-रत्ती भी देने से रहे—गर्जे कि खजाना तो बड़ी बात, इसी माल कुछे पाने के लिए या तो मुझे अपना मन मारना होगा, अथवा आप की.... ।"

"गरदन आपको मैं नहीं काटने दूँगा और माल दे दूँगा—क्योंकि एक बार धड़का खुल जायें पर क्या पता फिर आप किस-किस की गर्दन काटते फिरें—किस किस युक्ति से—काल्पनाशील प्राणी ठहरे। फिर सोचने की बात है, ज़रा से छूते ही जिस माल ने आपके पाँव का भुरता करके छोड़ दिया, ट्रंक में बन्द होने पर क्या गारंटी है कि यह जिन्नावी माल आपके घर में आग न लगा दे। मैं राग-द्वेषवश यह नहीं कह रहा हूँ। सब रकम सबको हजम नहीं होती। कहा न मैं स्वयं इसमें धेला भी निजी उपयोग में नहीं लाऊँगा।"

"फिर क्या करेंगे?" खीझ भरे स्वर में मैंने पूछा।

"मैंने तो यही सोचा था कि छिपे खज़ाने की यह रक़म उसी के उद्धार में लगेगी। इतने रुपये फिलहाल न गवर्नमेंट देती न महाजन—भगवान ने दिये जरूर इसीलिए कि उस खजाने का उद्धार होना ही है, उसकी जरूरत देश को है। फिर भी आज या जब तक कि मैं जौहरियों से मिल इसे ठिकाने लगाने की व्यवस्था न कर लूँ, मैं इसी में बुद्धिमानी समझता हूँ कि सारा माल आप ही चुपचाप अपने पास रखें—क्योंकि खुले ख़ज़ाने खपाना मुश्किल होगा। रकम जायज है। खतरे को जोड़कर कहूँ तो मेरी कमाई हुई है लेकिन पुलिस को सुराग लग जाय तो साबित करना मुश्किल पड़ जायगा।"

"अच्छा स्वामी जी", मैंने मनबूझ मज़ाक के लहज़े में पूछा, "आपकी ग़ैरहाजिरी में मैं रकम लेकर नौ दो ग्यारह हो जाऊँ अथवा रकम ही कहीं टरका दूँ—तो?"

"तो क्या होगा"—निस्पृह आवेग से प्रफुल्लानन्द ने सुनाया—"आप इससे राजा हो जाये लेकिन प्रफुल्लानन्द कुछ रंक होने वाला नहीं। मेरा आप पर विश्वास

है तभी यह जोखिम छोड़ रहा हूँ। युवती कन्या भी हो तो आपके साथ छोड़ने में हिचकिचाहट नहीं होगी। क्योंकि मैं जानता हूँ, आप धन और स्त्री के बहुत ऊपर हैं... ।"

"इनके लिए मन में विकारात्मक द्वन्द्व नहीं होता, ऐसा मेरा दावा नहीं।"

"इन वस्तुओं के आकर्षण का अनुभव न हो तो आदमी आदमी नहीं, मुर्दा रह जायगा अथवा जीवित मृत महात्मा।"

"सो, स्वामी जी महाराज!" मैंने सुनाया—"मेरा सिद्धान्त यह कि कोई लाख रुपया मेरी निगरानी में छोड़ना चाहे तो अगर मैं उन्हें उड़ा दूँ तो बुरा न मानने का वचन लेकर धरोहर धर लूँ और बिला शक उसे ज्यों-का-त्यों लौटा दूँ। लेकिन—लेकिन युवती की सुरक्षा का वचन देकर भी मैं पालन कर पाऊँगा ऐसा भरोसा अपने आप पर मुझे नहीं है। अतः सौ में एक सौ एक बार ऐसी जिम्मेवारी मैं हर्गिज स्वीकार नहीं करूँ।'

भोर होते ही स्वामीजी पहली बस से मेरे यहाँ से चले गये। उनके जाने के बाद माल-भरे बक्स के पास जाकर उस प्रभूत राशि को मैंने बहुत आराम से देखा। हीरे को तो आईने के सामने ले जाकर मस्तक और कंठ में सजाकर देखा—कैसा दिव्य वज्र। हाथ में लेते ही लगता जैसे शीतल प्रकाश मुठ्ठी में आ गया हो। खैर, उजलत में निबटा-नहाया सोचता हुआ कि लिखने बैठूँगा और बैठा भी कलम लेकर पर मन स्थिर नहीं हुआ। वह बक्स में भरे हुए माल ही पर जमा रहा। उस बक्स में, उस सोना-चाँदी में मुझे बढ़िया फुल बंगला, इटली की बनी छरहरी स्पोर्टिंग कार, टेलीविजन यन्त्र, रेफ्रिजेटर, बाँका-सा बैंक-बैलेंस, बम्बई का ग्रीन्स होटल, रेड वाहन, ब्लू-सागर, महालक्ष्मी के मैदान में दौड़ते रेस के घोड़े, जुहू का लहराता समुद्र-तट और यौवन और चुम्बन और पुलक और परम प्रसन्न प्रेमयोग—गरज संयोग।

सहसा मुझे याद आया मेरा मुँह लगा कम्युनिस्ट मित्र मुक्तनाथ सपत्नीक आने वाला था। वह जब भी आता है, मेरा सारा घर ठठोर डालता है। इसलिए नहीं कि उसे कुछ चाहिए। वह यह सब न करे तो उसे सन्तोष न हो कि वह मेरा आत्मीय है, लेकिन आज अगर वह घर की तलाशी लेने पर आमादा होगा तो क्या होगा? तो क्या मैं कुछ देर के लिए टल जाऊँ, टाल दूँ उन्हें—यही ठीक होगा। आज रिस्क लेने की जरा भी गुंजाइश नहीं। फलतः तुरन्त कपड़े बदले, दरवाज़े बन्द कर मैं घर बाहर हो रहा और कृष्णनगर के श्रेष्ठ भाग में भ्रमण कर बंगला बनवाने काबिल प्लाट देखने लगा। मेरा खयाल है इस तरह कम-स-कम डेढ़-दो घंटे में आँखों-ही-आँखों प्लाट देखता, मन-ही-मन पसन्द नापसन्द कर डालता।

इस बीच में नये-नये बने दो-चार बंगले भी ऐसे नज़र आये जिन्हें देखकर मैंने सोचा कि उन्हीं में से एक खरीद लूँ तो बनवाने की दिक्कत से भी राहत

मिले। ज़रा पाँव थके तब मन को लगाम लगी—होश आया कि अपनी आमदनी तो इतनी भी नहीं कि बाकायदे खा-पी-पहन कर फ्लैट का भाड़ा भी दे पाऊँ—फिर यह प्लाट खरीदने, बंगला बनवाने की बात भेजे में समायी तो किस दिशा से? ओह! स्वामी प्रफुल्लानन्द की वह धरोहर अभी मेरे मन में नाच ही रही थी। मैं यहाँ हूँ—कोई चोर ताला तोड़ कर वह सब उठा ले जाय तो? कम्युनिष्टि यार, आकर झख मारकर चला भी गया होगा। मुझे तब तक फ्लैट ही में रहना चाहिए जब तक यह माल मेरे घर में है।

तेज़ क़दम मैं अपने स्थान की दिशा में मुड़ा ही था कि सामने से ज़रा दूर पर पुलिस का हवलदार आता हुआ नज़र आया। यह मेरी तरफ़ तो नहीं आ रहा—मैं चिन्ता में पड़ा—ओह! यह तो मेरी ही ओर आ रहा है। स्वामी प्रफुल्लानन्द ने वह माल किसी और जरिये तो नहीं पाया है? ओम्-ओम् की जगह ख़ज़ाना-ख़ज़ाना भजने वाला संन्यासी ख़ज़ाने के लिए जो भी न कर गुजरे। माल कहीं डाके का हुआ—कहीं रात में स्वामीजी पहचाने-पकड़े गये हों और अब पुलिस मुझे खोज रही हो। अब तो हवलदार करीब आ गया। कैसी फटी-फटी खूँखार आँखें हैं। यह मेरी ही तरफ क्यों तरेर रहा है? ओफ वह मेरे ही पास आ रहा है। मुझे अपने पर कंट्रोल करना चाहिए और भयभीत नज़र नहीं आना चाहिए।

''धत्तेरे की!' मुझे निकट से देखकर उसके मुँह से फूट पड़ा।—यह तो भैयन है—दूर से नेपाली-जैसा नज़र आया।'

"नेपाली कैसा?"

"मैं एक नेपाली जेबकट को ढूँढ़ रहा था—ठिगने होने से दूर आप नेपाली जैसे नज़र आये—गुस्ताखी माफ़ करना—मैंने ड्यूटी के सिलसिले में ही जनाब पर नज़र डाली थी।"

वह बिना उत्तर की प्रतीक्षा किये आगे बढ़ गया—क्या मेरा चेहरा नेपाली जेबकट जैसा है, दिखता है? आंय?

चमेली का बयान

बड़ी बनने चली है भली आदमिन—अरे हाँ—यही फुल्लो मेरी मैं कहती हूँ कि जब अपनी बिरादरी में मर, जो करना हो कर, तेरे लिए एक-से-एक पट्ठे कमाऊ, दिखनौट अपनी बिरादरी में हैं तब तू उसी लौंडे पर क्यों मर-मिट रही है। तो वह कहती हैं—'माताजी, मैं लाचार हूँ, भली औरतें दो नहीं, एक ही बार जीवन-संगी चुनती हैं।' होंगी चुनती भली औरतें—हम भली औरतें हैं कहाँ? आदमी को चादर देख कर पाँव पसारना चाहिए। हम तो भली औरतों का मैला फेंकने वाली—जूठ-मीठ खाने वाली—कमीन कहलाने वाली औरतें हैं। भती औरतें हमारी छाया तक तो छूतीं नहीं और हवा तक लग जाने से देह पर पानी डाल कर पाक-साफ बनती हैं। मुझे तो एक दिन भी वैसी भली औरत का स्वांग भी करना पड़े तो मेरा दम घुट जाय, वैसे ही, जैसे किसी भली बनने वाली को भंगन की झोंपड़ी में। ये भली बनने वाली एक की गुलाम बनकर गहने, कपड़े, खाना पाती हैं। उस एक की सेवा में भंगन से भी बदतर काम करके रहती हैं, उसके दर्जन भर बच्चों की टट्टियाँ फेंकती हैं, मल-मूत्र मढ़े कपड़े साफ करती हैं, सारे दिन गन्दगी से सनी रहती हैं, फिर भी अगर किसी और मर्द का आदर-मान करे, हँसे बोले, खिलाये-पिलाये तो खसम सहन नहीं कर सकता। सौ-में-सौ जूतियाँ उठाकर खोपड़ी गंजी करने पर आमादा होते हैं, सौ में पचानवें तो बे-बात पर औरत को पशु की तरह पीट-पाट देते हैं। ऐसी बिलख-बिलख कर रोती हैं ये भली औरतें, सिसक-सिसक कर कि दर्द से दीवारों में दरारें पड़ जाती हैं—फिर भी उस भले मर्द से उनका छुटकारा नहीं। ये औरतें एक नहीं हज़ार जन्म तक उस मर्द को भर्तार मानने की इच्छा रखती हैं जो इन्हें चोटी घसीट कर मारने और घर से बाहर निकाल देने की धमकी तक देने में नहीं चूकता। वे कहती हैं—यही सतीपन है। ऐसी सती पर पचास झाड़ू, सौ जूतियाँ और थू—ऐसी भली पर लानत। मर्द की अगर इज्जत है तो औरत की भी इज्जत है और ज़रा बराबर भी कम नहीं—कुछ ज़ियादा ही है। क्या करता है मर्द—पाप से पैसे कमाना, फिर औरत को पुण्य के फल बतलाना—फिर उसे पेट से करना और फिर पाक बनकर अलग हो जाना। दस महीने तक गर्भ को खून पिलाने से लेकर पाँच वर्ष तक बच्चे का नरक धोना काम होता है भली औरत

का। भगवान न करे कि अकेले औरत ही का भली बनना लाज़िमी हो। लेकिन वह फुल्लो—मेरा खून, मेरा हाड़-माँस—मुझे ही पाठ पढ़ाने पर आमादा—पूछती है—'माताजी! जब भली औरतें इतनी बुरी हैं तुम्हारी नज़रों में तब तुम पिताजी के साथ उनकी स्त्री की तरह क्यों रहना चाहती हो? पहले तुम्हारे मन में भली औरत बनने की साध जगी होगी, फिर मेरे मन क्योंकि हाड़-माँस, खून तो मैं तुम्हारा ही हूँ।' लड़ती है दई मारी अपने बाप की तरफ से। मालीराम ने इस वादे पर मेरा सरबस लूटा था कि वह मुझे औरत बना कर अपने घर में रखेगा—औरत तो उसने मुझे भर पेट बनाया—एक बेटी की माता तक बना डाला, लेकिन यह शाहदरा वाला मकान आज तक मेरे नाम लिखा ही जा रहा है। वैसे मैं इस मकान से डरती हूँ क्योंकि मशहूर बात है यह घर पहले किसी बेवा का था। वह भी मालीराम से फँसी थी और इसी के करते मारी गयी—लोग तो यही कहते हैं—सो यह मकान मालकिन-मार है। लेकिन चमेली जमादारिन वक्त पर वैसी मालकिन नहीं होगी। मैं तो घर मुझे दगा दे तो घर में आग लगा दूँ। फुल्लो अभी मुझे मजे में जानती नहीं—इसीलिए उस लौंडे की मुहब्बत के गाने मेरे आगे गाती है। गा ले बेटी—बड़ी तू ए.बी. पढ़ने वाली है, पर मैं भी तेरी अम्मा हूँ। मैं जिस दिन अपने पर आ जाऊँगी उस दिन मल्लू डोम के लौंडे को व्यौड़े की बोतल पिलाकर तुझ पर ललकार न दूँ तो कह देना। एक ही दिन में सारी गरमी ठंडी न हो जाय—तो कह देना। फिर वह लौंडा तेरे साथ सगाई करे न करे। कोई फिकर नहीं। हम ऊँच जाति के नहीं कि धब्बा लग जायगा। फुल्लो को मैंने अपनी आजी यानी माताजी की सास का असली असल बयान सुनाया तो मारे लाज के उसके गाल अँगारे जैसे लाल हो गये थे। मेरी माता जी की सासू जी थी तो भंगिन लेकिन उनके पास मालमत्ता बहुत था और सन्तान के नाम पर बस मेरा बाप—मेरी माता से ब्याह होने के पहले भी पिता का ब्याह हो चुका था, लेकिन उस औरत ने पाँच बरस में जब एक बच्चा भी नहीं दिया तब उसकी सास ने झाड़ू मार कर उसको घर से निकाल दिया। फिर कितने लड़की वाले मेरे बाप के लिए आये, पर आजी उनसे सबूत माँगती कि गारंटी क्या है कि लड़की बाँझ नहीं है। और लड़की वाले दादी से दाद न पा भाग खड़े होते। आखिर मेरी माता की माता को दो सौ रुपये नकद देकर उसकी लड़की ले ली जो एक से ब्याही ही नहीं थी—पाँच महीने का पेट तक था। मेरी माँ सुन्दर तो थी, लेकिन दादी जी ने उन्हें रूप के लिए नहीं, पाँच महीने के पेट के लिए पसन्द किया—जिसका सहज अर्थ था कि औरत बाँझ नहीं थी। मेरी माँ दिल्ली की चलती चमकचन्दा। पाँच ही महीने के भीतर सुन्दर सा बेटा उसने दादी को दिया। फिर सात साल तक हर साल बेटी बेटे देती रही—बड़ी मुँहफट थी वह। मेरे सामने उसने कई बार कइयों को सुनाया था कि उसका एक भी बच्चा मेरे बाप का नहीं था। पाँच तो एक ही मुसलमान सेठ से—पाँचों की लड़कियाँ—मैं उनमें चौथी। मेरे

दोनों भाइयों का रिश्ता वह चर्खेवालान के एक लाला जी से जोड़ती थी। दादी जी के बाद लेई–पूसी की मालकिन बनते ही मेरी माँ को जो रुपये जोड़ने की धुन समाई तो उसने अपनी पाँचों लड़कियों को ऐसे-ऐसे घरों में लगाया कि उनमें से जो जब जहाँ जवान हुई वहीं उसने मुसीबत ढा कर रख दी। आधी चाँदनी चौक मेरी दादी की जागीर जिसमें जात-जात के लाला, सरदार, खाँ साहब–एक से एक कमाने वाले लोग–बिना पेट से हुए मेरी माँ लड़की की शादी का सपने में भी विचार नहीं करती थी क्योंकि लड़कियों से घर में जर, बालोगुहर बरस रहा था। कुँआरेपन में मैंने भी अपना हिस्सा कमाकर दिया था लेकिन बिना देह छुलाये–मैं कुछ ऐसी सलोनी–कि मेरी मुस्कराहटें और नज़ारे और हाव-भाव लागों को पिघला डालते थे। माँ को स्वामी प्रफुल्लानन्द ने बतलाया था कि इस लड़की के भाग में मर्द से बड़ा खतरा है–सो, ख़तरे तक अम्मा मुझे बढ़ने ही नहीं देती थी। कमज़ोर डोरवाला पंतगची जैसे लड़ने के ठीक पहले पतंग खींच ले वैसे ही अम्मा मुझे खींच लिया करती थी। सबसे पहले मुझे पाया तो टीले के जिन्न साहब ने। लेकिन जो होना होता है होकर रहता है। ब्याहकर ससुराल आने के तीसरे ही दिन जो मेरी सास मालीराम के सामने मुझे ले गयी तो इसीलिए कि उस हरामी मर्द से मेरी मुलाकात जवानी की पहली ही उठानी में बदा थी। इसके बाद गुंडे ने रुपये का तक़ाजा किया और मुझे मालीराम की मदद किसी शर्त पर लेनी पड़ी। यह सब भली की नज़र से देखें तो छिपाने की बातें हो सकती हैं लेकिन क्यों देखें हम उन भलों की तरफ़ जो हमें आदमी मानते ही नहीं। आदमी हमें न मानकर भी हमारी बहू-बेटियों की जवानी लूटने वक्त इनके मन में न घिरना होती है, न नीच-ऊँच का विचार। भंगिन तो हम तब होती हैं इनकी नज़र में जब जवान नहीं रह जातीं। ये उजले कपड़े पहनने वाले डूबकर मछलियाँ निकालते हैं, हमें जो करना होता है, चौड़े में करते हैं, ये एड़ी से चोटी तक मैलों से भरे होने पर भी मैला देखते ही ऐसी नाक सिकोड़ते हैं गोया वह उनके पेट से न निकल कर नरक से निकल आया हो, लेकिन हम भंगी-मेहतर मैला की पूजा करते हैं, सूअर इन बड़ों के लिए भंगी ही की तरह नापाक, लेकिन हमारी नज़र में बरक़तों वाली–ये जनम-मरण–ब्याह-शादी में गोदान करते हैं, हम अपने हितों को उसी शान से सूअर दान देते हैं। इनके यहाँ जिस तरह बाग-बगीचे, घर-महल, जमीन-जायदाद को जागीर कहते हैं वैसे घर-घर के पाखाने हमारी जागीरें हैं। जरूरत पड़ने पर इनाम-इकराम दान देना होता है तब हम अपने मान को वे घर दे देते हैं जहाँ टट्टी कमाने जाते हैं। भलों के घरों में रहने वाली रानियाँ बनती हैं। हमें मेहतरानियाँ कहते हैं। भली लुगाइयों से सौ-में-सौ बार हम अच्छी समझते हैं अपने को। किसी भली को यार का पेट रह जाय तो सिवा बाजार में झख मारने के या जहर खाकर सो रहने के कोई राह न सूझती–इधर मेरी माँ ने एक पति का पेट तक लेकर उसको छोड़ दूसरा कर लिया /

तो न छोड़ने वाली का बाल बांका हुआ ही उसी का जो छोड़ा गया। पंचों के सामने मामला गया तो उन्होंने फैसला कर दिया कि दूसरे की लुगाई से सगाई करने वाला जुर्माना या दंड में सारी बिरादरी की सूअर के माँस, भात और शराब से खुशामद करे और बस—क़िस्सा पाक। पेट वाली भी उसकी, पेट वाला भी उसका। इतना ही नहीं अपनी औरत बहकाने वाले के साथ वह मर्द जिसकी औरत बहकायी गयी हो दंड की दावत में दारू पीकर सूअर भी खाता है। औरत की मरजी है चाहे जब तक मर्द के साथ रहे, चाहे जब उसका मुँह फूँक कर दूसरा कर ले। हम भली औरतों की तरह कोढ़ी, हिजड़ा, हरामी से भी सगाई हो जाने पर घुट-घुट कर मरने को लाचार नहीं हैं। सच तो यह है कि मर्द के मामले में भली औरतों से हम कहीं जियादा भली हैं चाहे जितनों को ठोंक-बजा-परख कर मनपसन्द के साथ ज़िन्दगी बसर कर सकती हैं। अब रहा खाना पहनना, सो इस मद में तो बड़ी औरतें हमारे पैरों की धूल का मुकाबिला नहीं कर सकती। उन्हें एक मर्द कमाकर किसी तरह खिलाता-पहनाता है जबकि हमें छप्पन घरों से रोज ही छप्पनों प्रकार के पकवान मिलते रहते हैं, साथ ही तरह-तरह के कपड़े पहनने को। मैं पीपल के भूत, ताड़ पर की चुड़ैल, बरगद के मशहूर प्रेत नट की दोहाई देकर कहती हूँ, मैं भगवान से बराबर यही दुआ माँगा करती हूँ कि वह जब भी मुझे जनम दे, मरद का नहीं, औरत ही का दे। साथ ही भले नहीं कमीन, भंगी, मेहतर ही के घर में पैदा करे ताकि गुलामी में घुटकर मेरी जान न जाय—ताकि आजाद जिन्दगी का लुफ्त मर्द ही नहीं औरत भी उठा सके। मैं आजादी की हवा में साँस ले रही हूँ, यही वजह से है कि रंगा सियार मालीराम मन से चाह कर भी मेरा कुछ भी बिगाड़ न सका—उलटे में ही उसकी ढकोसले वाली इज्ज़त पर झाड़ू ताने हुए अड़ी हुई हूँ। कौन कह सकता है कि यह कमीनी औरत का है? कहे कोई मेरे सामने—मुँह न नोंच लूँ तो कलिया की बेटी चमेली नहीं। मेरी इज्जत लूटकर सफेद बगला वह साला अगर कमीना नहीं बना तो उसकी इज्ज़त सँघार कर मैं कमीनी क्यों कर कहलाऊँगी। इन्साफ़ जैसे मर्द की दशा में, वैसे ही औरत के भी होता है। होना ही चाहिए। औरत जनावर नहीं है; वह भी इन्सान है, भले ही मर्द से भगवान ने उसको कमजोर बनाया हो, लेकिन मैं कहती हूँ ऐसे नालायक मर्द पर थू है जो यह नहीं समझे कि औरत कमज़ोर हो पर है मर्द की माँ। उसका ज़ोर कम हुआ तो इसलिए कि मर्द की माँ बनने की गलती उसने की—अरे हाँ—जब मेरा मुँह खुलता है तब मैं सारे चरित्तर उघाड़ कर रख देती हूँ। मर्द औरत को कमज़ोर समझता है तब औरत देवता पित्तर मनाकर दूसरा बेटा पैदा करती है इस आशा में कि बड़ा होकर वह माता की रक्षा करेगा। लेकिन औरत हमेशा मोह में यह भूल ही जाती है कि वही बेटा बड़ा होते ही मर्द हो जाएगा और मर्द होते ही औरत को अदना, अबला समझने लगेगा—स्वयं को आला, अति बलवान। यह फुल्लो जब मेरे पेट में थी

कितने देव मैंने मनाये, पीर और चुड़ैलें पूजीं कि यह बेटा हो। आगरे के पीर से ताबीज बँधाई जिनकी दाढ़ी घुटनों तक झूलती थी, अजोध्या के महात्मा से भभूत ली जिनकी जटा बड़ के पेड़ के नीचे बैठते ही डाल छूती थी। बेटे की तरह दस महीने पेट में रहने के बाद यह बाहर आयी, मगर निकली बेटी–औरत जात की–कहीं मूँछोंवाला मेरे आया होता तो आज उससे मैं मुए मालीराम की मूँछें उखड़वा ली होती–शाहदरे के घर से कभी उसको बाहर करा चुकी होती–इसकी इस रंगे स्यार मालीराम की पोल कांग्रेस के बड़े बड़ों तक पहुँचवाती, जिसने मेरी जवानी बेरहमी से लूटी उसकी इज़्ज़त लूटने में, दौलत लूटने में सुख पाती, आराम पाती, जरा भी रहम न करती। बजमारे दइ! तूने मेरी बेटी को बेटा क्यों नहीं बनाया। बेटी होने से औरत की जात अन्दर-ही-अन्दर मेरी सौत है। जिस आदमी को मैं मर्द मानकर मुहब्बत देती थी, उसी को वह बाप मानकर अन्दर ही अन्दर बहुत मान देती है– मां की भी नहीं सुनती और बाप की सुन लेती है–कमीनी। जिसके हाथ में ध्यो, वही मेरा प्यो। आगरे वाले पीर कसमियाँ ने कहा था कि बेटा नहीं होगा तो वह बेटी को भी बेटा बना सकता है, उसके हाथ में अमल है, रमल है। हरामी! झूठे! मिले तो दाढ़ी नोंच लूँ–ऐसे पीर का जले मुँह। ताबीज दिया बेटे का हो गयी बेटी। जी करता है कुछ दिनों के लिए आगरा जाकर उसको खोजूँ–मिल जाय तो दाढ़ी के बाल घसीटती शाहदरा लाऊँ कि बना अब इसे बेटा नहीं दाढ़ी मुड़ा अपनी, खा कसम कि फिर बेपीर पीर बनने की बेशर्मी नहीं करेगा। बेटे का इतना मेरे शौक कि जब तक वह मेरे पास रही बराबर बेटे ही की पोशाक में रखती थी। अनजाने के पूछने पर नाम बतलाती थी फुल्लोराम, बदमुखी होने से चेहरा उसका मर्दाना है ही–सुनने वालो को विश्वास करने में देर न लगती। लड़की बचपन ही से दोहरी हड्डी वाली, पोढ़ी, तीन ही चार साल की उम्र में मेरे सफाई के काम में दौड़-दौड़ कर मदद करने लग गयी थी। जब बाप के घर मालीराम के ताबे में गयी, बरसों भंगिन का काम करने के लिए मचलती रही। मुश्किलों आया ने और मालीराम ने फुल्लो को अपने समाज में खपने लायक बनाया–सर का पसीना पाँव तक पहुँचा कर। सत्रह साल की फुल्लो अब तक मेरे पास रही होती तो कुछ नहीं तो पाँच हजार रुपये इसी काम से सीधे घर मुझे दिये होते, नहीं तो इस हरामी मालीराम के सबब आज मैं किसी लायक नहीं रह गयी–एक बूढ़ी कहा करती थी जवानी औरत की जान होती है–उसके होते ही जो कुछ भी धन-मान उसके भाग में हो वह पा सकती है, जवानी गयी कि औरत की ज़ान ही चली गयी। मेरी जवानी–ओह! वह चहकती! महकती, दमकती, चकाचौंध जवानी....। आह रे! अब जो आईने में अपना मुँह देखती हूँ, आँखों से तन देखती हूँ दला-गला जोवन तो जी करता है जहर माहुर खा लूँ और सो रहूँ। एक वाक़या याद आता है। शुरू-शुरू में मालीराम अछूतोद्धार के नाम पर बीसियों सभाओं में ले

जाता, सुफ़ेद खादी की साड़ी, बम्बई की छपी खादी का जानमारू जाकेट, उसी शहर की सुन्दरियों की पसन्द की सादे, कबीले चप्पल। जिस सभा में पहुँचती, दर्जनों कांग्रेसी दिल फेंक कर पूरे उत्साह से चप्पल रखने की जगह बतलाने को लपकते जैसे अपने जवाहर जाकेट के नीचे दिल के पास ही रखने को लार टपकती हो। मंच पर सबसे आगे औरतें बैठायी जातीं और उनसे भी आगे मैं। कारण मैं रंगी मिजाजों के दिल के तख़्त पर जमी हुई थी। हर सभा में अनेक अछूत औरतें और मर्द होते, लेकिन राजरानी की तरह आगे जो मैं ही विराजती सो जवानी लासानी के सबब। मालीराम की दिल्ली के कांग्रेसियों में इसलिए तो इज्जत बढ़ी थी कि आगे बढ़कर वह अछूतों को आगे बढ़ा रहा था, परन्तु मैं बेनजीर खूबसूरत थी इसलिए भी उसका बाजार भाव बढ़ गया—यहाँ—तक कि सदर की कुर्सी पर उसका कब्जा हो गया—ऐसा कि उसके मुखालिफ ऐड़ी चोटी की ज़ोर लगाकर भी उसको टस-से-मस नहीं कर पाते थे। बारह बरसें हुई होंगी या कम मालीराम के साथ एक दिन मैं कांग्रेस के बड़े दफ्तर में जन्तर-मन्तर रोड गयी थी। वहाँ एक ऊँचे कांग्रेसी नेता ने जो मालीराम का आना सुना था, मौक़ा निकाल कर बतरस का मज़ा लेने के लिए मुझ से पूछा—

"आपका शुभ नाम—बहन जी!"

"मुझे चमेली देवी कहते हैं—भाई जी!"

"क्या? तब मुझे जो बतलाया गया वह झूठ था।"

"क्या सुना आपने?"

"मुझे बतलाया गया कि आपका नाम जन्तर-मन्तर है।"

सुनते ही हँसते-हँसते इस अदा से मैं दुहरी होने लगी कि आँचल सरके, ब्लाउज उधड़े ताकि उसकी तिरंगी आँखों का तिरंगा मेरी जवानी की खड़ी चोटियों पर प्रेम से लहराए....।

"हा हा हा हा भाई जी! यह भी कोई नाम।"

"आपके लिए बहन जी! चमेली से जन्तर-मन्तर नाम अधिक उपयुक्त है।"

"बतलाने वाले ने मेरा नाम जन्तर-मन्तर ही बतलाया था साहब या पूरा जन्तर-मन्तर रोड। जन्तर-मन्तर तक तो गनीमत है—कोई भी जानदार औरत इस नाम पर नाक-भौं नहीं चढ़ाएगी, अलबत्ता रोड बनने में मुसीबत और बेइज्जती दोनों है।"

"मैं समझा नहीं।"

"सीधी-सी तो बात है—औरत जन्तर-मन्तर कहला कर खुश हो सकती है क्योंकि उसमें उसका जादू जगमागाता है—लेकिन रोड पर तो भाई साहब माफ करना! गधे तक को भी-पों भी-पों चलने की छूट मानी जाती है।"

"खूब! लेकिन माफ़ी मुझ से आपने क्यों चाही।"

"गधा मर्द जाति का होता है या नहीं, मैंने सोचा जाति भाई की शिकायत दूसरे जाति भाई की बर्दाश्त के बाहर हो सकती है।"

मेरी बातें सुनते ही वह बड़े नेता महाशय नाक की सीध चलते-फिरते नज़र आये। उन्होंने मुझसे मज़ाक किया तो मैं नहीं बिदकी, लेकिन मैंने जब सेर पर सवा सेर धर दिया तो सर खुजलाने लगे। मुझसे यह बयान सुनकर मालीराम अरसे तक लोट-पोट हँसता रहा। बार-बार गले लगाता, मेरा मुँह देखता—मेरी रानी! उसने कहा था—नाम उसने तुम्हारा शानदार रखा—मिलने पर बधाई देने काबिल—गो कि बिना जाने ही उसने दिल्लगियन कहा था मैं तो सरीहन जानता हूँ कि क्या जादू तुम में हैं, पर ऐसा सुन्दर नाम सूझ नहीं रहा था। अब मैं तुम्हें जन्तर-मन्तर ही पुकारा करूँगा।"

"नारे बाबा?" मैंने कहा था—"मैं चमेली ही भली जन्तर-मन्तर बनने में रोड बनने का भारी डर है।"

"नहीं मेरी जान!" कहा था बेईमान मालीराम ने—"जन्तर-मन्तर तो गले में लाकेट बनाकर सीने के ऊपर लटकाने की चीज को कहते हैं।"

"गले में लटका कर देख जरा, झुक कर गर्दन दोहरी न हो जाय तो कह देना।"

'तू मेरे गले में दोनों हाथ डाल तो अभी दिखला दूँ कि गर्दन झुकती है या नहीं।'

मालीराम लम्बा, मैं नाटी, मैंने उसके गले में दोनों कलाइयाँ डाल दीं—तब वह तगड़ा था—तनकर खड़ा हो गया, मैं झूलने लगी।

"जन्तर-मन्तर यूँ ही सीने पर लटकता है," उसने कहा, "जन्तर-मन्तर में टोना हो, जादू हो लेकिन चमेली में जो खुशबू, चिकनाई, मुलामियत, मदमस्ती है, जादू उसके आगे पानी भरता है पानी।"

और मैं उसके सीने पर झूलती ही रही और वह तना का तना ही रहा।

आज के उसके भावों से उन दिनों का मिलान करती हूँ तो जी करता है—हरामज़ादे को नाखूनों से नोच डालूँ, तेज़ दाँतों से सूअर की बोटी-बोटी काट बिना नमक—ओह! मेरा सर घूमता है, सीना धड़कता है, इसी तरह मैं कुरेदती रहूँगी, अवाँ की तरह अन्दर ही अन्दर धधकती, जल दड़ी चूने की डली की तरह जलती फदकती तो राम दोहाई ज़ियादा दिन जमीन पर नहीं रहूँगी। एक न एक दिन जान से जाती रहूँगी।

फुल्लो का फसाना

माँ ही ने नहीं, पूज्य पिताजी ने भी लड़के ही की तरह मेरा लालन-पालन किया। ग्यारह—बल्कि तेरह साल की उम्र तक प्रायः अन्दर और बाहर भी पिताजी के साथ या अकेली लड़कों के वेश में रहा करती। इसकी एक मज़ेदार दास्तान है। जब मैं इंटर फाइनल में थी कॉलेज में लड़के-लड़कियों की फैन्सी ड्रेस की गेदरिंग हुई जिसमें मैं राजपूत प्रिंस के वेश में शामिल हुई थी—सर पर जोधपुरी पगड़ी, तन पर जयपुरी कोट, घुड़सवारी वाला नीचे चुस्त, ऊपर फैला ब्रीचेस पेंट, जुर्राव, बूट काले, हाथ में हलका-सा हंटर। आसमान-सा चौड़ा मस्तक, कमान सी बाँकी भौंहें, तीर-सी सपाट नाक, अंडाकार चम्पई चेहरा, नाक से कान तक फैली आम के फाँक जैसी सलोनी आँखें—उस वेश में घर के आदमकद दर्पण में स्वयं को देखने के बाद मुझे ऐसा लगा गोया अपना नहीं किसी प्रिय पराये का रूप देख रही हूँ। आज भी मुझे दर्पण की साक्षी में अपना मुखड़ा इस दिल्ली नगरी रूपी महा प्रदर्शनी में सर्वाधिक दर्शनीय लगता है। शायद सभी को अपना चेहरा संसार में सभी से श्रेयस्कर लगता है तभी तो मल्लू मंत्री मुखी महोदय भी दिन में दस बार दर्पण की चमक बिगाड़े बगैर नहीं रहते। खैर साहब—कॉलेज की गेदरिंग जुड़ी—एक लड़का प्रियदर्शी अशोक की ड्रेस में आया था, एक चाणक्य कौटिल्य के वेश में, एक लड़का हू-ब-हू ग्वालियर का कोई सिन्धिया राजा बनकर आया था, एक ने वाजिद अली शाह का वेश धारण किया था। लड़कियों में देखा तो एक ने ऋषि बालिका का वेश बनाया था, एक ने मीराबाई का, एक ने रजिया सुल्ताना तो एक ने झाँसी की रानी का। रजिया सुल्ताना वेशधारिणी लड़की किंचित विलम्ब से आयी थी—तब जब कि सारी सीटें भर गयी थीं। सब लोग अपने-अपने स्वाँग में मगन रजिया रूप वाली लड़की कब से आकर आँखों ही आँखों सीट ढूँढ़ती रही पर सीट होती तब तो नज़र आती। मैंने सोचा में पुरुष वेश में हूँ—मुझे सबको दिखलाना चाहिए कि पुरूष के सामने नारी की सुविधा और शान का सवाल सर्वदा समादरणीय रहना चाहिए—सो मैंने उठकर रजिया सुल्ताना वेश वाली बहन को अपनी कुर्सी आफर की—इस पर मुझे न पहचान लड़का जान, पहले वह ज़रा झिझकी, लेकिन और आगे बढ़ खींचकर मैंने उसको अपनी आधी जगह पर बैठाया, साथ ही आधी

जगह पर खुद बैठ गयी। मैंने बायीं तरफ से उसके दाहिने कन्धे पर ज़रा दुष्ट भाव से अपनी कलाई जो डाली तो वह यों थर्रा उठी जैसे किसी का दिल थर्राए–"घबराओ नही बहन।" मैंने सँभाला दिया उसे, "यहाँ असल कुछ भी नहीं, जो कुछ भी है स्वाँग–निरा स्वाँग।" "पुरूष से मैं घबराती नहीं", उसने स्निग्ध कंठ से सुनाया–"दर्शकों में मेरे पिता जी भी और भाई साहब भी हैं जो कॉलेज के स्टूडेंट हैं। पिताजी पुराने खयाल के हैं और हम उनका लेहाज करते हैं–दिल दुखाना ठीक नहीं समझते।"

"जब आप जानती थीं कि पिताजी का दिल दुखेगा फिर यह स्वाँग क्यों रचा–भाई की तरह आपको भी दर्शकों के साथ होना था।"

"भाई मेरा प्यूरीटन नहीं–वह तो बहुत खुले दिल का है–पिताजी ही अलबत्ता अनेक मसलों पर नये चश्मों से देखने की नज़र के पुराने है–वह देखिए, उस कोने में काश्मीरी टोपी वाले–वही पिताजी हैं–बगल में मेरा भाई–वे हमारी तरफ देख रहे हैं–ओ रे बाबा! मेरे भाई ने अपने पावरफुल फ्लेश कैमरे की आँखें हमारी तरफ क्यों लगाईं–लो उसने फोटो ले ली। पिताजी हँस रहे हैं–मतलब कि इस तरह मेरे यहाँ बैठने से असन्तुष्ट नहीं है।"

प्रोग्राम खत्म होते ही उसका बड़ा भाई लपका हुआ खिलखिलाता हमारी तरफ आया–आते ही मेरी तरफ हाथ बढ़ा कर उसने कहा–"बधाई। फूल; कुमारी जी! जजों की दृष्टि में सबसे अच्छा 'मेकअप' आप ही का रहा–किसी को भी आपको देखकर यह शक तक नहीं हुआ कि आप मिस्टर नहीं, मिस हैं।"

"मिस हैं". रजिया बेगम भन्नाकर जैसे झनक पड़ी–"मैं तो अभी तक इन्हें मिस्टर–कोई स्टूडेंट समझ कर–संकुचित हुई जा रही थी।"

"लेकिन आपको मेरा नाम कैसे मालूम हुआ?" मैंने भाई साहब से प्रश्न किया।

"अपनी बहन के साथ आपको बैठा देख मन में सहज ही जिज्ञासा हुई"–

"आप पर यह वेश खूब ही खिलता है।"

"क्योंकि बचपन ही से मुझे मर्दाने वेश की आदत है।"

काश, आप मर्द होतीं!' रजिया के मुँह से निकल गया।

"मैं भी वही चाहती–यदि कहीं विधाता से मुलाकात हो पाती।"

"एक बार औरत बना देने के बाद विधाता का भी हाथ जैसे कट जाता है–नहीं तो कितनी ही मर्द बनने को मैदान में आतीं।"

"मुझे तो यह सुश्री फुलकुमारी ही भली लगती हैं वैसे औरत का मर्द अथवा मर्द का औरत बन जाना कोई बड़ी बात नहीं, न नयी बात। हमारे पुराण तो ऐसी कथाओं से भरे पड़े हैं।"

"कि औरत मर्द बन गयी?" मैंने तीव्र उत्सुकता से पूछा–"जी! शिखंडी का नाम सुना होगा।"

"जिसकी आड़ लेकर अर्जुन पितामह के प्राण लेने में सफल हुए थे?" रजिया ने पूछा।

"वही—पितामह भीष्म की प्रतिज्ञा थी कि औरत या औरत की तरह मुँह वाले अथवा पहले जन्म की औरत पर भी वाण नहीं चलाएँगे—शिखंडी पहले औरत था।"

"वाह!" मेरे मुँह से निकला।

"दो राजाओं ने प्रतिज्ञा की कि अगर उनकी रानियों से बेटी बेटे हों तो बेटी वाला अपनी लड़की का ब्याह बेटे वाले से कर देगा। दोनों ही के पैदा हुई बेटियाँ लेकिन एक की माता ने अपने पति से झूठ कह दिया , साथ ही बेटी का बेटे की तरह पालन पोषण करने लगी—यह ढकोसला विवाह की वय तक पलता रहा—अब जो विवाह का मौका आया तो रानी डरी कि भेद खुलते ही दूसरा राजा क्रोध से भर चढ़ाई कर उसके राज का नाश कर डालेगा। लड़का वेशवाला लड़की ने सोचा कि माता-पिता देश और राज पर संकट लाने से तो श्रेष्ठ है आत्म हत्या कर लेना—सो, मौका पाकर वह जंगल में जान देने को जा रही।"

"लड़की बेशक बुद्धिमान थी।" मैंने कहा।

"मरने के पहले करुणा से भरे कंठ से वह लड़की रोने लगी उस वन की रखवाली इन्द्र की आज्ञा से एक यक्ष करता था।"

"यक्ष क्या?" मैंने पूछा।

"यक्ष लोग देवयोनि, या देवकोटि के माने जाते हैं, धनाधिप कुबेर जिनके मानी महादेव हैं। रावण के पहले लंकापुरी पर यक्षों का ही कब्जा था।"

"हाँ तो लड़के से वेश वाली उस लड़की का क्या हुआ?" मैंने पूछा।

"वह यक्ष उसको देखते ही उस पर आसक्त हो गया। लड़की से यक्ष ने अपनी पत्नी [illegible] का आग्रह किया। तब लड़की ने जबाव दिया कि वह अपना अंग देकर एक वर्ष के लिये पुरुष बना दे ताकि वह अपने माता-पिता और देश की रक्षा कर पाये—फिर वह लौट आएगी और उसकी औरत बनेगी। नतीजा यह हुआ कि रूप मोहित यक्ष ने उस लड़की से अंग बदलकर उसको मर्द बना दिया और खुद औरत बन गया। शिखंडिनी खुशी से शिखंडी बना राजमहलों में लौट आया। समय पर उसका विवाह उस राजा की लड़की से हो गया और सबकी रक्षा हुई।"

"लेकिन एक साल बाद क्या हुआ?" मैंने पूछा।

"शिखंडी भाग्यवान रहा। साल के भीतर ही देवों के राजा इन्द्र यह देखने के लिए दौरे पर निकले कि उनके सेवक अपने-अपने पोस्ट पर कर्तव्य-रत तो हैं। वह जब उस वन में रक्षक यक्ष के पास पहुँचे तो उसको मर्द की जगह जनाने बाने में पाने पर साथ ही, कारण काम वासना जानने पर बहुत नाराज हुए। राजा इन्द्र ने औरत बने यक्ष को शाप दिया—'काम चोर कामी! अब तू कामिनी ही बना रहे—तेरा बेड़ा गर्क़!' सो, यक्ष के भाग्य फूट गये, साथ ही शिखंडी के जाग उठे।"

"शिखंडिनी नारी से एक बार नर बनने के बाद फिर नर ही बनी रही भाग्य या भगवान की कृपा से—यह जानकर मुझे बड़ी खुशी हुई।" मेरे मुँह से जैसे इच्छा के विरुद्ध निकल गया।

"वैसे ही अगर कहीं आप भी जिस मेकअप में हैं, वही-की वही बनी रहें तो मुझे बड़ी प्रसन्नता होगी।" रजिया वेशवाली ने कहा!

"मगर बहन", मैंने पूछा—"अभी तक आपका नाम मुझे विदित नहीं।"

"इसका नाम वैजयन्ती है, यह मेरी छोटी बहन थर्ड इयर में पढ़ती है और मेरा नाम...।

"लेकिन आपका नाम तो फूलकुमारी जी ने पूछा नहीं।"

"फिर भी, इनसे परिचित होने में मुझे हर्ष होगा—मेरा नाम।"

"जनाब का नाम" वैजयन्ती ने बतलाया—चमनलाल शर्मा है।"

"ओह आप लोग ब्राह्मण हैं—पायलागी का ज़रा बनाने के स्वर में मैंने सुनाया।

"आप कौन लोग हैं।" वैजयन्ती ने पूछा।

"आदमी लोग।" मेरी तरफ़ से चमनलाल ने अपनी भगिनी को उत्तर दिया। आज भी जब कोई जात-पाँत पूछता है, तो मुझे हैरत होती है।

"मैं पूछती हूँ भाई साहब!" वैजयन्ती तो अपने भाई के पीछे ही पड़ गयी, "फिर आप अपने नाम के आगे शर्मा क्यों लगाते हैं!"

"गलती करता हूँ, उचित यही है कि आदमी के नाम से यह न जाहिर हो कि वह दीगर आदमी से ऊँचा या नीचा है।"

"यह हो जाय तो अच्छा—मैं जन्मजात ऊँच-नीच के पक्ष में नहीं, लेकिन जब तक लोग इस निर्णय तक नहीं पहुँचते तब तक तो शर्मा, सिंह, गुप्ता वर्मा ये बतला बिना इस देश के आदमी का पूर्ण परिचय पाना या देना सहज नहीं।"

"मेरे पिताजी का नाम है मालीराम जी गुप्त।"

"ओह! तो आप लोग वैश्य—मालीराम जी को कौन नहीं जानता? पुरानी दिल्ली के पुराने नेता—माताजी भी वैश्य ही घराने।"

"क्या सवाल! सारे आउट आव डेट! फिर वैश्य की पुत्री की माता वैश्य नहीं तो क्या अछूत होगी? वैजयन्ती! तुम थर्ड इयर में हो।" चमनलाल ने बहन के प्रति स्निग्ध तिरस्कार दिखलाया।

मेरे मन में एक झोंका ऐसा आया कि ललकार कर कह दूँ कि मेरी माता तो अछूत ही है, पिता भले वैश्य हों, लेकिन बात गले में रुक कर रह गयी।

"बहन जी." बहुत मीठे स्वर में अब वैजयन्ती बोली—"इसी संडे को आप मेरे यहाँ शाम का खाना खाएँ—फिर सिनेमा देखने चलेंगे।"

"वेलकम! इनवाइटेड मोस्ट कार्डियली।"

"मुझे कोई उज्रै नहीं", मैंने सुनाया—"लेकिन पापा का परमीशन लाज़िमी है। मैं फोन कर दूँगी तब प्रोग्राम बनाइएगा। वैसे, सौ में निन्यानबे बार मैं आऊँगी। राम आसरे एक बार छोड़ देती हूँ।"

"सो, याद रखिएगा", चमनलाल ने चिकने गले से कहा—"आपने हमारे घर पर सौ में निन्यानवे बार आने का वचन दे दिया है।"

"मतलब?" मैंने भोले भाव से पूछा।

"भाई साहब का मतलब वहीं जाने", वैजयन्ती ने सुनाया—"लेकिन मुझे तो तुमने विमोहित कर लिया है। जी करता है इसी वक्त अपने साथ ही तुम्हें अपने घर ले चलूँ—फिर जाने कब मुलाकात हो—यह तो न कहने से रहे कि वैजयन्ती का घर नहीं मालूम था।" वह भावुक हो उठी।

"आप लोग तो शाहदरा रहते हैं—है न?"

"जी—लेकिन टेलीफोन के आगे सारी दुनिया पहुँच की पकड़ में—मैं फोन करूँगी।"

गर्ज रविवार को मैं उनके घर पर गयी। चमनलाल और वैजयन्ती के पिताजी बासठ वर्ष के लेकिन तगड़े तन्दरुस्त, आस्तिक पुराने विचारों वाले हिन्दू। पहले ही दिन बातों के सिलसिले में उन्होंने अपने स्वभाव की बानगी बतला भी दी—मेरे पिता का नाम सुन खुश तो वे हुए लेकिन मन से नहीं, भद्रतावश और अविलम्ब प्रवचन करने लगे—''बेटी आज का युग भ्रष्टाचार का है, गड्डमगड्ड जात-कुजात मेल का—लेकिन इसमें कुजात का कोई लाभ ने होने पर भी ज़ातिवन्त की हानि है। कौए और हँस सम माने जाकर एक ही समाज के बाड़ें में भर दिये जाएँ तो काँव-काँव कौए का कुछ भी नहीं बिगड़ेगा—अलबत्ता नीर-क्षीर विवेकी हँस की नाक बदबू से और कान कर्कश गुफ्तगू से भर जाएँगे। मेरा बेटा अगर उच्छृंखल सम्बन्ध करे तो मैं उससे सम्बन्ध विच्छेद कर लूँ—मेरे घर में मेरे होते सनातन धर्म के विरुद्ध आचरण कदापि गवारा नहीं होगा।'

यह तो परमात्मा की बड़ी कृपा कहिये कि भोजन के समय वह महाशय उपस्थित नहीं थे—वर्ना उनके रूखे भाव भरे लैक्चर से सभी का खाना हराम हो जाता। खाते ही खाते भाई ने मुझे बतलाया कि वृद्ध महाशय यों ही सारे दिन किसी-न-किसी को लैक्चर दिया करते हैं। वह सारे ज़माने से नाराज रहते हैं कि वह अग्रगामी क्यों हैं? फलतः मान देते हुए भी पिताजी की बातों पर न तो बेटा कान देता था न बेटी और न कोई जो जनाब को जान गया था। फलतः सारे जीवन वह खुनसाये सज्जन, चिढ़े हुए महाशय से जनाइ पड़ते रहे। उनपकी इच्छा की विशेष पर्वाह किये बिना ही वैजयन्ती और चमनलाल दोनों ही मेरे निकट से निकट मित्र बनते गये। मैं उनके घर नहीं जाती, वे ही बराबर आते थे। पिताजी उनका परिचय पाकर प्रसन्न हुए थे। अलबत्ता उनको मैं ऐसे ही वक़्तों पर बुलाया

करती थी जब माताजी की उपस्थिति की शंका नहीं रहती थी। क्योंकि मैंने अपनी मन्दता छिपाने के लिए उन्हें यहं बतला दिया था कि माताजी ज़ियादातर कलकत्ते अपने मायके रहा करती हैं या वृन्दावन—कभी ही कभी इधर पधारती हैं।

मुझे ऐसा अनुभव होने लगा जैसे वैजयन्ती और चमनलाल दोनों मुझे असाधारण भावुकता से चाहते थे, वैजयन्ती और भी विशेष। चमनलाल का प्रेम तो खैर समझ में आने जैसी बात—स्त्री-पुरूष के सहज आकर्षण, लेकिन वैजयन्ती क्यों मुझे सीने से लगाकर घंटों चिमटी मेरे अधरपान किया करती है—साथ ही मैं भी कंटकित हो उठती हूँ—यह मेरी समझ में नहीं आता। क्यों? क्या एक औरत दूसरी औरत पर उसी उत्तेजना से आसक्त हो सकती है जिस सनसनाती उत्तेजना से मर्द से? चमनलाल भी मौका पाते ही मेरी भद्रता या सिधाई से लाभ उठा—मुझको हृदय से लगाता है, चूमता है, मेरे नहीं—जैसे उरोजों को टटोलता है—और मैं न इसका विरोध कर पाती हूँ न उसका। साथ ही कितने दिनों से यह व्यापार चलता है लेकिन पापा से आज तक छिपा ही रखा है। पापा ने बार-बार बतलाया कि प्रायः पाप उसे ही कहना पड़ता है जिसे हम छिपा कर करते हैं। अक्सर मेरे मन में आता कि मैं पढ़ने के बहाने ऐसी आवारगी में वक़्त जाया कर ख़तरनाक पाप करती हूँ जिसका नतीजा किसी दिन भयानक हो सकता है। क्योंकि ये लोग फिर भी ऊँच जाति के हैं जबकि मेरी माता भंगिन है। यह जान लेने पर कि फूला भंगिन की जायी है, वह कितनी भी गुणवन्ती रूपवती हो, अभी भी हमारे समाज में घृणा की पात्री बन जाती है। तो मैं इस वातावरण से दूर क्यों नहीं भाग जाती? शायद मैं भागना चाहती ही नहीं—मुझे इन दोनों भाई-बहन की मुहब्बत कुछ और ही जायका चबाती है जो पापा के प्रेम में या पापा की बातों में नहीं होता। बड़ी मुश्किल है जब वैजयन्ती मुझे सीने से चिमटा लेती है तो मेरे मन में होता है कि काश मैं मर्द हुई होती—साथ ही, इस भावना का आनन्द आने लगता है। उसकी बाहुओं में मैं स्वयं को मर्द ही समझने की आदि बनी जा रही हूँ और उन को बतलाया नहीं अब तक जिनके प्रेमिल हृदय से पुलक कर मैंने कभी झूठ न बोलने, कोई बात न छिपाने का निश्चय किया था।

प्रफुल्लानन्द का बयान

वैसे संन्यासी का घर न्यायतः हो ही कहाँ सकता है; पर मैं वैसा संन्यासी नहीं। मैंने तो उज्जैन में ही जन्म लिया। साथ ही संन्यासी भी वहीं ग्रहण किया और वास भी वहीं करता हूँ। सारे भारत के संन्यासी तो उज्जयिनी निवास के लिए लालायित दौड़े आये और यहाँ का संन्यासी कहीं और जाकर आश्रय ग्रहण करे- यह बात मेरी समझ में न आयी। विशेषतः मेरा कर्मक्षेत्र उज्जैन और हद-से-हद मालवा ही रहा है। मुझे आप अर्द्ध राजनीतिक संन्यासी कह सकते हैं। आधा इस अर्थ में कि राजनीति का मुख्य धर्म की तरह नहीं होता लेकिन मैं धर्म-प्रिय राजनीतिक संन्यासी हूँ। अपनी शक्ति और योग्यता के अनुसार मैंने 21 और 42 दोनों ही विख्यात सनों के राष्ट्रीय युद्धों में योग दिया था। उज्जैन में किसी से आप पूछिए प्रफुल्लानन्द को बच्चा-बच्चा जानता है। वैसे मैं किसी काबिल नहीं, लेकिन दयालु परमात्मा सकारण ही नहीं, अकारण भी जन पर प्रसाद करता है। वैसे मुझ नाचीज पर राजधानी की कृपा है, हाई कमान की कृपा है, चारों धाम, सातोंपुरी बद्रीनाथ, केदारनाथ, मानसरोवर, कैलास निकट दूर चौखट की खाक मेरी छानी हुई है, सो ख़ाकसार के जाने पहचाने इन सारी जगहों में चारों ओर। मैं हूँ तो इस काबिल नहीं, लेकिन दयालु प्रभु गधों को भी खुश्का बख्शता है! उज्जैन में सिप्रा तट पर पक्के घाट के ऊपर बड़ी सी बगिया है, हनुमान जी का मन्दिर है। उसी में मेरे पूज्य पिता इन्दौर के एक बड़े सेठ की तरफ़ से परिवार टिकट पर पूजादि किया करते थे। उस मन्दिर में गृहस्थ की तरह रहा, फिर माता-पिता के परलोकगामी होने के बाद वैरागी साधु की तरह रहा और अब जनता की प्रसन्नता से जो जनार्दन का साक्षात् का स्वरूप है, उसी मन्दिर में मैं संन्यासी के वेश में रहता हूँ। माँ नहीं, बाप नहीं, पत्नी नहीं फिर बेटा बेटी का प्रश्न ही निर्मूल है। कब्ज़ा यद्यपि हमारे वंश का है, फिर भी मन्दिर है तो इन्दौर के महाजन का। इसके बाद 2 इंची की भगवा लंगोटी के अलावा प्रफुल्लानन्द के पास परमात्मा की कृपा-ही-कृपा है। स्वराज्य होने के अनन्तर महात्मा गाँधी के शहीद होने के बाद प्रान्त के मौकापरस्त कांग्रेसियों से ऊब कर मैं मालवा की सक्रिय राजनीति से अलग-अलग ही रहने लगा और अब महात्मा जी के एक ही मन्त्र पर मैंने अपनी

सारी सेवाएँ समर्पित कर दीं—वह मन्त्र है हरिजन सेवा। तब से आज तक मैं जहाँ भी जाता हूँ, किसी-न-किसी भंगी बस्ती या हरिजन लोकैलिटी में रहता हूँ और उन्हीं के हाथों बनी हुई मधुकरी पा लेता हूँ। पिताजी ने प्रेम से मुझे वैद्यक, ज्योतिष और कर्म-कांड की शिक्षा दिलाई थी। ज्योतिष में मेरा विश्वास है, लेकिन मैं उसे किसी अनिच्छुक पर लादता नहीं। आयुर्वेद की सहायता से भगवान धनवन्तरी का स्मरण कर दुःखी, रोगी की सेवा, आदमी की सेवा, परमात्मा की सेवा मानता हूँ। और परमात्मा सर्वान्तरयामी है। सबकी मजदूरी मजे में देखता सबको यथायोग्य पारिश्रमिक उदारता पूर्वक देता है। मेरे आयुर्वेद ज्ञान को सभी आदत्तमान देते हैं, सौ में दो-चार जन मेरे ज्योतिष ज्ञान पर नाक-भौं चढ़ाते हैं लेकिन मेरी एक ऐसी भी प्रवृति है जिसकी हँसी सौ-में-सौ लोग उड़ाते हैं। मुझे पृथ्वी में गड़े हुए खज़ानों को ढूँढ़ने का 'मर्ज' है। लोग इसे 'मर्ज' कहते हैं जबकि मैं स्वयं इसको लाभ-पूर्ण शौक मानता हूँ। यह शौक भी नया नहीं बचपन से ही मुझे है। उज्जैन-जैसे परम प्राचीन नगर में जिधर देखो उधर ही ऐतिहासिक खंडहरों और स्थानों की भरमार जिनमें बड़े-बड़े विजयी सम्राटों की लक्ष्मी दबी होने का सारे उज्जैन को विश्वास, मैं भी उन्हीं उज्जयिनियों में से एक किंचित अधिक दृढ़ अथवा सक्रिय विश्वासी हूँ। लड़कपन से आजतक बीसियों बार तो मैंने किसी-न-किसी भयानक खंडहर, कुएँ, टीले के अन्तराल में दबी काल्पनिक निधि की खोजाई की होगी। झूठ नहीं कहूँगा, खज़ाने की जिज्ञासा में सफलता कौड़ी बराबर भी मुझे नहीं मिली, फिर भी मेरा उत्साह इस दिशा में कभी ठंडा नहीं पड़ा। संन्यासी माने वह जिसने सब कुछ त्याग दिया हो, पर, मैं संन्यासी होकर भी ख़ज़ाने की तलाश नहीं त्यागता। इस पर आलोचक मेरे संन्यस्त जीवन पर अँगुली भी उठाते हैं। सामने न सही लेकिन पीठ पीछे इस शौक के सबब अनेक लोग मेरे बारे में तुलसीदास की प्रसिद्ध चौपाई सुनाते हैं—

वंचक भगत कहाइं राम के।
किंकर कंचन कोह काम के ॥

और मैं हूँ कि रिपोर्ट इस कान से सुनकर उससे निकाल देता हूँ। दुनिया ज्यादातर आदमी को ऊपर-ही-ऊपर देख सरासर राय कायम करती है। किसी के अन्तस में धँस कर प्राणों का अभिप्राय जानने की न तो किसी को फुर्सत है, न चिन्ता। इस ख़ज़ाने की खब्त में यदि आप विश्वास करें, मेरा व्यक्तिगत लाभ ज़रा भी नहीं, साथ ही समष्टिगत हित की भावना ही सरासर है। धरती के अन्दर युग-युग का कितना धन दबा हुआ है, कौन नहीं जानता? मैं सोचता हूँ उस अनन्त धनराशि का कोई भी भाग यदि हाथ लग सके तो उसका सार्वजनिक हित में उपयोग तब किया जा सकता है जबकि चारों तरफ़ अभावों का विकट

बोलबाला है। उज्जैन में प्रतापी सम्राट उदयन का ख़ज़ाना गड़ा पड़ा है, चमत्कारी सम्राट विक्रमादित्य का कोष भी। शक से शुरू कर पठान-मुगलों तक के ख़ज़ाने यहाँ पृथ्वी में दबे हुए हैं। मैं कहता हूँ इनमें से किसी एक भी अगर मेरे हाथ लग जाय तो देश हितैषी अनेक योजनाएँ अनायास ही सफल बनायी जा सकती हैं। यह जो देश में सोना और चाँदी की कमी है, बेशक दूर की जा सकती है। एक बार जब मैंने किसी साधु को बतलाया अपना उद्देश्य कि ख़ज़ाने से देश का कल्याण साधा जा सकता है तो वह व्यंग्य से हँस कर कहने लगा, सच है स्वामी जी, चोर चोरी से चला जाय पर हेराफेरी से नहीं जाता। काम, क्रोध, लोभ, मोह-मढ़े संस्कार जाते ही जाते हैं। सुनकर मैं चुप हो रहा। एक बार जब किसी ने कहा कि स्वामीजी आपकी ख़ज़ाना-ख़ब्त गुण नहीं, दुर्गुण की श्रेणी में आता है तो मैंने हँसकर जवाब दिया—भाई आप क्या समझ लेते हैं कि प्रफुल्लानन्द में केवल गुण ही गुण हैं, जबकि—

'जड़ चेतन गुण-दोषमय विश्व कीन्ह करतार'

कवि ने गाया है? इस सबके बाद एक बात और है जिसे मैं अक्सर लोगों पर प्रकट किया करता हूँ और जिसके सबब अनेक आधुनिक आदमी मुझे निराशावादी तक कह देते हैं। मैं इस पृथ्वी का भविष्य संदिग्ध चश्मों से देखता हूँ और अक्सर इस दुश्चिन्ता में पड़ जाता हूँ कि क्या निकट भविष्य में सचमुच प्रलय होने वाली है? इस समय संसार में चतुर्दिक जो अनर्थ राग चल रहा है, इसका परिणाम किसी दिन (या क्षण) प्रलयंकर हो सकता है यह विचार पिछले कई बरसों से मेरे मन में भयंकर तूफान उठाया करता है! ज्योतिष के साथ कुछ-कुछ मुझे भूगर्भ-विज्ञान का भी पता है। इस विषय में मेरे गुरु बंगाली संन्यासी पंकजानन्द थे। कितने बड़े विद्वान—संस्कृत के आचार्य, साइन्स के एम.एस.सी., ऊपर एलोपैथ डाक्टर—जवानी में कलकत्ते में डाक्टरी करते थे, अच्छी प्रैक्टिस, नौकर चाकर, मोटर—सामने भव्य भविष्य, फिर भी, महाराज के मन में एक दिन क्या आया कि सब कुछ छोड़छाड़ कर संन्यासी हो गये और देश के तीर्थों में ही रहने का निंश्चय कर लिया। गया, काशी, विन्ध्यप्रदेश, प्रयाग, वृन्दावन आदि में बरसों विहार करने के बाद वह अवन्ती यानी उज्जैन भी पधारे। उनसे मेरी मुलाकात सिप्रा के तट पर हुई। पहले ही दिन उन्होंने मुझे पर वह प्रभाव डाला कि उनके चरण पकड़कर मैंने आतुर आग्रह किया कि वह मधुकरी भले किसी दिशा से पायें लेकिन निवास हमारे हनुमान मन्दिर ही में करें कृपालु पंकजानन्द ने भावना पहचान कर मेरा जीवन धन्य कर दिया था। इन्हीं से मैंने भूगर्भशास्त्र का बोध प्राप्त किया था। वह धरती की प्रकृति से इस कदर परिचित थे कि मिट्टी देखकर या सूँघकर बतला देते थे कि कहाँ कितने नीचे पानी है। उज्जैन में एक ही बार तो पुराना ख़ज़ाना धरती के

बाहर निकाला गया था। तब तक श्री योगानन्द महाराज अवन्तीवास कर रहे थे। मशहूर हरसिद्धि देवी के मन्दिर के सामने वाले सूखे तालाब में पत्थर की पुख्ता छतरी के पास मिट्टी, कंकड़ वगैरह की पड़ताल कर उन्होंने बतलाया था कि वहाँ पर ज़रूर सुवर्ण-भंडार होना चाहिए। बात उज्जैन के सूबा के कानों तक पहुँची जो स्वयं साधु-महात्माओं को शायक था। नतीजा यह हुआ कि अपनी जिम्मेदारी पर सरकारी शक्ति से सूबा ने उक्त स्थान की खोदाई पकंजानन्द के निरीक्षण में करायी। यह तो मेरे सामने की बात है और झूठ नहीं है कि उज्जैन के हरिसिद्धि मन्दिर के ठीक सामने रूद्र सागर में बहुत बड़ा खज़ाना निकला—केवल कंचन। कोई कहता दस हजार ईंटें निकली थीं, कोई इनसे भी अधिक की अटकलबाजी करता। समाचार पाते ही स्वयं सिन्धिया सरकार मोटरकार से पधारे थे। उस स्थान के आस-पास मिलिटरी का घनघेरा डाल दिया गया था। कहते हैं मिलिटरी के पचीस ट्रकों में भरकर सोने की ईंटें उज्जैन से ग्वालियर पहरे में भेजी गयी थीं। अरब रुपये से ज़ियादे का सोना। खुश होकर महाराज सिन्धिया ने पंकजानन्द से आग्रह किया कि वह अपनी मर्जी-माफ़िक़ सोना ले सकते हैं, लेकिन पंकजानन्द जी केवल मन्द मुस्कराकर रह गये थे। उन्होंने उस राशि मे से एक ज़र्रा भी स्वीकार करने से अस्वीकार कर दिया था। अहंकार भरे दर्प से नहीं, त्यागभरी विनय से। इसके बाद उज्जैन और ग्वालियर राज में पंकजानन्द की वो पब्लिसिटी हुई कि अवर्णनीय। हमारे हनुमान मन्दिर पर तो उनके दर्शनों को घेरा ही डाल दिया था, देहात की श्रद्धालु जनता ने। लेकिन यह भीड़ सोने के चमत्कार से मोहित मानवों की पंकजानन्द को शान्ति से भगवद्-भजन में विघ्नकारिणी लगी। फलतः बिना सूचना दिये ही एक दिन वह अन्तरहेयान जो हुए सो हुए—आज दिन तक पता नहीं। मेरे मन में आज विश्व के भविष्य के बारे में भयंकर भावना है, निराशा है, वह बहुत कुछ पंकजानन्द महाराज ही का प्रभाव है। वह धाराप्रवाह बोलते थे। आज का अति विकसित मानव विज्ञान की मदद से संहार का सामान-सृजन जो कर रहा है, आये दिन जो कभी रूस, कभी अमरीका अथवा ब्रिटेन के प्रयत्नों से परीक्षण के नाम पर जो एटमबम विस्फोट होते इससे स्वामी जी विचलित हो उठते। 'ओ माँ!' वह भगवती सर्वमंगला का स्मरण कर कहते—'ओ माँ! होगा क्या? पतंग जैसे दीपक की तरफ झपटे उसी तरह आदमी सूर्य की तरफ आज झपट रहा है—होगा क्या? प्रलय तो नहीं? लक्षण तो विलक्षण दिखलाई देते हैं। गणना विचक्षणों का मत है कि अब से बीस सहस्त्र साल पहले सौर जगत में क्रान्ति हुई थी। उस समय सूर्य का प्रचंड तेज क्षीण हो गया था। फलतः धरित्री अपनी धुरी से धक्का खा गयी थी और खंड प्रलय उपस्थित हो गया था जिसका परिणाम मारवाड़ का रेगिस्तान, काश्मीर तथा अरब भूमि और हिमालय पर्वतमालाओं

का दर्शन देना हुआ। अनेक देश प्रदेश नष्ट-विनष्ट हुए अनेक नये-नये स्वयं संवर कर झाँकने लगे। इस धरती का वर्तमान ढाँचा उसी खंड प्रलय का प्रसाद है। ओ माँ! यदि भगवान सूर्य का प्रताप कम हो जाने से पृथ्वी की यह दुर्दशा हो जाती है तो तब क्या होगा जब सूर्यदेव फट पड़ेंगे। उसकी कल्पना से भी प्राण प्रकम्पित हो उठते हैं। सूर्य के फटते ही एक ओर महासागर गगन-ग्राही तरंगों में भव्य भूमि भागों को समेट लेगा दूसरी ओर अग्निरस (लावा) प्रवाह से ज्वालामुखी यत्र-तत्र-सर्वत्र संसार सर्जित कर देगा। इस हँसते-खेलते, गाते-बजाते, आलिंगन-चुम्बन प्रेम भरे, पुलकित जगजीवन का जगमग बेड़ा देखते ही देखते गर्क़ हो जायगा। युगों का सँवारा सारा स्वर्ग नरक हो जायगा। दयामयी! दया करो। आज के आदमी को सद्‌बुद्धि दो कि वह प्रकृति को पूजे न कि पीड़ा पहुँचाए जिससे पृथ्वी का वातावरण विकृत हो, प्रकृति में परिवर्तन प्रकटे, सन्तुलन घटे, प्रमाण स्पष्ट नज़र आने लगे हैं। प्रकृति सन्तुलन खोती जा रही है। ऋतुओं में परिवर्तन होने लगा है, अनेक नक्षत्र-तारा अपनी स्वाभाविक गति छोड़ चुके हैं। यह क्या कम चिन्ता का विषय है? इधर अहंकारी आदमी गुरुत्वाकर्षण को भेदकर चन्द्रमा, मंगल और शुक्र तक पहुँचने की कोशिश कर रहा है। यह भुला कर कि अनेक नक्षत्रों का गुरुत्वाकर्षण परम प्रचंड है। कहीं उन नक्षत्रों ने धरती को अपनी तरफ़ खींचने का इरादा किया तो बस—चिराग़ गुल पगड़ी ग़ायब ही समझिए। ओ माँ! तुम्हारी सन्तान को क्या हो गया है कि वह पृथ्वी से उड़कर मंगल में चाय पीने के बाद चन्द्रलोक में लंच लेकर शुक्रलोक में डिनर-डान्स के लिए दीवाना बना जा रहा है। वारण करो माँ! वर्जन करो! बचपन से शुरू कर बुढ़ापे तक, जीवन के आरम्भ से मरण तक अज्ञान में ही मस्त रहने वाले शाश्वत बालक इस मनुष्य को जगदम्बे! वर्जन करो! रोकथाम करो इसकी और हरी-भरी उर्वरा वसुन्धरा की रक्षा करो!'

उक्त महापुरुष पंकजानन्द ने जब उज्जैन त्याग दिया तभी से मैं पुनः पर्यटन में प्रसन्नता पाने लगा। अब मैं उज्जैन नहीं के बराबर रहता हूँ। यद्यपि घूम-फिर कर जहाज के पक्षी के तरह आ जाता हूँ वहीं। स्वराज्य के बाद दिल्ली की यात्राएँ भी अनेकानेक बार मैंने कीं। जब तक गाँधी जी शहीद नहीं हुए थे, तब तक दिल्ली में मैं मालीवाड़े के कांग्रेस-कर्मी श्री मालीराम जी के यहाँ ठहरता था, लेकिन महात्मा जी के बाद हरिजन-सेवा व्रत लेने के बाद जब भी मैं दिल्ली गया और गया बहुत बार—तभी टिका या मधुकरी ग्रहण किया राजधानी की किसी भंगी, मेहतर, हरिजन बस्ती या वातावरण में। इस तरह राजधानी की सभी नहीं तो अधिकतर हरिजन बस्तियाँ मेरी देखी और भोगी हुई हैं। अलबत्ता जमुनापार की भंगी बस्तियों से मेरा साबका नहीं के बराबर रहा—क्योंकि दिल्ली जाने पर मुझे कभी याद ही नहीं रहता कि जमुना पार भी दिल्ली है। नयी और पुरानी दिल्लियों

से ही बमुश्किल फुरसत पाता हूँ। सब्जीमंडी रेलवे स्टेशन के पास ही हरिजनों का स्थान शान्ति बस्ती नामक है। वहाँ मेहतरों का चौधरी बुद्धराम मेरा बड़ा प्रिय जन है। अन्धामुगल निजामुद्दीन, नयी दिल्ली की हरिजन बस्ती जब मैंने पहली बार देखी तो बहुत ही गन्दी थी। उसमें रहते थे बड़े-बड़े शातिर सेंधमार, अध-डाकू तथाकथित हरिजन, लेकिन जब मैं वहाँ आसन लेकर गया तो सब के सब बदमाश मेरा विश्वास ही नहीं करने को तैयार, एकाध तो दुर्वचन तथा प्रहार पर भी प्रस्तुत लेकिन अपना मन चंगा, निर्भय हो तो भय कहाँ। मैं बराबर उन्हें आशीर्वाद और सदुपदेश ही देता रहा। उस बस्ती में जो बीमार थे, साथ ही दवादारू पाने में असमर्थ तो उनकी मैंने सुश्रूषा की व्यवस्था की और फिर चुपचाप चला आया। दूसरी भंगी बस्ती में—करोलबाग के बापा नगर में! पूरे पखवाड़े तक मैं सोता बाबा नगर के हरिजनों की बस्ती में लेकिन अन्धामुगल वालों की खोज खबर लेने नित्य जाता। और कहावत है आप भला तो जग भला। अन्धामुगल वाले धीरे-धीरे समझने लगे कि मैं कपटमुनि नहीं, उनका निकट मित्र हूँ। परमात्मा का प्रसाद। आज की दुनिया ऐसी है कि बिना परिचय किसी की सेवा भी करने जाइए तो लोग पहले अविश्वास ही करेंगे। जनसेवा में बराबर होम करते हाथ जलने का भय बना रहता है। आदमी आदमी को जानते जानते है और फिर मजे में जानने के बावजूद अविश्वास करने लगता है। सच तो यह है कि ईश्वर पर अविश्वास का प्रस्ताव पास करने वाला आज का आदमी अविश्वासी, बिल्कुल विश्वास विरहित हो गया है। मेरे गुरु ने मुझे यह बतलाया कि जब चारों तरफ अविश्वास ही अविश्वास हो वही व्यक्ति के विश्वास की परीक्षा की घड़ी है। आदमी को अपने से अविश्वासी कदापि नहीं होना चाहिए—फिर कुछ बिगड़ने वाला नहीं। किंगस्वे की हरिजन कॉलोनी और रीडिंग रोड (नयी दिल्ली) की भंगी कालोनी इन दोनों बस्तियों में मुझे अनेक योग्य आदमी और अनुभवी माताएँ नज़र आयीं, ऐसे-ऐसे तरुण अरुण हरिजन नज़र आये जो उचित शिक्षा-दीक्षा के अभाव में भी स्वभाव के सरल सज्जन, सहृदय भारतीय थे। किंगसवे हरिजन बस्ती में एक रुक्मा बहन है। बड़ी दयालु माता। कहाँ कहाँ के भजन रुक्मा बहन को ज़बान पर और कैसा सुरीला कंठ। एक दिन उसके घर से मधुकरी पाने की इच्छा से जब मैं पहुँचा रूक्मा बहन झोपड़ीनुमा घर के अन्दर तुलसीदास का प्रसिद्ध पद निर्दोष भैरवी में गा रही थी—

तू दयालु दीन हाँ तू दाहि हौं भिखारी
हौं प्रसिद्ध पातकी तू पाप पुंज हारी
नाथ तू अनाथ को अनाथ कौन मो सो?
मो समान आरत नहिं अरतिहर तो सो।

ब्रह्म तू हौं जीव तू है ठाकुर हौं चेरो
तात-मात गुरु-सखा तू सब विधि हितु मेरो।
तोहि मोहि नाते अनेक मानिये जो भावै
ज्यों त्यों तुलसी कृपालु चरन-सरन पावै।

विश्वास कीजिए भले इसे मेरी कमज़ोरी कहिए उस वातावरण में उस व्यक्ति के सुकंठ से यह भजन मुझे भोजन से बढ़कर तृप्तिकर, स्वादिष्ट मालूम पड़ा। जब तक वह गाती रही मैं उसके द्वार पर खड़ा तर-तर-तर होता रहा। भजन रुका तो लगा जैसे पेट भर भोजन से हाथ रुका। उस दिन मैं उसी परितृप्ति से परम प्रसन्न लौट आया। पेट थोड़ा ही खाता है, खाता है मन। मन ही जब परिपूर्ण हो गया तब पूछता कौन है इस पापी पेट को। चुपचाप गम्भीर मन, गम्भीर गति से मैं आसन पर लौट आया। पिछली बार जब मैं दिल्ली गया तो यही सोच कर गया था कि अबकी तो जमुना पार की किसी भंगी बस्ती ठहरूँगा, लेकिन संयोग ऐसा हुआ कि रीडिंग रोड की भंगी बस्ती से फुरसत ही न मिली। तब यह तय करके उज्जैन लौटा कि इस बार दिल्ली आने पर निस्सन्देह जमुनापार ही की हरिजन मंडली में रहूँगा। यह निश्चय मैंने सन् 1960 ई. के 15 अगस्त को किया था।

इसके बाद राजधानी आने का मौका गत 14 अप्रैल, 1961 ई. को यानी पूरे आठ महीने बाद। दिल्ली स्टेशन पर छिटपुट उतरते ही मैंने जमुनागार जाने का निश्चय किया और पैदल ही चल पड़ा। स्टेशन ही पर ताज़ा अख़बार लेकर सुविधा से पढ़ने के लिए मैंने झोले में डाल लिया था। दिल्ली पार की नयी बस्तियों में दो के नाम मेरी स्मृति पर नोट–जैसे थे–गाँधीनगर और कृष्णनगर। मैं कृष्णनगर की भंगी बस्ती को लक्ष्य बनाकर चल पड़ा। कौड़ियापुल के आगे ताँगों के अड्डे पर ताँगेवाले ग्राहकों को पुकार रहे थे–गाँधीनगर तीन आने, झीलकुरंजा चार आने, कृष्णनगर एक सवारी छः आने। कृष्णनगर जाने वाले ताँगेवाले से मैंने पूछा कि वह कितनी दूर होगा तो उसने धृष्ट-जैसा उत्तर दिया, 'कुछ भी दूर नहीं स्वामी जी, गांजे का दम लगा कर चले तो दो कोस, और चीनिया बेगम का सहारा लेकर चले तो चार मील है।' 'अबे साले।' दूसरे ताँगे वाले ने उस ताँगेवाले को ललकारा, यह 'चीनिया बेगम क्या तेरी अम्मा का नाम है?' 'अफ़ीम की चुस्की लगा दे किशोरीलाल, रेती में बंगला दबा दे।' उत्तर में कृष्णनगर जानेवाला ताँगेवाला गा पड़ा। मैं किंचित अपमानित आगे बढ़ा! उसने संन्यासी न मान मुझे भंड पाखंडी गंजीड़ा, अफीमची जानकर ही तो तानेकाशी की। आजकल प्रायः सारे देश में साधु-संन्यासी को देखते ही लोग उन्हें हरामख़ोर मानते हैं। इस जगह पर वर्तमान साधु-सन्तों ने अपने को पहुँचा दिया है। कारण? कारण विशेषतः यह कि इन दिनों निस्सन्देह साधु संन्यासी वेश में प्रायः शातिर बदमाश अपना मन्द व्यापार चलाते हैं।

चोर-भाई चांडाल जिसे देखो वही 'नारि मुई गृह सम्पत्ति नासी, मूड़ मुड़ाई, भये संन्यासी'। फिर जौ के साथ घुन भी पिसे नहीं तो और क्या हो? हज़ार में दो-चार जो सचमुच साधु हैं उन्हें भी समाज के तीव्र तिरस्कार का शिकार होना ही पड़ता है। अक्सर मेरे मन में आता है कि अच्छा हो अगर अब साधु संन्यासी वेश-विशेष में रहना त्याग दें और पहचाने भी जाएँ तो सत्कर्म से न कि छापा तिलक से। कहा जाता है कि एक बार दो राह चलतों में से किसी एक ने वटवृक्ष के नीचे धूनी रमाये उर्ध्वपुंडधारी वैरागी को जब नमन किया तो उसके साथी ने कहा—'इसे तुमने नमन क्यों किया—यह तो महादुष्ट आदमी है।' 'जानता हूँ', दूसरे साथी ने कहा 'मैंने व्यक्ति को नहीं वेश को नमस्कार किया है।' 'अच्छा' अभी भी असन्तुष्ट उसके साथी ने सुनाया—'अगर गधा माथे पर ऊर्ध्वपुंड लगाकर आ जाय तो उसे भी तुम श्रद्धा से नमन करोगे?' 'बेशक' वेश के पुजारी ने बतलाया। 'ऐसे रामानन्दी तिलकधारी गधे को मैं पहले तो नमस्कार करूँगा और फिर उसके माथे तिलक पोंछ कर साले की पीठ पर दे डंडा दे डंडा—सीपों बोलवा कर छोड़ूँगा।' इस लतीफे में फिर भी वेश की मर्यादा सुरक्षित है, लेकिन आज के असन्तुष्ट मतवाले निगुरे नास्तिक बहके समाज में नहीं। फिर जो भी दोष मैं साधु वेशधारियों का विशेष मानता हूँ। समाज का बहुत कम। जब मैं चौमुहाने पर पहुँचा जहाँ से सड़कें कश्मीरी गेट, जमुना पुल, लाल किले की दिशाओं में बँटती हैं, सयानी स्कूली लड़कियों की एक लम्बी कतार काश्मीरी गेट की तरफ़ जाती नज़र आयी। नज़र आये कई लोग उनकी तरफ़ तेज़ नज़र गड़ाए। एक ने कहा, 'यह पलटन चीनियों से लोहा लेने उत्तरी सीमा पर भेजी जाएगी।' मुझे यह रिमार्क बहुत ही निर्लज्ज मालूम पड़ा। कैसा हो रहा है आज का समाज। न साधु को बिना ताने दिये बख्शता है न ही साध्वी को। कभी कुमारी कन्याएँ इस दिशा में कितने आदर से देखी जाती थीं कि साल में कई दिनों कई रूपों में उन्हें लोग पूजते थे। उन लड़कियों पर मेरी नज़र पुनः पड़ी—उनमें से ज़ियादातर चंचल चपल चाल चल रही थीं मानो पढ़ने नहीं नाच सीखने जाती हों। उनमें से कितनी लड़कियाँ कितनी सयानी कि नितम्ब और कुच और अधर और आँखों से औरत मालूम पड़ती थीं। शायद उनमें कुमारीत्व से स्त्रीत्व विशेषज्ञ मानकर ही आवारा दर्शक उन्हें चीन के उन्मत्त सिपाहियों के सामने छोड़ने की कल्पना मुखर करने पर तत्पर हुए थे। बदमाश! निर्लज्ज! कौन? दिल्ली के मनचले आवारे ही या जो भी लड़कियों को बदनज़र से देखें—तो? तो क्या मैंने भी उन्हें नीचों की ही निगाह से देखने का पाप किया। क्यों देखा मैंने उनकी तरफ़? मगर मैं करता ही क्या आँखें मूँदकर तो कोई राह चल नहीं सकता। लेकिन क्या उन्हें इस ध्यान से देखना ज़रूरी था कि कुचों और नितम्बों की पुष्टता स्पष्टता से अन्तरपट पर अंकित हो? इसी समय पीछे

सामने से मुर्दे की अरथी उठाये अनेक आदमी घाट की तरफ़ मुड़ते दिखलाई पड़े। अन्दर ही अन्दर मेरा मन मुर्दे-सा हो उठा! मैंने इतनी क्रिटिकल नज़र से आख़िर उन कुमारियों को क्यों देखा? पाप ही तो किया अन्ततोगत्वा?–आयं? पाप? और मुझे वाल्मीकि रामायण के हनुमान जी नज़र आये सीता की तलाश में, लंकापुरी में, रावण के शयन कक्ष में पिछली रात में, नंग, अधनंगी सैकड़ों सुन्दरियों के बीच में–बाल ब्रह्मचारी हनुमान–एक-एक को निकट से देखते। कैसे अद्भुत चरित्रों के स्रष्टा, कैसे परम स्वतन्त्र स्रष्टा कवि-कुल गुरु वाल्मीकि महाराज। रावण के शयन कक्ष का सारा वर्णन सिनेमा चित्र की तरह मेरे नेत्रों के अन्तर्पट पर चटपट चमक गया। एक-एक डिटेल। क्यों ऐसा हुआ? शायद मेरा मन हनुमान जी के प्रकाश में दिल्ली की लड़कियों की जवानी जाँचने के पातक से बचना चाहता था। कलकत्ता गेट से जमुना ब्रिज तक मैं रावण के कक्ष की विश्वसुन्दिरियों के बीच में हनुमान ही बना हुआ आया।

'कितनी स्त्रियाँ मदपान के बाद बाजा बजाती, नाचती या गाती-गाती थक कर सो गयी थीं। उनके केश, माला और आभूषण ढीले पड़े हुए थे। कितनियों के नूपुर और हार अपनी जगहों से हट चुके थे। वे थकी पड़ी घोड़ी-जैसी दिखती थीं। कितनियों के कंठहार मसल गये थे, कान के कुंडल गिर पड़े थे। ऐसी लगती थी मानो वन में उन्मत्त हाथीं द्वारा रौंदी-मसली लताएँ हों। कितनी तरुणियों के स्तनों के बीच में हार हँस और जलमुर्गे की तरह शोभित थे। सोती हुई सुन्दरियें नदी के समान उनकी जाँघें, किनारों के समान, कोई भूषण कमलवत्, कोई मकरवत्। उनके मुख से मधुर मधुगन्ध निकल रही थी। कोई स्त्री नशे में सौत का मुख रावण का बदन मानकर दनादन चूम रही थी–मदिरा के नशे में उनके स्वभाव से सौतिया डाह दूर हो गया था। कोई सौत के सीने पर, कोई बाहु पर, कोई उरोज पर और कोई गोद में, कोई जाँघ, कमर या पीठ पर सिर रख कर सो रही थीं। एक-दूसरे से बाँह सटाए नींद में भी वे परम प्रसन्नमुखी थीं। हाथ से हाथ मिले होने से वे युवतियाँ गूँथी हुई भारी माला जैसी दिखती थीं। वे इस कदर आपस में गुथी हुई थीं कि पता नहीं पड़ता था कि किस रमणी का कौन आभूषण है। रावण सो गया था अतः उस घर के दीपक उन सुन्दरियों पर निर्मम टकटकी लगाये हुए थे। दैत्य, गन्धर्व, राक्षस, राजर्षि और ब्राह्मणों की सुन्दरी कन्याओं को रावण ने अपने हरम में भर रखा था। नाचने और विविध बाजे बजाने वाली सुन्दरियों का नज़ारा और भी अज़ीब था। कोई तो नृत्य से थक कर सोई थी, कोई वीणा से लिपट कर, कोई डमरू को बच्चे की तरह लिपटाये पुत्रवत्सला की तरह। अर्से बाद मर्द को पाकर जैसे कोई स्त्री हृदय से लगाए वैसे ही कोई पीनस्तनी नारी पटह यन्त्र को लिपटाए, कोई सारंगी-वीणा से लिपटी, कोई मृदंग को कोमल गोल भुजाओं में दबाए, दारू से

दबी सो रही थी और एक तो सोने के कल से जैसे अपने कुच अपने ही हाथों से दबाये हुए मस्त पड़ी थी। कामी पुरुष जैसे कामिनी को चिपकाकर सोये वैसे ही वे विविध वाद्ययन्त्रों को स्तनों से दबाये सो रही थीं। उस जगह काली, गोरी और साँवले रंग की सुन्दरियाँ थीं, सुनहले रंग की भी। वे सब सोई हुई तरुणियाँ सम्पुटित कमलिनी-जैसी जान पड़ती थीं।'

रावण के अन्तःपुर का यह सब मदमग्न नग्न नज़ारा देखने के बाद परमज्ञान हनुमान जी के मन में महा चिन्ताजनक विचार उदित हुए। उन्हें धर्महानि का भय लगने लगा। 'किसी के अन्तःपुर में घुसकर इस तरह लापरवाह सोती हुई स्त्रियों को देखना ऐसा पाप जिससे मेरा सब धर्म नष्ट हो जाएगा।' हनुमान जी का मन मथित हो उठा—वह सोचने लगे कि मैं राम-प्रिया सीता को ढूँढता था, पराई स्त्री पर तो मेरी दृष्टि थी ही नहीं। मेरी नज़र में तो पराई स्त्री हरण करने वाला रावण था—फिर भी, फिर भी—छिप कर मैंने रावण की युवतियों को देखा—हाँ देखा—पर मेरे मन में विकार तो नहीं पैदा हुआ? मन ही इन्द्रियों का मालिक है, मन ही धर्म या अधर्म की दिशा में प्रेरित करता है और वह मन (रामकृपा से) मेरे बस में है। स्त्री का पता लगाने के लिए स्त्रियों में ही खोजा जाता है। जिस जाति का जीव हो, उसी जाति में ढूँढा जाता है। स्त्री मृगियों के झुंड में नहीं ढूँढ़ी जाती—सीता को खोजने के लिए मैं और कहाँ जाता?

हनुमान जी बहुत बड़े, प्रफुल्लानन्द महा छोटा, फिर भी मेरी भी सफाई स्कूली लड़कियों की तरफ़ बगैर देखने की यही है। मैंने कामना-भरी वासना का सुर्मा लगाकर कुछ उनकी तरफ़ नहीं देखा था, न ही मन में मेरे सुरसुरी ही चली थी। कुमारियों का महिला मालूम पड़ना समाज का रोगीलापन मालूम पड़ा सो उन्हें गौर से देखा। एक नग्न नारी को बदमाश देखता है, एक को पीयूषपाणि। चिकित्सक देखता है मगर कितना अन्तर दोनों की दृष्टियों में। अब मैं जमुना ब्रिज की उस तरफ पहुँच गया जिधर से साइकिल, ताँगा, पैदल दल का आवागमन होता है। यमुना पर दृष्टि गयी—मैंने नमन किया। लगा जैसे हनुमान जी के स्मरण और जमुना के दर्शन से उन महिलामुखी कुमारियों को देखने का पाप कट गया—धर्म-भय के घिरते बादल छँट गये।

अब मेरे मन में आदि कवि का प्रभुत्व प्रकाश पसारने लगा। कोई कह सकता है वाल्मीकि जी महर्षि थे, वनवासी थे, अच्छा होगा अगर उन्होंने ऐसे वर्णन रामायण में न किए होते। ऐसा सोचने वाले को यह जानना चाहिए कि महाकाव्य लिखते समय वाल्मीकि मामूली महर्षि नहीं कविर्मनीषी परि भू स्वयं भू थे। काव्यकार के हाथ में कोई भी चरित्र देव, दानव, मानव—उसी के इशारे पर नाचता है। वह अपने चरित्रों से अति विचित्र कर्म कराकर फिर पाप-पुण्य से हाथ झाड़ता

हुआ साफ़ सफ़ाई दे सकता है। जैसे ब्रह्मचारी, ज्ञानी हनुमान जी को सैकड़ों नंगी औरतों में महाकवि ने महान प्रतिभा के डमरू से नचाया है। मुझे जब अनाथ बाल-रूपी से रोकर प्रार्थना करने की इच्छा होती है तब वाल्मीकि नहीं, तुलसीदास जी याद आते हैं। लेकिन जब अर्जुनरूपी व्यक्ति बन किरात रूप ईश्वर के सामने सीना फुलने को हास हुँकारती है तब मुझे तुलसीदास नहीं, वाल्मीकि जी याद आते हैं। तुलसीदास की नज़रों में हनुमान, लक्ष्मण, भरत, राम- सभी महान–'सीय राम मय सब जग'। वाल्मीकि 'खरे' रचना-कर्म में यथार्थ के आगे कोई महान नहीं। सुन्दरकांड में रावण के मुँह से सीता के सामने दो श्लोक ऐसे कहलाये हैं जिससे बेहतर शायद ही कोई आधुनिक कवि आज भी कह सके। वह सीता को लुभाता हुआ कहता है–

पिब विहर रमस्व मुङ्क्ष्व भोगान् धन निचयं प्रदिशामि मेदिनीं च।
मयि लल ललने यथा सुखं त्वं त्वचि च सर्मत्य ललन्तु बान्धवास्ते।
कुसुमित तरुजाल संततानि भ्रमर युतानि समुद्र तीरजानि,
कनक बिमल हार भूषितांगि, विहर मया सह भीरु काननानि ॥

'पी, ऐश कर, मेरे साथ मजे उड़ा, सुख भोग, मैं तुझे धन दौलत से लाद दूँगा, पृथ्वी भी दूँगा–ओ ललने तेरे लिए मैं तेरे भाई बन्धुओं को भी खुश कर दूँगा। और भीरु तू दिव्य सोने का हार उपहार धार कर मेरे साथ वन विहार कर। समुद्र तीर पर चल जहाँ कुसुमित तरुजाल संततानि भ्रमर युतानि।'

'ओ महाराज!' मेरा ध्यान तब टूटा जब पुल पार के पुलिस के सिपाही ने आवाज दी'। इस झोले में क्या है ज़रा मुझे तो दिखलाना।

"इसमें कुछ नहीं है नारायण," जैसे आसमान से दलदल में गिरते हुए मैंने जबाव दिया।

"अजी स्वामी जी नारायण को मैं मजे से जानता हूँ। ऐसी ही झोली में परसों एक स्वामी जी सत्यनारायण की कई बट्टियाँ लिये जा रहे थे–चन्दन चढ़ी हुई लेकिन जाँच करने पर सत्यनारायण जी अफ़ीम बन गये थे। इधर आओ।"

"अरे जाने दे सुरजीत! तू शक्ल से नहीं पहचानता–यह वैसे नहीं, सच्चे महात्मा हैं।" एक दूसरे पुलिस ने ललकारा जो शायद अफ़सर था।

पहला पुलिस वाला मेरी तरफ़ लपक कर भी बीच ही में रुक रहा।

"जाइए महाराज माफ़ कीजिए कर्तव्यवश कभी-कभी चूक भी हो जाती है।"

अफ़सर ने मुझसे कहा–"कहाँ पधारना होगा।"

'कृष्णनगर जाना है नारायण। अभी कितनी दूर होगा?

"पहले कैलासनगर, फिर गाँधी नगर, झीलकुरंजा तब कृष्णनगर–"

"यहाँ से डेढ़ मील के ऊपर है लेकिन बराबर बस्ती होने से रास्ता कड़ा नहीं है।"

मैं आगे बढ़ा पुलिस के आचरण से बैठे दिल से। कहाँ वाल्मीकि रामायण के विचार कहाँ अफ़ीम-चोर के भ्रम में पुलिस वाले की ललकार। जैसे मक्खन खाते-खाते चूने का एक ग्रास गले में गुजर गया हो! पहले ताँगे वाले ने मुझे गंजेड़ा या अफ़ीयूनी घोषित किया, फिर पुलिस ने अफ़ीम चोर समझा। मेरे मन में आया आईना होता तो मैं अपना मुँह देखता कि क्या सचमुच मैं गंजेड़ा, अफ़ीयूनी, मद-तस्कर जैसा दिखता हूँ? आदमी का हृदय उसके चेहरे पर चमकता है। तो क्या मेरे हृदय में चोर अफ़ियूनी नशा-तस्कर है? ताँगेवाले ने जो प्रफुल्लानन्द को अफ़ीयूनी समझा, पुलिस ने चोर—इसमें सारा दोष उन्हीं का है या कुछ प्रफुल्लानन्द का भी? मगर मेरा दोष हो ही क्या सकता है? क्यों, अभी थोड़ी ही देर पहले ज्ञानी, विज्ञानी, ब्रह्मचारी, अद्भुत, अद्वितीय, चित्र विचित्र हनुमान जी से अपनी तुलना कौन कर रहा था? कहाँ तू संन्यासी के वेश में चोर चीन्हा गया, कहाँ हनुमान जी बन्दर के वेश में रहने पर भी 'वानराकार विग्रह पुरारी', 'चंडकर मंडल ग्रास कर्ता' दिखलाई देते थे। क्षमा याचना भाव से मैंने मन-ही-मन हनुमान जी को नमन किया तब जाकर पुलिस से अपमानित मेरे मन को अमन नसीब हुआ।

कैलास नगर पहुँचते ही एक जगह कुछ भीड़ और हो-हल्ला सुनाई पड़ा। ज़रा निकट से देखा तो कोई तगड़ा तैयार जवान, एक दुबले पतले उजले बालों वाले को सरे आम जूतों से पीट रहा था। पब्लिक-आलोचना से पता चला कि पिटनेवाला पिता था, पीटने वाला शराब के नशे में धुत पूत! 'बाप मक्खीचूस है लखपित'। किसी ने सुनाया 'और बेटा है मारते खाँ—बिगड़ा बदमाश। हफ्ते में तीन दिन जरूर बुड्ढा पिटता है, जवान पीटता है। कोई कुछ बोले तो जूते खाये। इसलिए दुनिया तमाशा देखती है। गाँधीनगर में देखा पुलिस एक तगड़े लम्बे आदमी और बारह-चौदह साल के गन्दे लड़के को बाँधे लिये जा रही है?—'स्वामी जी, यह हरामजादा' तगड़े आदमी को लक्ष्य कर पुलिसवाले ने सुनाया 'ऐसा कुकर्म करता है जिससे धरती पाताल में फुटभर धँस जाती है।' गाँधीनगर पुलिस थाने के सामने दूसरी भीड़ नज़र आयी। पता चला कोई भली औरत मनचले मजनू को जूते-पर-जूते जड़े जा रही थी। औरत ने बताया कि जमुना ब्रिज से ही यह गुंडा उसके पीछे आवाजें कसते चला आ रहा था। औरत बुद्धिमान थी साथ ही नाजुक दिखने पर भी वह वैसी नहीं थी। थाने तक वह गुंडे के ताने सहती चली आयी। वहाँ पहुँचते ही पहले वह 'पुलीस! पुलीस!!' चिल्लाई फिर भागते गुंडे से लिपट गयी। एक तो औरतबाज़ का बल स्वयमेव क्षीण होता है, दूसरे अनैतिक अनाचारी के फँसते ही साहस और तेज उसका साथ छोड़ देते हैं। वह औरत उस गुंडे के सीने पर सवार महाचंडी बनी उसके सर का शैतान उतार रही थी। नारी का इतना उत्तेजित रूप इसके पूर्व मैंने कभी नहीं देखा था। झील कुरंजा पर एक निक्के (छोटे) नये पैसे के

लिए एक सब्जी वाले और ग्राहक में झगड़ा होते-होते लड़ाई, बातों ही बातों में हाथापाई होती नज़र आयी। उठापटक होती और क्रोधी तगड़े ग्राहक ने सब्जीवाले ही का कद्दूकाट छूरा उसकी सीताफल जैसी तोंद में भोंक दिया। ज़रा ही दूर पर स्पेशल पुलिस के दो दो जवान खड़े थे, लेकिन वे लड़ने वालों के नज़दीक तब आये जब एक ने दूसरे का पेट फाड़ डाला–ओह! निक्के पैसे के लिए। स्वराज्योत्तर काल में देश की नैतिकता कहाँ से कहाँ पहुँच रही है। कोई कह सकता है। पटपड़गंज के नाके के सामने सुफैद सोलर हैट लगाये, शर्ट पहने, पतलून पर पेटी बाँधे कोई आदमी एक ठेले पर खड़ा होकर कांग्रेस की पब्लिक आलोचना बड़े आवेश से कर रहा था। श्रोताओं में पंजाबी, जाट, सिख, ग्वाले तथा राह चलते लोग थे–'सरकार की आँखें सावन में फूटी हैं।' उसने ललकारा "सो मिनिस्टरों को हर तरफ हरा-ही-हरा दीखता है। कांग्रेसी सरकार ने जनता को खेत की मूली समझ रखा है, चाहा जमा दिया चाहा उखाड़ दिया। सावन के सूरदासों की आँखों में सब्ज़बाग़ ही सब्ज़बाग़। जियादा नहीं, महज़ पच्चीस पंचवर्षीय योजनाएँ पूरी हुई नहीं कि देश के कोने-कोने में सोना ही सोना भरा नज़र आया नहीं। समाजवादी समाज कायम हुआ नहीं कि ऊपर से समता का स्वर्ग भू पर उतरा नहीं। भाइयों, मेरे मिहरबानों, धोके में न जाओ। सुनने में पच्चीस पंचवर्षीय योजना जैसी भोली मालूम पड़ती हैं गिनकर देखने में मुतलक़ नहीं। पच्चीस पंचवर्षीय योजनाओं के सम्पूर्ण होते-होते एक-दो नहीं पूरे एक सौ पच्चीस वर्ष लग जाएँगे। यहाँ पब्लिक में यह हवा बँधा हुआ है। उधर टैक्स-पर-टैक्स की हवा बँधी हुई है। पब्लिक को अंग्रेज चूसता था ब्रिटिश साम्राज्य के लिए। राम राम करके वह किसी क़दर गया तो आप आये कल्याण राज की डौड़ी पीटते। कल्याण? छिः! मुट्ठी भर मनचले अक्ल के सौदागरों के कल्याण के लिए चौवालीस करोड़ जन का बलिदान। मिहरबानो! मेरे भाइयो! गौर करने की बात है आज स्वराज्य हुए चौदह साल हो चुके पर कौन-सा सुर्खाब का पर हमारी गरीबी या लाचारी या झखमारी में लग गया। सिवाय इसके कि कुछ मिनिस्टरों और उनके रिश्तेदारों, हुजरों की गईं गुजरी हालत बिल्कुल बदतर से तरातर खुशतर हो गयी। गर्जे कि गधे खुश्का खोजते हैं कांग्रेस गोवरमेंट के गड़बड़ तबेले में।" तालियाँ तड़तड़तड़ बजने लगीं–पब्लिक गलचौर करने लगी–

"खूब बोलता है।"

"डरता नहीं।"

"अंग्रेजी राज होता तो अब तक हंगामा बर्पा हो गया होता। अपना राज है जो चाहे बको। बोलने की आजादी सबको है।"

"मलाई उतारने, माल मारने की आजादी 'चोजेन फ्यू' को है। अरे यह तो हाथ में हैट लेकर पब्लिक से पैसे माँगने लगा।"

"भारी होशियार है। अरे यार! तूने तो गिरह काटने का बिल्कुल ओरिजनल ढंग अख्तियार किया है।"

"क्या करें हुज़ूर।" थोड़ी देर पहले भाषण करने वाला बोला—"पेट के लिए सब कुछ करना पड़ता है। मैं आपका भिखारी हूँ, किसी तरह आपकी कृपा को उकसा कर गुज़र बसर करना मेरा काम हूँ। मैं पुराना भिखारी हूँ।

पहले लोग भजन सुनकर खुश होते थे तब मैं भजन सुनाकर पैसे माँगता था। फिर पोलिटिकल भजन सुनने लगे तो मैं वही सुनाने लगा व बहुत दिनों तक पब्लिक सिनेमा के सांगों से रीझती रही तो मैं उसी तरह रिझाता रहा—आज-कल जनता खुश होती है कांग्रेस और कांग्रेस गोवरमेंट की भिगो भिगों कर की हुई तारीफ़ों से। हुज़ूर मैं तो आपका भिखारी हूँ। पेट पालता हूँ अपना, अपने बाल बच्चों का।"

लोग उसके सोलर हैट में सार्मथ्य के अनुसार सिक्के डालने लगे। मैंने सोचा कब्ला इसके कि वह मेरे सामने भी हैट बढ़ा दे मझे हट जाना चाहिए। तब उसकी हैट मेरी आँखों के सामने—पाँच नये पैसे का एक सिक्का मैंने भी उसकी हैट में डाल ही दिया। क्यों ऐसा किया मैंने? इसलिए नहीं कि कांग्रेस या सरकार की बुराई मुझे भली लगी। मुझ पर दो बातों का प्रभाव पड़ा। पहली उस भिखारी के मैथड की मौलिकता का, दूसरे जनता की नब्ज़ जानने की खूबी का। चिन्तकों के लिए चिन्ता का विषय होना चाहिए यह। यानी जनता की भावना रूलिंग पार्टी की तरफ़ से दूषित होना। खैर, वहाँ से कुछ ही आगे बढ़ा होऊँगा कि बाईं तरफ से बाँसुरी के पीछे लगी डमरू की आवाज सुनाई पड़ी। मुड़कर देखा एक नौजवान दाढ़ीवाला मदारी खेल दिखलाने की भूमिका बाँध रहा था। अभी उसके सामने पाँच-सात लड़के ही दर्शक थे। अतः बातें बना बनाकर वह औरों को आकर्षित कर रहा था—'नेवला और साँप की लड़ाई, अभी यहाँ दिखलाई जाएगी। साँप—ऐसा जहरीला जिसकी फूँक में मौत और आग और नेवला ऐसा फुर्तीला जिसकी झपट और लिपट में आँधी और बिजली—ओ लड़को, ज़रा परे हट कर देखो—ज़मीन में लोहे की खूँटी गाड़ उससे मदारी ने नेवले को बाँधा—बेचारा नेवला! देखते ही ग़रीब और सताया, भूखा और रूखा मालूम पड़ता था—"अबे नेवले—ऊँघे तो मती—अभी तुझे अपना कमाल पब्लिक को दिखलाना होगा—कमाल! बेटे! कमाल से ज़रा भी कम नहीं। नेवला और साँप की लड़ाई—सावधान! आपने सुनी तो होगी, देखी कभी न होगी—आज! इस कृष्णनगर के अन्दर भीमसिंह मदारी ग्वालियर वाला आप लोगों को नेवला और साँप की वह लड़ाई दिखलाएगा जिसके पीछे शाहदरा के स्टेशन पर ट्रेन रुक गयी थी। कैसे रुकी ट्रेन? मेरे भाई, वह कहानी भी सुनने ही काबिल है। और मैं सुनाऊँगा—बिना ज़रा भी छिपाये। मुझे टिकट चैकर ने इस

लिए पकड़ा था कि मेरे पास टिकट नहीं था। मैंने कहा मैं ग्वालियर का मदारी हूँ–भीमसिंह मेरा नाम है। सारी इंडिया में बिगेर टिकेट घूमना मेरा काम है। उसने कहा–'अबे मदारी, मेरा काम है बिना टिकेट सफर करने वाले को पकड़ कर पैसे वसूल किये बगैर हरगिज न छोड़ना। तूम कहाँ से आ रहा है? ग्वालियर से? मैंने कहा–नहीं साहब मैं महज़ अगले जंक्शन से आ रहा हूँ–गाज़ियाबाद से। लेकिन गाज़ियाबाद का डबल भाड़ा मदारी की झोली में नहीं है–फिर भी मदारी आर्टिस्ट होता है। बेईमान नहीं। मैं अभी डबल किराया आपको देता हूँ–ज़रा दूर हट जाइए–दूर हटो! मदारी बेईमान नहीं आर्टिस्ट होता है। मैं अभी तुम्हें पैसे देता हूँ–साहबान! मैंने रेल के मुसाफ़िरों और प्लेटफॉर्म की पब्लिक से कहा–मिहरबान, इस मदारी की इज्जत आपके हाथ में है–मुझे टिकेट चैकर ने पकड़ा है। चन्द आने पैसों के लिए–मैं मशहूर मदारी आर्टिस्ट यह महज टिकेट चैकर–इसे आर्टिस्ट पहचानने की तमीज़ नहीं साहबान। आर्टिस्ट को तो आप पहचानते हैं, कद्र करते हैं। और भाइयों! आर्टिस्ट ने उस्ताद का नाम लेकर, गुरु का नाम लेकर, गोविन्द का नाम लेकर पब्लिक को नेवला-साँप-संग्राम दिखाना शुरू कर दिया–अरे! नेवले–ज़रा अकड़ कर खड़ा हो–क्या मुहारों जैसा बैठा है–अरे लौंडो! ज़रा ताली तो बजाना–क्या ताली तुमने बजाई–टिपटिपटिपटिप! जैसे बूँद पड़ती हों। ताली बजना चाहिए तड़ तड़ तड़तड़–जैसे चाँदमोरी में गोलियाँ चलती हों–यह अब ठीक! देखो नेवला अकड़ कर खड़ा हो गया। यह नेवला साहबान बड़ा ही हरामी है–बड़े-से-बड़े साँप को देखते ही झपटता है–जैसे जैन्टूमैन लड़के पढ़ने जाती आती लड़कियों पर झपटते हैं–और साहबान! शाहदरा के प्लेटफार्म पर मैं एक घंटे तक इस नेवले से साँप को लड़ाता रहा–और एक पर एक ग्यारह ट्रेनें रुकी रहीं। गाड़ियाँ फिर से चलीं तब जब टिकेट चैकर के पैसे पे कर बाक़ी रक़म जेब के हवाले कर बन्दे खाँ फाटक के बाहर निकले। कहाँ मदारी–आजाद, आर्टिस्ट, कहाँ टिकेट चैकर नामुराद नौकर। वही आर्टिस्ट आपके कृष्णनगर में आज वही करिश्मा, वही तमाशा, वही नेवले और साँप की नायाब लड़ाई दिखावेगा।"

मैंने देखा अब मदारी के गिर्द सैकड़ों लोग बच्चे, लड़के, लड़कियाँ, मर्द, औरतें। भीड़ बढ़तीं देखकर किंचित् उत्साह से वह लेक्चर झाड़ने लगा–"अब मैं साँपों को बाहर निकालता हूँ–ये साँप नहीं हैं, ये हैं चलते-फिरते हलाहल हलाकू–ये देखिए–इस साँप को आज ही सबेरे मैंने पकड़ा है। साला छत पर मेढ़क निगल रहा था कि मैंने धर दबोचा–देखिए उसके पेट में मेढक अभी डटा हुआ है–साले से चला तक नहीं जाता। भाइयों! इस हरामी की नज़र भोले शंकर मेढ़क पर थी, इसे पता नहीं था कि इसके पीछे इसी का शिकार करने पर तुला कोई चाचा हरामी और भी है–अरे लड़को! दूर हटो। यह साँप बड़ा हरामी है। और यह साँप छोटा

हरामी है और यह बिचला हरामी—इस बिचले हरामी के काटे का इलाज नहीं, लहर तक नहीं। मैं इसी को नेवले से लड़ाऊँगा! यारो, दोस्तो, भाइयो! आप लोगों को पता न होगा कि भीमसिंह मदारी साँप और नेवले क्यों लड़ाता है। आप जानते हैं साहब? आप ज़नाब? आप श्रीमान जी जानते हैं?—अरे लौंडे तू जानता है कि आर्टिस्ट होकर भी मदारी भीमसिंह साँप को नेवले से क्यों लड़ाता है? मैं बतलाता हूँ—मैं आप लोगों से कुछ भी नहीं छिपाऊँगा। मैं पेट के लिए यह काम करता हूँ—महामुश्किल, जानलेवा काम। वर्ना कौन नहीं जानता कि साँप से खेलना मुहाविरे के क्या मानी है? मदारी अपनी जान हथेली पर लेकर आपको तमाशा दिखलाता है। ऐसे मदारी का खेल देखने वाले का फर्ज़ हो जाता है कि उसे जो भी जेब में हो दे—रुपया, अधेली, सूका, दुअन्नी, अन्नी, सिक्का पैसा—ओ लड़को! सिक्का-पैसा जो भी हो मुझे दो। देना ही चाहिए। मदारी लोग नहीं माँगता, हज़ार नहीं माँगता, सौ नहीं माँगता, पचास नहीं माँगता, मदारी आर्टिस्ट है माँगता नहीं। वह पहले कुछ करके माँगता है, मेहनताना मज़दूरी। दोस्तो मेरी थाली घूम रही है—जिसकी जेब में जो भी हो इसमें डाल दें—ओह साहब, आप तो चलते ही बने।—मैं माँगता तो नहीं। आप कंगले हैं, गरीब हैं, मुझसे भी गये गुजरे हैं तो मुफ़्त में खेल देखें—कसम है आपको बीवी के सलवार की, नागिन सी लटकती डबल चोटियों की बिना देखे मत जाइए। डालो इस थाली में जो जिसके पास हो चवन्नी, दुअन्नी, इकन्नी, टका—सिक्का पैसा। जेब में पैसा रखकर भी जो मदारी का खेल, आर्टिस्ट का आर्ट हराम में देखेगा फिर रोयेगा नहीं। वह जब रात में पेट में दर्द होगा, खाँसी या जूड़ी धर पकड़ेगी। मैं कहता हूँ भीमसिंह मदारी पेट दर्द, खाँसी और जर-जूड़ी की दवाएँ भी जानता है, लेकिन उन्हें नहीं देता जो साँप और नेवले की लड़ाई देखकर भी और जेब में रक़म होने पर भी मेरा हक़ मारते हैं। वाह मियाँ—छोटे तुमने थाली में चवन्नी डाल दी—साहबो, देखो इस छोटे लड़के का दिल 'तवंगरीब दिकस्त न ब माल—बुजुर्गों व अकलस्त न ब साल। अक्ल में इस लड़के ने अच्छे अच्छों के कान और नाक भी काट कर रख दिये—आप लोग जा क्यों रहे हैं—साहबान, साँप सुन्दरवन का, नेवला चम्बल के कछार का जहाँ का मानसिंह डाकू मशहूर है। अब मैं लड़ाई दिखलाता हूँ। अबे नेवले! क्या मुरदार जैसा पड़ा है—अकड़ कर खड़ा हो। अरे लड़कों, जरा तालियाँ तो बजाओ, लेकिन पिटपिटपिटपिटपिट नहीं—चाँदमारी की तरह तड़ तड़तड़—वाह बे नेवले कैसा तन कर खड़ा हो गया—देख इस साँप के साथ तुझे लड़ना है—पहले मेरे हाथ से देख फिर लड़ना—अरे हरामी साले नेवले के बच्चे! मैंने देखने को कहा था कि पंजा मार बैठने को? देखिए साहबान! कैसा हरामी है यह नेवला—एक ही झपाटे में इसने साँप की एक आँख ही निकाल ली। मैं झूठ नहीं कहता—आप लोग देख सकते हैं

कि यह नेवला कैसा जालिम है। साले ने एक ही झपाटे में साँप की एक आँख ही निकाल ली। चल भैंण के—तुझे जब भूखों मारूँगा तब मेरी मस्ती ठंडी पड़ेगी—हरामी कहीं के।" और वह खेल खतम, पैसे हजम। न नेवला लड़ा न साँप। मदारी साँप समेटने अपना झोला सँभालने लगा। एक दर्शक ने जोर से कहा—"वाह मियाँ भीमसिंह खूब ही सब्ज़बाग़ दिखलाया तुमने।" "क्या करे" भीमसिंह मदारी बिना झेपें बिना दबे बोला—'जैसे देव वैसी पूजा। यह देखो उस लड़के ने चवन्नी की जगह कलई चढ़ाया पुराना धेला दिया था। सब्ज़बाग़ यह है। मेरी थाली में कुल साढ़े दस ही पैसे तो आये हैं—आप क्या चाहते हैं कि इतने पैसों में मदारी साँप को इस हरामी नेवले से मरवाता फिरे? मदारी तो आर्टिस्ट है—आज एक लौंडा सब्ज़बाग़ दिखलाने बाला बन चुका है जिसका सबूत कलई से चवन्नी बना यह अधेला है। अरे वाह रे लौंडे! दुनिया को मदारी नचाता फिरे लेकिन तूने तो उसे भी चर्चा की तरह नचा दिया। होनहार बिरवान के ऐसे चीकने पात कि खुदा की पनाह। अभी अब यह हाल है—अगले ही इलैक्शन में जीत कर तू मिनिस्टर बन जा और बिना डमरू बजाए, साँप नेवला लड़ाए—गाल मार कर पब्लिक की मलाई उतार माल पर माल मारे।'

मैंने सोचा अब मुझे अपने उद्देश्य पर आना, पता लगाना चाहिए कि कृष्णनगर की भंगी बस्ती कहाँ है। "सरदार जी साहब", राह चलते किसी से मैंने पूछा—"कृष्णनगर की भंगी बस्ती जाना है, किधर से जाऊँ?" सरदार जी ने मेरी तरफ़ देखे बग़ैर ही कहा 'पता नहीं।' और आगे बढ़ गये। अब बाइसिकिल हाथ लगाये जाते एक बाबू से मैंने वही सवाल किया तो वह नाक भौं चढ़ा नथुने फुलाकर कहने लगे—'आपने क्या मुझे भंगियों का जमादार या इन्सपेक्टर समझ रखा है? या मोबाइल इन्क्वायरी ऑफिस 'यही सवाल अगर मैं आपसे करूँ तो कैसा लगेगा?' साथ ही उपेक्षा भरे झटके से बाइसिकिल पर बैठ कर हजरत भी हवा हुए। मैंने सोचा कैसे नागरिक हैं किसी से सीधे मुँह बोलने तक के रवागीर नहीं। इशारे से भी आदमी की सहायता करने को आदमी तैयार नहीं। बिना जाने ही एक सड़क पर चलता हुआ मैं मन-ही-मन गुन रहा था कि सामने से सरपर टोकरी और झाड़ू लिये एक प्रौढ़ मेहतरानी आती दिखलाई दी—मैंने सोचा इससे भंगी बस्ती का पता निस्सन्देह लग जायगा। लेकिन मेरा प्रश्न सुनते ही उसे लगा कि शायद मुझे सफाई वगैरह के लिए किसी की आवश्यकता है—'मेरा घर शाहदरा है।' उसने बतलाया 'तुमको सफाई वगैरह के लिए ज़रूरत हो तो बोलो 'मैं अभी चलके कर दूँगी।' सफाई वगैरह की जरूरत नहीं है जमादारिन', मैंने समझाया मैं यह पता करना चाहता हूँ कि यहाँ की भंगी बस्ती है कहाँ?' लेकिन वह अपनी ही बात पर डटी रही—'मैं कहती हूँ सफाई पहले देख लेना—पैसे महीना बाद देना—दो

रुपया घर, भाड़ा वाला होगा तो उससे भी उतना ही। अलग हर इतवार और हर त्यौहार को खाना।' मगर जमादारिन, मैंने पुनः उसका भ्रम दूर करना चाहा—'मुझे भंगी बस्ती का पता भर चाहिए, सफ़ाई के लिए आदमी नहीं चाहिये।' अरे महाराज, मेरी जैसी सफ़ाई करने वाली वह न होगी जिसे तू खोजने चला है। चेहरा भले ही चमकचन्दा हो, लेकिन सफ़ाई चेहरे से तो होती नहीं—कसाले से, करतब से होती है। तू जिसे खोजने चला है, वह अगर मेरी जैसी सफ़ाई करके दिखा दे तो मैं तेरी टाँग की राह जाऊँ।' 'इससे क्या पूछ रहे हैं स्वामी जी?' इसी समय मेरे पीछे से किसी की आवाज आयी—'बोलिएगा, इस भंगिन से सारा शाहदरा डरता है। झगड़ा लड़ाई तो इस भंगिन की नाक पर चढ़कर चौबीस घंटे चला करता है।' 'बड़ा आया है भंगिन-भंगिन बोलने वाला', 'तू नहीं भंगी! मैं कहती हूँ असल है तो इन्साफ से बोल—घंटे-दो घंटे मैला फेंकने से अगर हम भंगिन है तो चौबीस घंटे उसी मैले को पेट में लिये नाचने वाला भंगी क्यों नहीं है? भंगिन! भंगिन! सिर चढ़ी डोमनी गावे ताल बेताल। 'देख लिया स्वामी जी, औरत नहीं यह तो पीपल के पेड़ वाली वो है—इधर आइए—पहचाना आपने मुझे या नहीं?' ओह, नानूरामजी! आप यहाँ कैसे? उज्जैन का यादव नानूराम दिल्ली में नौकर था यह मैं जानता था। लेकिन कृष्णनगर में एकाएक उसे देखकर मैं आश्चर्य में पड़ गया। 'मैं नौकरी करने नयी दिल्ली जाता हूँ पर रहता हूँ कृष्णनगर में, मेरे बाल बच्चे भी यहीं हैं। चलिए, सबको दर्शन दें मेरा स्थान पवित्र कीजिए।' यह नानूराम बहुत बोलने वाला आदमी लेकिन दिल का बहुत ही साफ़ आदमी। ऐसा चिपकने वाला, सभी से, जैसे सगा ही हो। उसे देखकर मुझे बड़ी ही खुशी हुई। 'खूब मिले नानूराम जी।' 'मेरे बड़े भाग्य! इधर से आइए—ये ए ब्लाक है मेरा स्थान डी ब्लाक में है।' 'लेकिन मुझे पहले कृष्णनगर की भंगी बस्ती पहुँचना है, अभी तो क्षमा ही चाहूँगा।' 'कृष्णनगर की कोई भंगी बस्ती नहीं है। यहाँ कमाने के लिए शाहदरा से साथ ही आसपास के गाँवों से भंगी मेहतर आते हैं।' 'आप भली प्रकार जानते हैं कृष्णनगर के आसपास हरिजनों की कोई बस्ती नहीं है?' है, आसपास के अनेक गाँवों के पिछवाड़े हरिजनों की छिटपुट बस्तियाँ हैं। वे गाँव सैकड़ों साल पुराने हैं। कृष्णनगर तो अभी कल की बस्ती है जिसके जनमें अभी बीस बरस भी नहीं हुए। आज से पन्द्रह-बीस ही बरस पहले यहाँ मैदान ही मैदान था, खेत ही खेत जहाँ आज, बंगले ही बंगले बने हुए हैं। असिल में पार्टीशन के बाद पंजाब से शरणार्थियों की जो भीड़ सहज ही दिल्ली आ गयी उसने राजधानी का नक्शा ही बदल दिया। नयी और पुरानी दिल्ली में जब पुरुषार्थी भाई ज़र्रे-ज़र्रे पर छा गये तब एक-पर-एक नगर और उपनगर बीसियों यों बस गये जैसे काल-रूपी जादूगर ने मात्र छड़ी घुमाकर कुछ-का-कुछ कर दिया हो। यह कृष्णनगर जमुनापार की सभी

बस्तियों में उत्तम है। ख़ासकर इस नज़र से कि बाजारपन की बू भी इसमें नहीं आयी है—पुरानी सँक़री गलियों की घुटन और चाँदनी चौक का हाहाकारी हो हल्ला याद करें तो कृष्णनगर स्वर्ग है।' 'मुझे तो कोई स्वर्गीयता इसमें नज़र नहीं आ रही है नानूराम जी। देखता हूँ दिल्ली आकर आपकी गपोड़ता सान चढ़ गयी है।' मैं चाहता था भंगी बस्ती का पता और वह बके जा रहा था कृष्णनगर का इतिहास—'यहाँ इसी जगह पर जहाँ हम आप खड़े हैं स्वराज्य से पहले मुसलमान ग्वाले रहते थे हजारों; जिनके पास भैंसें थीं हज़ारों—हज़ारों मन दूध इसी धरती पर से दिल्ली के एक अंग्रेजी फर्म को भेजा जाता था। जब स्वराज्य हुआ, देश का बँटवारा हुआ और फिर जगह-जगह हिन्दू-मुसलमान की लड़ाइयाँ हुईं। लोग बुरी तरह मारे गये, लुगाइयाँ और भी बुरी तरह सताई गयीं—यानी जब आदमी आदमी नहीं रह गया था तभी जमुनापार के इस तरफ़ के मुसलमान ग्वालियों के गले भी धड़ों से अलग कर दिये गये थे—धड़ाधड़। जहाँ पर दूध की धारें बहती थीं वहाँ खून के फव्वारे छूटे सारे के सारे ग्वालियों का रक्त जब यहाँ की धरती ने सोख लिया तब नये-नये उपनगरों की हरी-भरी फुलझड़ियाँ इसमें से फूटने लगीं। कृष्णनगर के नागरिक मध्य श्रेणी के भद्र लोग हैं। ज़ियादातर नौकरी-पेशा, फिर दिल्ली में व्यापार करने वाले, हुनरमन्द। हकीम, वैध, डॉक्टर तो इस नगर में इतने हैं—अक्सर हर सड़क पर कि उनके नाम का बोर्ड ही पढ़कर रोग बलाएँ इस बस्ती से बीस कोस दूर भागती हैं। दिल्ली की दवा एक तरफ कृष्णनगर का पानी एक तरफ़। कृष्णनगर में कुली नहीं मिलते, नौकर शायद ही सौ में दो समर्थों के पास हों तो हों वर्ना सब लोग अपने आप ही कर लेते हैं। कृष्णनगर के निवासी खुशी की बात है अपने श्रम से खुशहाल हैं। महिलाएँ सौ में पचानवे पढ़ी-लिखी मैट्रिक, प्रभाकर, विदुषी, बी.ए., नर्स मिडवाइफ, लेडी डॉक्टर, अध्यापिकाएँ, चुस्त व दुरुस्त गृहणियाँ हैं। आपने कहा आपको इस नगर में कुछ नज़र ही नहीं आ रहा है। महाराज, मेरा निवेदन यह है कि महज एक उड़ती नज़र में नगर के प्राण नहीं पहचाने जा सकते। बिना बसे किसी बस्ती की विशेषता समझना सम्भव नहीं है। तीन-चार बरस पहले आपने यह नगर देखा होता तो बिल्कुल देहात मालूम पड़ता, न बिजली, न नालियों की समुचित सफाई, सड़कें ऊबड़-खाबड़, बरसों की बेमरम्मत लेकिन तीन ही चार साल बाद आप देखेंगे कृष्णनगर दिल्ली का श्रेष्ठ सुन्दर उपनगर हो जाएगा। बड़ी ही तेजी से यह सुधर, सँवर, निखर रहा है।' 'मैं एक बात पूछूँ नानूरामजी, इस कृष्णनगर में सौ सच्चे आदमी तो होंगे ही?' सुनकर नानूराम सर खुजलाने लगा। 'आप सर खुजलाने लगे! दस-पन्द्रह हजार प्राणियों की बस्ती में सौ भी सच्चे आदमी नहीं।' 'सौ सच्चे आदमी तो महाराज सारी दिल्ली में शायद ही निकलें।' 'मैं कृष्णनगर की पूछता हूँ जिसे आप स्वर्ग कह रहे

थे–खैर तो पचास तो होंगे?' नानूराम फिर भी संदिग्ध निरुत्तर रहा।' 'पचास भी नहीं पच्चीस? पाँच? मैं पूछता हूँ एक तो सच्चा आदमी कृष्णनगर में होगा?' 'महाराज!' नानूराम ने गम्भीर विनय का नाटक किया–'सच्चा आदमी ज़मीन पर बंगला नहीं बना सकता भले ही आसमान पर महल बना ले। यहाँ अक्सर ऐसे भद्र आदमी हैं जैसे सरदार नाहर सिंह ठेकेदार। सरदार जी दिन में ठेके पर दूसरों के बंगले तैयार कराते तो साथ ही रात में उड़ाए हुए माल से अपने प्लाट पर सस्ता मगर भड़कीला बंगला बनाते। दूसरों की तीन बंगले बनाने में नाहरसिंह का एक बंगला अनायास ही बन जाता था जिसे वह अच्छे दामों में बेच देता था। आज नाहरसिंह का अपना पुख्ता बंगला है। अपने-अपने धन्धे में अक्सर इसी तिकड़म से नाजायज़ माल मारने के बाद ही यारों के बंगले बने हैं। नाहरसिंह की युक्ति तो फिर भी कहने लायक़ है, बहुतों के बंगलों की बुनियाद में जो चालबाजियाँ हैं, कहने क़ाबिल नहीं है। जैसे वह हकीम जिसके घर में मैं रहता हूँ। क़साई के कलेजे से वह आदमी मसीहा का काम करता है। कोई रोगी न भी हो तो बातों की झड़ी से वह उसे बीमार बना सकता है। मामूली सर्दी जुकाम को राजरोग कह देना, फुन्सी को फोड़ा, फोड़े को ज़हरबाद उसका रोज मर्रा है। उसे ही देखकर यह धारणा पुष्ट होती है कि चिकित्सा का काम उसी को करने देना चाहिए, वह डॉक्टर हो, कविराज हो, वैद्यराज हो, हकीम हो जिसका लक्ष्य जनता को राहत पहुँचाना हो। साथ ही जो भी चिकित्सक जब भी अपने लोभ से दूसरों के प्राणों को सताता पकड़ा जाये उसी वक्त उस जिम्मेदार पद से च्युत कर दिया जाय।' बड़े नाराज उस हकीम पर, फिर उसके घर में रहते ही क्यों हो?' 'भाड़ा देकर रहता हूँ स्वामी जी, फोकट नहीं, अलबत्ता यह सहूलियत है कि नकद रुपये न दे उसके दोनों लड़कों को पढ़ा देता हूँ। आप सोचते हैं गप्पी नानूराम यूँ ही किसी की निन्दा स्तुति करता ही है। मैं कहता हूँ हाथ कंगन को आरसी क्या। इस वक़्त हकीम जी घर पर होंगे। आप अभी चलकर देख लें।' 'मैं क्या देखूँगा। मैं कोई बीमार नहीं।' 'तभी तो उनका जल्वा खुलेगा। आप केवल नब्ज़ उनके हाथों में दे दीजिए फिर देखिए कि हकीम जी आपसे किस हिकमत से बीमार बताते हैं।' इसी समय दो-तीन भंगिन छोकरियाँ आती नज़र आयीं। मैंने उन्हें दिखला कर नानूराम से पूछा–'ये कहाँ से आ रही हैं अगर कृष्णनगर में कोई भंगी बस्ती नहीं है? ये कहीं रहती तो होंगी?' 'ओ हो' नानूराम बोला–'आपके दर्शनों की खुशी में मैं भूल ही गया था। कृष्णनगर से सटा ही एक गाँव है गोंडली–उसमें हरिजनों के कुछ घर हैं, इतना ही नहीं उनमें एक तो मेरा परिचित भी है।' 'हरिजनों की बस्ती है, उसमें आपका परिचित भी कोई है, पहले यह न बतला सारे कृष्णनगर के पवाड़े आप बखानते रहे नानूराम जी आप भी आप ही हैं।' 'अब पहले मुझे गोंडली गाँव देखना

है फिर कुछ और।' 'हर्गिज़ नहीं। पहले आप हकीम जी का घर देखेंगे जहाँ आपका दास रहता है। गाँव गोंडली बाद में। मैं भी आपके साथ चलूँगा, आज दफ्तर से छुट्टी ले लूँगा, लेकिन पहले आप मेरे यहाँ पधारें।' 'मैंने संकल्प कर रखा है कि दिल्ली में जाऊँगा तो हरिजनों ही की बस्ती में ठहरूँगा, मधुकरी उन्हीं के घरों की पाऊँगा।' 'तो महाराज, आप मुझे भंगी ही समझो और मेरे घर चल कर जूठन गिरायें।' अब निरुत्तर होकर मैं नानूराम के साथ उसके डेरे की तरफ़ चला। डी ब्लाक में पहुँचते ही उसने कहाँ, स्ट्रीट के उस सिरे पर एक बंगला है। हम लोग पीछे की तरफ रहते हैं। इस वक्त हकीम जी घर पर होंगे—आप उन्हें भी देख लेते तो पता चल जाता कि नानूराम सच बोलता है या झूठ। मेरे साथ चलने से मजा नहीं आएगा। कृपा कर ज़रा आगे बढ़ अकेले आप हकीम जी से मिलें। सामना होते ही हकीम जी के स्वभाव का तमाशा चालू हो जाता है—आप पाँच-दस मिनट उनसे उलझ लेते तब मैं आऊँगा। ज़रूर , देखिए आप तो दुनिया देखते हैं, यह हकीम भी देखने ही काबिल जीव है।'

मैं हकीम जी के द्वार पर पहुँचा ही था कि अन्दर से किसी की तेज़ आवाज़ साफ़ सुनाई पड़ी—'बेटे, मैं दुनिया-रूपी गाय को हरा-चारा यानी सब्ज़बाग़ दिखाकर गधी बनाकर दुहता हूँ। हकीमी में क्या धरा है। नाड़ी पकड़ते ही मरीज के क़ान में मैं ज्योतिष, नजूम, रमल, मैस्मरेज्म का जादू ठूँसता हूँ ऐसा कि क्या मजाल शिकार हाथ से निकल जाय। इतना बड़ा यह बंगला, वह मोटर, बैंक में जमा हकीमी से कमाने चलता तो हर्गिज़ न कमा पाता। मैस्मरेज्म, ज्योतिष का सब्ज़बाग़ दिखलाया तो आज मेरा हरा-भरा है। 'आइए स्वामी जी।' वेश ही से मुझे ताड़ते हुए हकीम ने कहा—'बैठिये, कैसा जमाना है। शास्त्रों में लिखा है कि चिकित्सकों के पास, राजा के पास, गुरु के पास और देवता के पास, जब भी जाओ जरूर नज़र भेंट हाथ में लेकर जा और यह जरूरी नहीं कि वह भेंट सोना-चाँदी की शक्ल में हो, पत्रम् पुष्पम् फलं तायम् भी पर्याप्त हैं। लेकिन स्वामी जी आज उल्टी ही रीति है। लोग मुफ्त यों नहीं तो उधार दवा चाहते हैं लेकिन चंगा होते ही काम निकलते ही दुःख बिसर जाता है। यहाँ तक कि राह में हकीम को देखकर रोगी कतरा जाता है। 'मैं वह जानना चाहता हूँ—।' लेकिन बतंगड़ी हकीम ने मुझे बोलने ही नहीं दिया—'रोगी हकीम से क्या जानना चाहता है, यह शक्ल देखते ही जो हकीम न जान ले वह हकीम नहीं हज्जाम है। आपको देखते ही आपके पेट का सारा विकार—।' 'मैं रोगी नहीं।' 'यह बात है।' हकीम अपनी ही झोंकता रहा—'इसे राजरोग कहते हैं कि रोगी को नीरोग होने का विश्वास हो। आपको देखते ही मैं पहचान गया। वे हकीम मामूली होते हैं जो नब्ज देखकर रोगी से उसके सौ पुश्त के हालात पूछकर रोग पहचानते हैं। रोग आपके पेट में है।' 'लेकिन मैं तो यह जानना चाहता

हूँ– ।' 'भई या तो हकीम बोले या मरीज। मुझे बात तो पूरी कर लेने दिया होता। मैं ज्यादा बात न करूँ न सुनूँ। देखा, रोग पहचाना, दवा दी, दाम लिये–जै सीताराम। ओ लक्ष्मण! स्वामी जी के लिए एक बोतल अर्क तमाशा–बड़ा बोतल 10, छोटा 5 ,.–बड़ा ही लाना, स्वामी लोग परिव्राजक होते हैं, आज जमुनातट, कल गंगा तट, परसों अलकनन्दा के किनारे। अरे लक्ष्मण! तीस गोलियाँ 'रूह फ़ना' की भी लेते आना। सुबह शाम रूह फाना की एक-एक गोली खाकर ऊपर से एक चमचा अर्क तमाशा। सात दिन में फायदा नज़र न आये तो हनुमान जी को लड्डू चढ़ाइए, इस पर भी फायदा न हो तो सत्यनारायण की कथा सुनिए, ब्राह्मणों को न्यौतिए और गरुड़ पुराण सुनिए, गुरुड़ पुराण सुनते-सुनते मर जाने वाला अमर हो जाता है, सारे रोग-सोग से फुर्सत मिल जाती है। भगवान गवाह हैं स्वामी जी दवा के दाम में मैं लागत मात्र लेता हूँ, मुनाफा हराम। आप जैसे साधु-सन्तों से तो नाम मात्र दाम चाहता हूँ। अर्क तमाशा बड़ा बोतल 10 और पन्द्रह रुपये 'रूह फ़ना' की तीस गोलियों के। 'लेकिन हकीम साहब मुझे कोई भी रोग नहीं, पिछले 40 बरसों में न तो जुकाम हुआ, न बुखार कभी आया। मैं यह जानना चाहता था कि मेरे मित्र नानूराम जी आप ही के घर में रहते हैं?' 'रहते हैं नानूराम जी मेरे घर में।' अब झनक कर हकीम जो बोले, 'लेकिन इस तख्त पर जब तक मैं बैठता हूँ, दाम और दवा के अलावा दूसरी चर्चा करता ही नहीं।' इसी वक्त नानूराम अन्दर दाखिल हुआ तो हकीम जी उसी पर बरस पड़े–'नानूराम जी, बराय मिहरबानी आप अपने सामने नाम का बोर्ड लगा दें ताकि आपकी तलाश में आने वाले मेरा कीमती वक्त ज़ाया न किया करें।'

❖ ❖ ❖